Reino de Sombras y Mentiras

Natania Victoria Alicea Quiles

Autopublicado por Natania V. Alicea Quiles

Ilustración de portada: Anthony Chinedu

Edición: Fernando Plans IG @profesorplans

Maquetación: Raúl Alicea

nataniaalicea.author@outlook.com

ISBN: 979-8-990262300
Impreso en Puerto Rico

R Por, Natania V. Alicea, Raúl Alicea, 2024

"Natania Alicea nos regresa a Nesshia para la segunda entrega de Reino de Serpientes. Esta es una novela que abarca las emociones de todos sus personajes y nos sumerge en la historia y experiencia de cada uno de ellos, mientras hacen hasta lo imposible para salvar su hogar".

-Natalie Rosario Ruiz, poeta y escritora

"Las historias de la escritora Natania Alicea, elevan el pensamiento del lector hacia las oportunidades y bendiciones que emergen de los retos que nos impone la vida como seres humanos. En su segundo libro, te sorprenderá su maestría en hilar lo fantástico con lo real y disfrutarás la majestad de sus historias".

-Carmen I. Figueroa Medina, PhD

A mis lectores.

Gracias por acompañarme en este viaje a
Nesshia, por todo el apoyo y cariño.

Terson
Cañón del Oeste
Hexno
Rio Verde

Sileria
Nesshia
Montaña
os Escamas
Sheztra
Cuevas del Pesar
Jenia
que del
surro
Puerto Doncella
Agua Caliza

CALENDARIO DE NESSHIA

Luna: significa un mes

Enero – Primera Luna de Tezna
Febrero – Segunda Luna de Tezna
Marzo – Tercera Luna de Tezna
Abril – Primera Luna de Fisno
Mayo – Segunda Luna de Fisno
Junio – Tercera Luna de Fisno
Julio – Primera Luna de Lauso
Agosto – Segunda Luna de Lauso
Septiembre – Tercera Luna de Lauso
Octubre – Primera Luna de Velus
Noviembre – Segunda Luna de Velus
Diciembre – Tercera Luna de Velus

Sombras

Ávila estaba cargando a su hija recién nacida, la nueva bendecida de la Serpiente Azul Celeste. Estaba sentada a la sombra de un árbol y la bebé dormía. Tenía un medallón en el cuello, su padre lo había hecho para ella. El escudo de la familia estaba tallado al frente y por detrás tenía su fecha de nacimiento.

Se molestó un poco cuando vio que su hija se parecía a su padre y no a ella. A diferencia de su esposo e hija, quienes tenían cabello gris claro y ojos azules, el de ella era color rubio. Al menos tenía los ojos azules al igual que ella. En ese momento la estaba mirando, había intentado por tanto tiempo tener hijos. La diosa la bendijo con una hija. Y la Serpiente Azul Celeste la había escogido para ser una bendecida. Pensó que se debía a que la familia de su esposo había cuidado la entrada a la montaña Picos Escamas durante más de seiscientos años. Le habría gustado que su hija hubiese nacido en la montaña, pero debido a un parto prematuro nació en Hexno. No se arrepentía de haber viajado, porque así Everett estaba junto a ellas.

Llevaban tres lunas en Hexno, no querían regresar hasta que la bebé estuviera más fuerte. Se había enfermado durante su primera luna de vida, no sabían por qué, pero lo que les importaba era que ahora se encontraba bien.

Vio que su esposo estaba llegando.

—Everett, regresaste temprano —dijo Ávila.

—Quería pasar más tiempo con la bebé —dijo mientras se sentaba a su lado.

—Toma, cárgala —dijo Ávila.

Miró a su hija por un momento.

—Hasta dormida se ve hermosa —volvió a mirar a Ávila— como tú.

—Estoy de acuerdo con eso —dijo alagada.

Everett pudo notar que, aunque Ávila sonreía, estaba preocupada por algo.

—¿Qué te pasa?

—Ella ya tiene una luna de edad y no le hemos dado un nombre. Me siento mal por eso. Las cosas no han sido como quería.

—No estábamos esperando que se adelantara, ya escogeremos un nombre.

—He estado pensando en algunos —dejó salir un suspiro y le cambió el tema—. Hay algo que quería decirte y es que quiero regresar a casa.

—Sí, quiero que mi padre la conozca —hizo una pausa—. Yo creo que ya podemos regresar, ella ya está más fuerte —le aseguró Everett.

Ávila no quería arriesgarla, pero de verdad deseaba regresar.

—De acuerdo.

—Nos iremos mañana —le dijo Everett.

Estaban cerca de la frontera entre Hexno y Jenia. Les agradó estar más cerca de su casa. Esta vez regresaron a pie, así era más seguro.

Iban caminando por un bosque cuando escucharon un ruido. Se detuvieron para mirar alrededor, no vieron nada.

El hecho de que Ávila no poseía magia preocupaba un poco a Everett. Él sí poseía un poder, distintivo de la familia Violet.

—Ve al frente con la bebé —le dijo a su esposa para vigilarla mejor.

Ávila se adelantó, esperaba que no fuera nada.

Continuaron caminando. Volvieron a escuchar otro ruido. Provenía del movimiento de las ramas de un arbusto. Miró hacia atrás, se preocupó por lo que vio. Ávila no vio nada, pero la cara de su esposo decía otra cosa. Él estaba usando el poder de su familia, esto no era bueno.

Antes de que Everett le pudiera decir que corriera, vieron unas sombras que se acercaban a ellos. Comenzaron a correr, pero las sombras los alcanzaron. Los sujetaban por las piernas y los brazos. Aun así, Ávila sostuvo con todas sus fuerzas a su hija. Ambos intentaron liberarse de ellas, pero no funcionó. Las sombras también trataron de capturar a la bebé, pero no pudieron. Los bendecidos estaban protegidos de toda esa magia oscura durante los primeros tres años de su vida, de esa manera las serpientes se aseguraban de que sus elegidos sobrevivieran. Al menos ella estaba a salvo de las sombras, pero no podían hacer nada con respecto a la persona que estaba controlándolas.

Era el rey Renaldo, del reino de Terson. Los había seguido, quería a la bebé.

—La familia Violet, qué sorpresa que están tan lejos de Picos Escamas —les dijo sarcásticamente.

—Asuntos personales —dijo Everett entre dientes.

—¡No te atrevas a tocarla! —dijo Ávila instintivamente.

—Tranquilos, no le haré nada, por ahora —no entendieron y él lo notó—. Mi plan es llevarla conmigo de vuelta a Terson para que me ayude a deshacerme de los bendecidos.

—¿Nos estás diciendo que quieres convertirte en su padre? —preguntó Everett molesto.

—Yo, ¿ser padre? —dijo con una sonrisa falsa—. Claro que no —mintió—. Más bien ella se convertirá en huérfana.

Ambos sabían lo que les esperaba, la muerte. No podían hacer nada, ellos morirían y su hija sería una esclava de Terson. Lo que más les molestaba era que no podrían ver a su hija crecer. Al menos la serpiente la protegería, eso esperaban.

Estaban mirando al rey mientras sacaba el medallón de Krizys, y notaron que no tenía las gemas. En vez de tener las cuatro gemas de las serpientes, tenía el anillo de Samus incrustado. Eso explicaba por qué podía controlar las sombras de esa manera. El anillo era color negro y tenía un diamante blanco, el mismo que Osamu usó para tratar de vencer a la diosa. Recordaban perfectamente el día que los robaron de la montaña Picos Escamas. Tenían que advertir a los otros reinos sobre eso, pero era tarde, no podrían hacerlo.

El rey Renaldo activó el anillo, las sombras se acercaron a ellos. Los estaba rodeando, miraron a su hija. Ella era una de las cuatro personas que ayudarían a acabar con él, sería una salvadora y estaban felices por eso. Tal vez no podrían estar con ella, pero la serpiente la guiaría al camino de la diosa. Unas manchas negras comenzaron a aparecer en el cuerpo de Everett y Ávila como resultado de que las sombras se apoderaban de ellos.

Mientras Renaldo estaba usando el anillo y el medallón, logró ver una luz azul celeste, sabía lo que eso significaba. Terminó con el proceso, los dos cuerpos de los padres cayeron al suelo, habían muerto.

Miró a la bebé, y notó que estaba despierta y tranquila. Se dio cuenta que la niña no sintió las sombras. La luz que había visto había sido la Serpiente Azul Celeste protegiéndola. La tomó en sus brazos y miró la marca. Su plan original era convertirse en su padre, pero pensó que sería una mejor idea si la disciplinaba primero. La llevaría a un orfanato que estaba en una pequeña ciudad cerca de la frontera. Cuando fuera más grande la adoptaría y comenzaría su plan para deshacerse de los otros tres bendecidos.

Miró el medallón que tenía en el cuello con el escudo de su familia y la fecha de nacimiento en la parte de atrás. No tenía ningún nombre, se alegró por eso, más adelante podría llamarla como él quisiera. Cuando la adoptara, le pondría uno, así ella se apegaría más a él.

Fue cuando la bebé comenzó a mirar alrededor, tal vez buscando a sus padres.

—Tranquila, por ahora vendrás conmigo al castillo, pero no será por mucho tiempo.

Capítulo 1

Érika y Silon estaban caminando por el bosque cerca de la capital de Jenia, junto a sus serpientes. Hacía seis lunas que le habían contestado al rey sus cartas y aún se encontraban lejos. Estaban a cinco horas del castillo de Jenia y no querían que el rey siguiera esperando. Deseaban conocer al cuarto bendecido, pues en la carta que les había enviado el rey decía que se encontraba con ellos.

Silon estaba corriendo para poder llegar más rápido, pero no se dio cuenta de que Érika se había quedado atrás hasta que su serpiente se lo dijo. Se detuvo para esperarla.

Érika lo alcanzó un minuto después.

—Me dejaste sola —dijo Érika molesta.

—Eres una bendecida, estar sola no debería molestarte.

—Al menos explícame por qué estás corriendo como si algo te estuviera persiguiendo.

—No deberíamos hacer esperar más al rey Gisberto. Además, Terson tampoco esperará.

—Como tú quieras, pero no vas a continuar sin mí —dijo Érika antes de seguir caminando.

Silon miró a su serpiente.

—¿Qué hacemos con ella, Dorada?

—Nada, la necesitamos... viva. Pero, en verdad, no necesitan correr todo el camino.

Silon se ofendió.

—¿En serio la estás respaldando? Esto es una emergencia.

—No funcionará de nada si están cansados cuando lleguen.

Érika logró escuchar lo que dijo Silon. Alzó su mano y dejó salir un humo color rosa.

—¿Quieres tener alucinaciones las próximas tres horas?

Silon desvió la mirada.

—Eso pensé —dijo mientras bajaba la mano.

—Esa es mi elegida —le dijo Rosa a Érika.

—Sólo digamos que aprendí mucho contigo —le guiñó un ojo.

Silon negó con la cabeza.

—¿Ya podemos seguir caminando? —Érika lo volvió a mirar molesta—. ¿Sabes qué? Mejor me voy solo. No necesito compañía extra, además de Dorada.

—Oye —se ofendió—. Llevamos viajando juntos por seis lunas, no me vas a dejar ahora que estamos tan cerca —se acercó a él —. Si lo haces, te arrepentirás el resto de tu vida.

Dorada y Rosa se miraron.

—**No puedo creer que con sus diferencias los dos logran trabajar bien cuando luchan** —dijo Dorada.

—**A veces no entiendo a los humanos** —comentó Rosa.

—**Ya somos dos.**

Siguieron caminando. Érika trataba de sujetarse su cabello, el cual era demasiado largo y de color marrón, igual que sus ojos. Silon le había dicho que no se lo cortara, pero ella, ciertamente, quería tenerlo más corto.

Estaba teniendo dificultad en amarrárselo, y de repente Silon se detuvo y la ayudó cuidadosamente.

—Ya ves por qué quiero cortarlo.

—Mírame un momento —le ordenó Silon y ella le miró.

No entendió por qué le pidió eso.

El bendecido de cabello rubio, ojos verdes y piel morena le preguntó.

—¿No entiendes? —ella negó con la cabeza—. Llevo con este corte de cabello dos años, casi no me ha crecido. No cometas el mismo error —le advirtió.

—Si tú lo dices...Pero no todo el mundo es igual.

Terminó de atarle el moño delicadamente.

—Gracias —dijo sonriendo.

—No es para tanto, ya sigamos.

Érika se quedó parada donde estaba y miró a Rosa.

— ¿Acaso no tiene sentimientos? ¿Por qué cambia su actitud de repente? —preguntó Érika.

—**Ya sabes que él es así** —le contestó Rosa.

—Necesita más alegría en su vida —dijo ella mientras lo seguía.

Lograron llegar a la capital de Jenia justo antes del atardecer. Estaban cansados, pero a la vez aliviados de haber llegado. Todavía no sabían cómo le iban a explicar al rey la razón de que llegaran tan tarde. Por otro lado, era la primera vez que esa generación de bendecidos se reuniría. Querían conocer al cuarto bendecido y ver el progreso de Kyle con su magia.

Mientras se acercaban al castillo notaron que algo no estaba bien. Había guardias por todas partes, incluso vieron a Dan. Se acercaron a él.

Cuando Dan vio a los dos bendecidos con sus serpientes, se alivió mucho.

—Érika, Silon, no saben cuánto me alegra verlos.

—Lo mismo digo, Dan —replicó Érika.

—¿Qué pasó para que estés en las calles vigilando? —preguntó Silon.

El simple hecho de recordarlo lo enfurecía.

—Primero entremos al castillo, después les explicaremos.

Siguieron a Dan, no sabían qué esperar de todo eso.

El rey Gisberto se encontraba en el castillo planificando una misión de rescate. Le acompañaba el príncipe heredero Xander y sus dos hijos Keira y John. Todos estaban enfocados en Kyle y Aria desde que se entregaron. El rey y sus hijos cuidaban a Carmesí como su hijo menor le había pedido. Celeste, por otro lado, no se separaba de Dan. Incluso cuando Dan le pedía que se quedara en el castillo, ella salía a buscarlo hasta que lo encontraba. En ese momento Celeste estaba con ellos en el salón del trono, sólo porque Carmesí se lo había pedido. Todos ayudaban de alguna manera a encontrarlos y poder sacarlos de Terson.

Dan entró y detrás de él estaban Érika y Silon. Todos se aliviaron al verlos junto con las serpientes.

—Mi rey —Dan se inclinó—. Creo que ahora podremos hacer algo.

—Érika, Silon, no podían llegar en un mejor momento. De verdad los necesitamos ahora —dijo el rey.

Se aliviaron al saber que no estaba molesto por ellos haber llegado tarde.

—Rey Gisberto, ¿qué pasó? —preguntó Érika—. Todos están demasiado alterados.

—Seguramente nada bueno —dijo Silon mientras miraba a Celeste y Carmesí—. Las serpientes no se separan de sus elegidos, así como así.

Fue cuando Érika se dio cuenta de que las otras dos serpientes estaban allí también. Las cuatro Serpientes Sagradas se encontraban reunidas una vez más, pero no bajo las mejores circunstancias.

—No estás tan lejos de la verdad, Silon —los miró con tristeza en sus ojos—. El rey de Terson tiene encerrados a los otros dos bendecidos.

Se quedaron inmóviles, no sabían qué pensar. El rey Renaldo tenía capturados a dos bendecidos, eso era malo. Tendrían suerte si seguían con vida.

—¿Cómo pasó eso? —cuestionó Silon.

—Kyle y Aria se entregaron voluntariamente —contestó Xander.

—Aria, ¿así se llama la cuarta bendecida? —preguntó Érika. Se puso feliz al saber que no era la única mujer bendecida viva en ese momento.

—Su nombre completo es Aria White —eso los tomó por sorpresa y se notó—. Sé que es difícil de creer, pero es así —afirmó Dan.

—¿Seguro que es ella? —interrogó Érika.

—Muy seguros, vimos su marca —aseguró el rey Gisberto.

—¿Estamos hablando de la Aria White que ha estado en prisión? —preguntó Silon.

—Esa misma —contestó Dan.

Silon todavía no se veía tan convencido y estaba un poco molesto, pero no dijo nada más. No pelearía con la diosa ni las serpientes sobre sus decisiones.

—Y… ¿No pasó nada entre ustedes dos? —preguntó Érika a Dan.

Los dos sabían lo que el padre de Aria le había hecho a Robert.

—Decir que no pasó nada sería una mentira —expresó Dan.

—Olviden ese tema por ahora, ¿no saben adónde los llevaron? —preguntó Silon.

—Si lo supiéramos no estaríamos aquí —contestó John.

Tenían que encontrarlos, el rey de Terson era capaz de hacerle cualquier cosa a los bendecidos y a las serpientes.

—Esa no es la única preocupación, tenemos la sospecha de que Aria es una Violet —declaró Gisberto.

—¿Qué? ¿Están seguros? —Silon no sabía si podría procesar más sorpresas.

—Si ella de verdad es una Violet, significa que tendríamos una gran ventaja contra el rey de Terson —afirmó Keira.

—¿Ella heredó el poder? —cuestionó Érika.

—No lo sabemos, no le contamos nada de esto —añadió Gisberto.

—Es mejor si planificamos la misión de rescate lo antes posible —opinó Dan.

—Sí. Comenzaremos mañana, los dos necesitan descansar —dijo Gisberto.

Dan llevó a Érika y a Silon a sus habitaciones, después fue a su oficina. Celeste lo siguió. Desde que Aria la había dejado a su cuidado siempre lo seguía a todos lados. Al principio no estaba tan seguro de cómo cuidarla, pero después de un tiempo vio que no sería tan difícil. La serpiente era muy tranquila, normalmente estaba en su brazo o en una bolsa que tenía para cargarla.

Celeste lo miraba, sabía que quería decirle algo. El problema era que sólo le podía hacer preguntas cuya respuesta fuera sí o no.

—¿Quieres algo? —preguntó Dan.

Celeste afirmó con la cabeza.

—Ya sé lo que quieres —se sentó en su silla y la miró—. Sabes que estamos haciendo todo lo que podemos por sacarlos a los dos de allí lo antes posible.

Celeste se acercó lentamente a su brazo y comenzó a ascender por él contorneándose. La primera vez que hizo eso lo asustó un poco, pero ya no le molestaba. Se enrolló alrededor del brazo, pues sabía que estaba triste. Entonces, Dan comenzó a acariciarla.

—Sé que Aria va a estar bien.

Celeste recostó la cabeza en su brazo. Dan esperaba que eso la hubiese tranquilizado un poco, pero, la verdad, ni siquiera él estaba tranquilo.

Capítulo 2

Carmesí, Dorada y Rosa estaban reunidas debajo de un arbusto en el jardín del castillo, tenían algunos asuntos que discutir.
Esperaban a Celeste, pero Rosa se estaba cansando.

—**¿Le dijiste que nos íbamos a ver aquí?** —preguntó Rosa.

—**Claro que lo hice, sólo dale tiempo. Desde que se separó de Aria ha estado así** —replicó Carmesí.

—**Ellas dos siempre tuvieron una conexión muy fuerte** —afirmó Dorada—. **Ya desearía yo tener ese tipo de amistad con Silon.**

—**Es increíble, ha tenido cientos de elegidos durante todos estos años, pero se apegó a Aria como si fuera su madre** —expresó Rosa.

—**La razón de eso es muy obvia, Celeste la cuidó y protegió desde que nació** —comentó Carmesí—. **Todas sabemos lo que hizo el rey Renaldo.**

—**Ni siquiera lo menciones, siempre odié a Terson** —manifestó Dorada.

—Todas compartimos ese sentimiento.

Celeste llegó en ese momento, se estaba moviendo lento. Era mejor si no preguntaban nada del tema.

—**Miren quién llegó** —anunció Rosa.

—**Bueno, ya llegué, no se desesperen.**

—**Ahora que estamos las cuatro, podemos comenzar** —manifestó Dorada—. **Carmesí, Celeste, ¿no han sentido que la vida de sus elegidos se apaga?**

—**No** —contestó Carmesí.

—**Eso es bueno. Por ahora ayudaremos al rey Gisberto a encontrarlos.**

Celeste no dijo nada, solo se quedó mirando el suelo.

—**Ayudaremos desde aquí, el rey Renaldo tiene el anillo de Samus y el medallón de Krizys, tenemos que actuar con cautela** —dijo Carmesí.

—**Estoy de acuerdo, sé que podrán resistir hasta que lleguemos** —afirmó Rosa.

—**Si ya terminamos, me voy.**

Celeste comenzó a retirarse. Era increíble lo mucho que ella se parecía a Aria, eso era algo que ella diría. Se iba a ir, pero sus hermanas se acercaron. Las cuatro se enrollaron, era como un abrazo. Así le demostraban que todas estaban preocupadas igual que ella.

Xander, Keira y John estaban en la biblioteca. Xander los estaba ayudando a aprender de memoria el mapa de Terson. Tuvo una gran ventaja al habérselo aprendido hacía varias lunas. Los tres estaban haciendo un gran esfuerzo, pero John lo impresionó. Generalmente a él no le gustaba estudiar, pero estaba muy decidido a aprender todo el territorio de Terson.

—¿Cuán lejos está la capital de Terson de la capital de Hexno? —preguntó Xander a sus hermanos.

—Una luna a pie —le contestó John.

—Correcto. Ahora, ¿cuán lejos está la capital de Terson de la montaña Picos Escamas?

—En ese caso depende —replicó Keira.

—¿Por qué dices eso? —volvió a preguntar Xander.

—A pie serían tres semanas y a caballo o en carreta serían dos —le respondió Keira.

—Si lo haces por el río serían once días —añadió John.

—Pero recuerda que después tendrías que caminar todo el ascenso —precisó Keira.

Xander estaba sorprendido de que sus hermanos hubieran prestado atención a sus explicaciones.

—Los dos están en lo correcto —miró el mapa—. A este paso se aprenderán todo en menos de dos lunas.

—Deberíamos aprendérnoslo en menos de una luna —dijo John.

—Tranquilo, llevamos toda la vida tratando de aprender todo el territorio de Jenia y todavía nos faltan algunos lugares. Necesitaremos un poco más de tiempo para analizar el mapa de Terson. Es confuso y nos podríamos perder. Tenemos que estudiarlo bien e investigar sobre sus caminos ocultos. —propuso Keira.

—Deberíamos ya estar de camino a buscarlos —habló John entre dientes.

—Todos deseamos lo mismo, pero no podemos hacer nada sin un plan. Además, teníamos que esperar a Érika y a Silon —manifestó Xander.

John dejó salir un suspiro.

—Lo sé.

—Tranquilo, si les hubiese pasado algo malo, las serpientes nos habrían avisado de ello —expresó Keira.

Sin embargo, eso no lo hacía sentir mejor.

—Mañana comenzaremos a planear todo, no tardaremos más —al menos eso esperaba.

—Saben que no sólo lo digo por mí, también por nuestra madre —aclaró John.

Desde ese día, Orit no había estado bien. Cuando regresaron sin Kyle, ella se quebró. Lloró todo el día. Nadie sabía lo que les harían. Era lo que no los dejaba dormir por las noches, la preocupación de que el rey Renaldo quisiera matarlos ese mismo día.

Tenían espías en Terson, pero la información que habían traído de vuelta no ayudaba. Sólo sabían que estaban en Terson y que habían llegado con vida, pero no sabían dónde los tenían. Pensaron que se encontraban en el castillo, pero ninguno de los espías los había visto llegar. Eso los devolvía al punto de partida.

—Al menos cuidar a Ona, la mascota de Kyle, la ha ayudado un poco —dijo Keira.

—Sí, pero no será por mucho tiempo—le expuso John.

Xander trató de tranquilizarlos.

—Mañana podremos arreglar todo.

—Eso espero.

Después de las lecciones, Xander fue a relajarse al jardín. Estar calmado no era algo fácil en ese momento, nadie lo estaba.

Estaba caminando cuando escuchó unos siseos, eran las serpientes, pero no las veía. Siguió el sonido y llegó hasta un arbusto, del cual salieron las cuatro serpientes. Se quedaron mirándolo, Carmesí se acercó a él. La tomó en sus manos.

—¿Todo bien?

Carmesí afirmó con la cabeza. Las otras serpientes se fueron, asumió que regresarían con sus bendecidos, excepto Celeste.

Desde que se llevaron a Aria, ella se comportaba de manera depresiva. La verdad, se portaba de la misma manera en la que su elegida lo hacía. Carmesí se veía triste pero no tanto como Celeste. Recordó el día en el que ellas dos habían llegado al castillo, Aria corrió a ella y la tomó en sus brazos. Tenían una conexión muy fuerte que no podía comprender.

Carmesí le siseó, deseaba entenderla. La miró tratando de leer su mirada. La serpiente volteó la vista hacia una ventana que se veía desde donde estaban parados. Xander observó la ventana, sabía a qué habitación pertenecía. Era la habitación de su hermano Kyle, ella también lo extrañaba. Volvió a mirarla.

—¿Quieres ir? —preguntó el príncipe heredero.

Le afirmó con la cabeza.

Xander comenzó a caminar hacia allá. Cuando llegó, se dio cuenta de que no estaba solo. Dan, Érika, Silon y las otras serpientes se encontraban parados frente a la habitación de Kyle. Comenzó a sospechar.

—Ya veo que las cuatro se pusieron de acuerdo —expresó Xander mientras miraba a Carmesí.

—Según Rosa, nos quieren mostrar algo —informó Érika.

—La pregunta es ¿qué es lo que nos quieren mostrar que está dentro de la habitación de Kyle? —cuestionó Silon.

—Si no entramos, no lo sabremos nunca —dijo Dan.

Se adentraron en la habitación a la que Xander no había accedido desde que se llevaron a su hermano. Carmesí bajó de su brazo y se dirigió al escritorio. La siguieron, estaba señalando un libro con su cola. Silon tomó el libro y miró a Dan.

—Pensé que era ilegal.

—Sí lo era, pero Kyle encontró esta copia en la biblioteca. Deberían leerlo.

Abrieron el libro y se sorprendieron al ver que estaba escrito en el lenguaje de las serpientes. Los dos bendecidos cerraron los ojos y los volvieron a abrir. Ahora sus ojos estaban negros, comenzaron a leerlo. Tenía mucha información que ya conocían, pero también decía cosas bastante interesantes. Siguieron pasando las páginas, cuando encontraron una nota en la última.

No permitan que alguien de Terson encuentre este libro. Tienen que practicar la fusión mental. Si no logramos escapar, entonces tendrán que rescatarnos. Nosotros no nos rendiremos. Tampoco ustedes.

Kyle y Aria

Ellos ya tenían todo planificado. No se habían llevado ese libro a Hexno y dejaron esa nota antes de irse. Sabían muy bien lo que hacían aquel día, así que no fue un accidente o una casualidad. Aunque no estaban preparados para lo que les esperaba en Terson. El rey seguramente los torturaría o incluso los mataría, deseaban que no fuera lo segundo.

Érika y Silon se miraron, tenían que aprender a fusionarse mentalmente con sus serpientes si querían rescatarlos. Según lo que decía el libro no parecía tan difícil, pero era de su conocimiento que todo lo que tenía que ver con las serpientes nunca resultaba ser fácil. No había opción, tenían que sacarlos de Terson, comenzarían a practicar. Con suerte, la conexión con sus serpientes era lo suficientemente fuerte para lograrlo en poco tiempo, pero no lo sabrían hasta que lo intentaran.

Dan se quedó mirando la nota. ¿Por qué ni Celeste ni Carmesí les habían mostrado eso antes? Sabían que ellos no podían leer el idioma de las serpientes o hacer la fusión que hablaba el libro, pero al menos habrían podido estar más tranquilos al saber que todo eso era parte de un plan que los dos tenían. Se molestó un poco, pero luego reflexionó. Ellas sólo estaban siguiendo órdenes que sus bendecidos les habían dado.

Capítulo 3

Todo eso era una pesadilla, sabía que abusarían de ellos y los torturarían tan pronto llegaran a Terson, pero esto era demasiado. Estaba en una celda en forma de rotonda, encadenado de manos y pies, pero al menos podía pararse. La celda no tenía ventanas, solo una cama hecha de paja y una sábana que parecía de tela de encaje de tan fina que era.

El día que despertó en la celda, se percató que tenía ropa de prisionero, nunca pensó que sería uno de ellos. Ese mismo día, incluso, lo azotaron y le hicieron cortes con cuchillos muy finos. Su magia curativa comenzó a sanarlo, pero no duró mucho, ya que le tiraron una bomba de líxiro dentro de la celda. Todas las semanas le suministraban una dosis en estado gaseoso, era lo peor.

No tenía la menor idea de dónde se encontraba, pero sabía que estaba en Terson. El rey Renaldo le había dicho que los llevarían al castillo, pero era obvio que no estaban ahí. Intentaba averiguar en qué lugar exacto se encontraba, puesto que no había ventanas. Hacía un frío insoportable, aunque era la tercera luna de Tezna y ya el invierno casi terminaba. Era un milagro que no se hubiese enfermado, pero era algo que en cualquier momento podría ocurrir.

Desconocía cuánto tiempo había pasado desde que se habían entregado y tampoco sabía nada de Aria. El rey Renaldo le dijo que por el momento los necesitaba vivos a los dos, pero se aseguraría de que sufrieran. Las torturas pasaban casi todos los días, normalmente sólo eran azotes con correas de cuero y sólo le dejaba moretones. Otros días eran cortes de cuchillo en partes del cuerpo que no causaban la muerte por desangramiento. No tenían su magia curativa, lo que significaba que por primera vez en su vida tenía cicatrices en los brazos por los cortes. Si lograba volver a ejecutar la fusión, las cicatrices desaparecerían, pero era lo último que le importaba en ese momento.

Quería saber cómo estaba Aria, pero los guardias no le daban información. Intentó comunicarse telepáticamente con ella varias veces, pero no le contestaba. Temía lo peor. Lo único que lo mantenía en marcha era saber que las serpientes estaban seguras. No había hablado con su serpiente. Si lo veían contactándola, lo matarían por revelar todo lo que estaba sufriendo.

Kyle había perdido la noción del tiempo. El hecho de que la celda no tuviera una ventana empeoraba las cosas. A causa de eso se sentía cansado todo el tiempo. A veces sentía frío tres y cuatro veces al día, por lo que comenzó a pensar que en realidad era fiebre. El rey Renaldo se aseguraba de mantenerlo con vida. No sabía si él hacía lo mismo con Aria. Una semana antes, uno de los cortes se le había infectado y el rey se aseguró de que le curaran la herida para que estuviera "bien".

Estaba sentado contra la pared. Cuando saliera de allí, no volvería a entrar a un salón redondo en mucho tiempo. Algunos días se sentía mareado, quería salir. No tenía la menor idea de cómo Aria había soportado estar encerrada en Agua Caliza. La diferencia era que ella sí tenía contacto con personas y salía de la celda. En esta ocasión no salían nunca. Su única compañía era una araña que estaba tejiendo una telaraña en la pared. La iba a matar, pero cuando vio que no era venenosa, decidió tenerla de compañía. Le recordaba a Keira, quien tenía pánico a las arañas. Recordar esas cosas también lo ayudaban a no caer en la locura, por eso quería hablar con Aria.

Intentó una vez más comunicarse con ella, lo estaba intentando con todas sus fuerzas. Nada, de nuevo sin respuesta. No se sorprendió por eso. Se sintió solo, exactamente igual que cuando le decían que no podía lograr nada.

Fue cuando vio que la puerta de la celda se abrió, era el rey Renaldo. No sabía qué quería, no estaba de ánimo para hablar, pero comprendió que no tendría opción.

—¿Qué haces despierto a estas horas de la noche? —le preguntó el rey.

—¿Ah, entonces es de noche? —Kyle pensaba que era de día—. Es difícil saber qué hora es cuando no puedes ver el sol o la luna.

El rey se rio y Kyle sólo logró molestarse más de lo que ya estaba.

—Te aconsejo que descanses, no sabes qué te espera mañana —dijo el rey.

—¿Qué? ¿Me vas a matar? Si lo vas a hacer, termina de una vez con todo esto.

—Qué curioso. Aria me dijo exactamente lo mismo antes de que viniera a verte.

Seguía con vida, eso lo alivió. Lo miró a los ojos, quería que él le contestara algunas preguntas ahora que sabía que ella estaba viva.

—¿Qué quieres de nosotros? —preguntó Kyle.

—Por ahora, nada. Lo interesante comenzará cuando los tenga a los cuatro junto a sus serpientes.

—No podrás capturarnos a todos, nunca.

Se acercó a él, se puso en cuclillas y sacó algo de su bolsillo. Miró lo que era y vio el medallón de Krizys, en el centro tenía al anillo de Samus. Se preocupó mucho, no tenía las gemas de las serpientes, pero sí el del anillo. Con eso sería capaz de matarlas, lo que cambiaba el plan que él y Aria habían creado.

—¿Te comió la lengua el gato? —dijo mientras se paraba.

No se lo esperaban, pensaron que no era verdad. Sabían que tenía las joyas, pero nunca se imaginaron que las había combinado. El medallón no funcionaba sin las gemas, pero podría ayudarlo a controlar mejor el anillo. Ambas joyas juntas eran demasiado poder.

—Una última cosa, si Aria no te está contestando es porque está molesta contigo.

No se esperaba que ella estuviera molesta con él. ¿Por qué? No había hecho nada.

—Ya sabe la verdad de su familia, debieron decírselo ustedes cuando tuvieron la oportunidad —el rey añadió.

No entendía de qué estaba hablando ¿Qué verdad? Pensaba que Aria no había logrado encontrar ningún escudo que se pareciera al que tenía de niña. El rey vio su cara de confusión.

—¿No lo sabías? —sacó otro medallón de su bolsillo y se lo lanzó frente a él—. Ese es el escudo de su familia, su línea de sangre.

Tomó el medallón y vio el escudo.

—Ella es una Violet —se dijo a sí mismo. Sabía lo que le había pasado a esa familia. Miró al rey—. Tú mataste a su familia y la dejaste con vida para que te sirviera.

—Sí, mi plan original era matarla a ella también, pero después de investigar sobre las serpientes supe que Celeste la protegería de mis ataques. Así que la llevé a ese orfanato para después adoptarla como si fuera mi hija, lamentablemente… Estoy seguro de que ya sabes qué pasó después.

—Su padre Dave la sacó de allí y se la llevó a Hexno.

Pudo ver que el rey se molestó más, pero después una sonrisa apareció en su cara. Le pareció un poco extraño lo rápido que podía cambiar sus emociones. Era como si no fuera humano.

—Dime una cosa, príncipe, ¿sabes cuál era el poder que tenían las personas con sangre Violet?

Claro que sabía cuál era el poder, muchas veces deseó tenerlo en vez de su magia de bendecido.

—¿Ella lo heredó?

—Eso es lo que intento averiguar. Hay dos maneras de saberlo, que ella lo diga o mirando sus venas de poder.

Las venas de poder están en el cuello unidas a las arterias principales del cuerpo.

—Tendrías que matarla para poder verlas —dijo preocupado.

—Por eso prefiero que, si es que lo tiene, nos lo muestre ella misma.

Fue lo último que le dijo, después se fue.

No había ningún registro de que los bendecidos tuvieran más de un tipo de magia al mismo tiempo. Existía la creencia de que si esto ocurría se podían morir, por todo el poder que tendría que soportar el cuerpo. Por esa razón, no creía que ella lo tuviera, pero le hacía dudar saber que ella estaba conectada a Celeste. Tal vez podía tener más de una magia y, si la tuviera, sería una gran ventaja.

Trató de hablar con ella telepáticamente una vez más, esta vez no sintió el bloqueo que le tenía. Esperó un momento para ver si ella le decía algo, pero no escuchó nada. La llamó por su nombre, esperando una respuesta. Pudo sentir la tristeza y el enojo que venía de ella.

—Aria, ¿estás bien?

No obtuvo una respuesta, pero sabía que no se tardaría mucho más en responder.

—Si quieres hablar, estoy aquí, esperando tu respuesta.

—Más o menos —contestó Aria a la pregunta inicial.

Se alegró de que le contestara, al menos ahora sabía por sí mismo que de verdad estaba viva.

—Sé que estás molesta pero no te…

—¿Por qué no me lo dijeron? —pudo sentir tristeza en ella.

—Yo no sabía nada.

—Pero… ¿por qué ellos me ocultaron la verdad?

—Protegerte —Aria se quedó callada, era lo mismo que Keira y Celeste le habían dicho—. *Conociéndote, seguramente, si lo hubieses sabido antes, habrías buscado venganza y terminado de una manera bastante trágica.*

—Sí, seguramente —entendió por qué ni Celeste ni nadie más se lo había dicho… Lo entendió en parte.

—Te vuelvo a preguntar, ¿estás bien?

—¿Qué tú crees? —dijo irónicamente—. *Sólo estoy reviviendo los*

primeros siete años de mi vida, pero esta vez no puedo huir.

—Tengo una noticia que darte. Debemos cambiar el plan para escapar y necesito tu ayuda para lograrlo. El rey Renaldo combinó el anillo y el medallón, así que tenemos que…

—Entonces, olvida ese plan. Ahora que sé que combinó las dos joyas, es imposible.

Se preocupó, no por la situación sino por ella. Gracias a todo el tiempo que pasaron juntos sabía que ella no era así. Algo no estaba bien.

—Lograste escapar de Agua Caliza, se decía que era imposible, pero tú lo hiciste. Es casi lo mismo, sé que puedes lograrlo.

—Cuando escapé de Agua Caliza tuve ayuda —dijo molesta.

—¿Qué? —no sabía eso—. *¿Tuviste ayuda, de quién?*

Tendría que delatarlo.

—Talan Westter. Fue gracias a él que escapé ese día. Sin su ayuda me hubiese tardado unas cuantas semanas más en salir. Me dio una ganzúa, no sé de dónde la sacó.

Cuando regresaran, tendría que contárselo a su padre.

—Eres la escapista de Nesshia, sé que lo puedes hacer, con o sin ayuda —nunca pensaría lo contrario.

—Pero ahora no, tal vez otro día —sintió que Aria se volvió a desconectar.

Miró el medallón y quería dárselo. Después de todo le pertenecía. Se volvió a preguntar si ella había heredado ese poder. Si lo tuviera, sería una gran ventaja.

Esperaba que ya Érika y Silon hubiesen llegado a Jenia. Ellos eran su única esperanza si no lograban salir. Lo importante era que sabía que las cuatro serpientes estaban a salvo.

Capítulo 4

Érika estaba con Rosa tratando de lograr fusionarse. Se encontraban en el jardín, según Rosa se debía meditar en un lugar en el que hubiese paz. Esa fusión no era algo fácil de lograr, se necesitaba un gran vínculo entre las dos. Consideraba que tenían una buena conexión, pero se dio cuenta de que necesitaba más que eso para lograr esa fusión. Había meditado durante tres horas, no logró nada. El libro lo hacía ver más fácil de lo que en realidad era. Rosa estaba justo al frente de ella.

—Deberías descansar.

—Esa es una buena sugerencia, meditar no ha ayudado mucho.

—No sería mala idea ver cómo le ha ido a Silon.

—¿Quieres ir a molestarlo? —Rosa le sonrió y Érika le devolvió la sonrisa—. Ve pensando en qué decirle.

Entonces, tomó a Rosa en su mano y se dirigieron al campo de entrenamiento. Silon le había dicho que estaría allí, seguramente meditando. Quería ir a molestarlo, pero por un instante dudó si debía hacerlo. Silon era de ese tipo de personas que se molestaban por cualquier cosa. En cierta manera, eso lo hacía más gracioso, aunque a ella no le gustaba verlo cuando estaba muy molesto.

Llegó al campo de entrenamiento, vio a Silon y a Dorada sentados en el suelo. Silon tenía los ojos cerrados cuando llegó Érika, pero Dorada sí la vio. Se estaba acercando lentamente para que no la escuchara. Dorada le lanzó una mirada queriéndole advertir de que no lo hiciera, pero lo iba a hacer de todos modos. Se paró detrás de Silon, iba a poner su mano sobre su hombro para asustarlo.

De repente, Silon le tomó la mano.

—Ni siquiera lo pienses.

—Está bien, sólo suéltame —le dijo adolorida mientras este le apretaba la mano. Después de soltarla, Érika se miró la mano y estaba roja—. No tenías que apretármela.

—Y tú deberías estar meditando.

—Lo sé —dijo mientras se sentaba frente a él—, pero ya llevo tres horas en eso y estoy cansada.

—Ya sé que no es fácil, pero no tenemos opción. Kyle y Aria cuentan con nosotros como última respuesta de rescate. ¿Crees que podrás vivir con la carga de no haberlos salvado y permitirle al rey Renaldo que los mate a ellos y a las serpientes? De hecho, eso terminaría con el mundo.

No sabía muy bien qué contestar.

—Sólo te dije que estaba cansada, no tenías que sacar toda tu frustración, pero, si eso te ayuda a sentirte mejor, puedes continuar.

—Te lo decía por si se te había olvidado —dijo mientras volvía a cerrar los ojos.

—Eso fue lo que nos trajo aquí. ¿Cómo se me iba a olvidar?

—En ese caso regresa a meditar.

Miró a Rosa, sabía que algo así iba a suceder. Siempre pasaba algo parecido cuando hablaba con él.

—Qué aburrido eres.

—Yo soy realista. A diferencia de ti —dijo Silon tratando de que entrara en razón.

—No, tú eres pesimista —lo confrontó y regresó a su habitación.

Entonces, Silón miró a Dorada tratando de buscar su aprobación.

—No soy pesimista, ¿verdad?

—¿Ni siquiera tú estás seguro?

—Te lo pregunto porque tú me conoces mejor que yo mismo —no le contestó—. Sabes que me lo puedes decir. Dime la pura verdad, no me voy a ofender.

—¿Seguro que quieres mi opinión?

—Por supuesto.

—En ese caso, sí, eres pesimista —Silon la miró serio—**. También te falta un poco de sentido del humor, eres demasiado serio. Deberías aprender a reírte de la vida.**

—Eso es un poco difícil cuando eres un bendecido, el deber siempre me encuentra.

—Eso es porque siempre lo estás buscando, recuerda que también necesitas tiempo para ti.

—Pero nuestro trabajo es proteger a Nesshia, no me culpes por tratar de ayudar.

—No lo hago, sólo te lo digo para que no te esfuerces demasiado.

—Tranquila, no lo haré —volvió a meditar.

Se quedó mirándolo, sabía que él no se detendría. Lo dejó continuar, no lo interrumpiría.

John estaba caminando por el jardín, no sabía qué hacer. Todos estaban trabajando en el plan para poder rescatar a Kyle y a Aria. Ya habían pasado tres lunas, quería verlos a ambos. Se detuvo justo al lado del pabellón de su madre. No podía esperar el día en que los seis estuviesen reunidos una vez más.

Escuchó un ruido, venía de uno de los arbustos. Se acercó con cautela, lamentablemente no tenía su espada.

—John —dijo una voz murmurando.

Se asustó por un momento, pero después reconoció esa voz. Esperaba que no fuera quien creía que era.

—¿Princesa Lisa? —preguntó lentamente.

Lisa salió del arbusto. John se sorprendió aún más al ver como ella vestía. Tenía una camisa y un pantalón que estaban un poco sucios. En ese momento su vestimenta era lo último que le importaba.

—¿Qué estás haciendo aquí? —preguntó John preocupado.

—En pocas palabras, vine a ayudarlos a rescatar a mi prima.

—¿Viniste desde Hexno sola? —estaba confundido y sorprendido al mismo tiempo.

—Sí.

—¿Y cómo llegaste hasta aquí?

—Me escapé del castillo cuando el granjero estaba entregando los víveres. Entonces, aproveché para esconderme entre las cajas vacías de su carreta. Después, cuando se detuvo cerca de la frontera, me bajé y caminé hasta aquí —sonrió—. Creo que Aria estaría orgullosa de mí —lo miró a los ojos—. ¿Algún problema con eso?

John se llevó las manos a la cabeza

—Supongo que no.

—Justo como pensé —Lisa miró a su alrededor—. Me sorprende que el castillo esté bastante tranquilo. La ciudad, por el contrario, es un pequeño desastre.

—Eso se debe a los ataques que hemos tenido desde hace tres lunas. Para nuestra suerte, Érika y Silon ya llegaron, pero todavía no hemos hecho nada. Necesitamos un plan...

—¿Y por qué no lo han hecho? —interrumpió Lisa desesperada.

—Porque necesitamos tiempo.

—¿Tiempo para qué? ¿Para que los maten?

John se alivió al saber que no era el único que pensaba eso. Subió los hombros como contestación a la pregunta de Lisa.

Lisa dejó salir un suspiro de enojo.

—Entonces, ¿qué hacemos?

No se esperaba esa pregunta.

—¿Quieres enfrentarte tú misma al rey de Terson? —preguntó John.

—Si tengo que hacerlo, lo haré. Aria es mi familia. Pensé que Kyle era tu hermano.

Eso fue un golpe bajo para él. Ella tenía razón, debían ir a rescatarlos ahora.

—Pero, primero, ven. Le diré a mi padre que estás aquí.

—¡No! —le gritó en respuesta—. Mi padre no sabe que estoy aquí, recuerda que me escapé.

—Eso me da otra razón para decírselo.

—Si el rey Gisberto se entera de esto, me enviará de vuelta o le pedirá a mi padre que envíe a alguien a buscarme.

—Tal vez sea lo mejor —Lisa se molestó con él—. Sólo mira como yo lo veo. Tú eres la heredera al trono de Hexno y también hija única. Si te pasa algo…

—Hexno se quedará sin reina, ya lo sé. Créeme, soy consciente de todo lo que estoy arriesgando, pero estás olvidando algo, mejor dicho, a alguien.

—Aria no califica para ser reina, no tiene sangre real.

—No me refería a ella, hablo de Nathan, el hermano de Aria. Él sí tiene sangre real, es hijo de la hermana de mi padre.

Se quedó pensando por un momento, era cierto lo que decía. Ella no era la única heredera posible. El problema era que sólo considerarían a Nathan como rey si Lisa moría. Esa sería la única manera, ya que la madre de Aria había renunciado a sus derechos reales. Se disgustaba sólo de pensarlo.

—¡De ninguna manera! Seas de la realeza o no, no me gustaría verte morir.

Lisa lo miró a los ojos seriamente y se cruzó de brazos.

—Vine para ayudarlos a rescatar a mi prima y no me iré hasta encontrarla.

No le contestó, nunca se había imaginado que Lisa tenía un lado aventurero. Quería que se fuera, no era una situación para tomarla a la ligera, pero sabía que ella no se iría. Tendría que ayudarla a convencer a su padre para que se quedara. No estaba muy seguro de eso, pero no veía otra opción en ese momento.

—Tengo un gran presentimiento de que me voy a arrepentir de esto —dijo John.

—Yo no.

Xander, Gisberto y Dan se encontraban en el salón del trono. Estaban tratando de terminar el plan de rescate, no había sido muy fácil. El rey Renaldo tenía una magia muy poderosa en ese momento, debían tener eso en cuenta. Eso era lo que les impedía proseguir con el plan, además de los ataques que estaban recibiendo en la ciudad.

Celeste estaba enrollada en el brazo de Dan, como siempre, y Carmesí sobre la mesa, al lado del mapa. Ellas también trataban de ayudar, pero eso era difícil cuando no las podían entender.

—Tal vez si vamos por el Cañón del Oeste, nos daría una ventaja —sugirió Xander.

—Sería una ventaja, pero ese Cañón está lleno de la flor de líxiro, podría ser fatal para cualquiera con magia —dijo Dan.

—Esto es una pesadilla —replicó Gisberto.

Carmesí se acercó al rey y se recostó en su mano.

—Gracias por tratar de tranquilizarme, pero la verdad es que no está funcionando.

—Nadie está calmado en este momento —dijo Dan.

—No lo dudo —afirmó Xander.

—Padre.

John entró en ese momento, se veía un poco nervioso.

—Hijo, ¿pasa algo?

—No, nada —dijo en un tono sospechoso.

—John, ¿qué pasa? —preguntó Xander.

—¿Qué te hace pensar que pasa algo? —no estaba convenciendo a nadie.

Gisberto lo miró seriamente. John quería tratar de estar tranquilo, pero era imposible en ese momento.

—Les voy a decir, pero prométanme que me dejarán explicarme antes de que tomen una decisión.

—Lo prometo, ahora dinos —dijo su padre.

John se volteó hacia la puerta.

—Ya puedes pasar.

Lisa entró al salón tímidamente, no sabía qué iban a pensar. Se paró al lado de John. Todos se quedaron sorprendidos. Eso era lo último que esperaban de entre todas las cosas posibles.

El rey Gisberto abrió la boca para hablar, pero John lo detuvo.

—Deja que nos expliquemos primero.

Gisberto dejó salir un suspiro.

—Adelante.

Lisa habló primero.

—Majestad, sé que no debería estar aquí, pero no voy a quedarme en Hexno haciendo nada mientras Aria está desaparecida y...

—Espera, ¿cómo sabes eso? —Dan interrumpió—. No se lo hemos dicho a ninguno de los otros reinos.

—¿No lo saben? —al no recibir una respuesta su pregunta fue confirmada—. El rey Renaldo envió cartas a todos los reinos diciendo que los tenía encerrados. No sólo a las familias reales, sino a cada rincón de Nesshia —explicó Lisa.

Eso era un problema, no querían que las personas se alteraran. La verdad, la ciudad ya estaba alborotada por los ataques. No les habían dicho nada sobre los bendecidos, al menos eso pensaban.

—Eso explica por qué la ciudad está tan ajetreada —concluyó Dan.

—¿Y esa es la razón por la que estás aquí? —preguntó Gisberto.

—Sí, vine a ayudarlos para poder encontrarla.

—¿Y viniste sola? —cuestionó Xander.

—Sí, vine sola. Debo añadir que mi padre no sabe que estoy aquí.

—Creo que debiste guardarte esa parte —le susurró John para que nadie escuchara.

—¡¿Qué?! —se sorprendió Xander.

Dan no lo podía creer, pero eso lo puso a pensar por un momento. Comenzó a reírse, todos lo miraron como si estuviera loco.

—Perdón por eso, pero se nota que la última vez que estuviste aquí, pasaste demasiado tiempo con Aria —dijo Dan.

—Es cierto que tomé varios de sus consejos, de verdad funcionan. Después de todo es la mejor escapista de Nesshia —dijo Lisa orgullosa de su prima.

Celeste siseó. Dan llevaba tanto tiempo con ella que ya tenía su manera de poder entenderla.

—Estoy casi seguro de que dijo que está orgullosa de ti —aclaró Dan.

Celeste afirmó con la cabeza.

Lisa le sonrió de vuelta.

—Gracias.

—Princesa Lisa, entiendo tu preocupación por Aria, pero no puedo dejar que te quedes aquí sin que tu padre lo sepa —expresó el rey Gisberto.

Sabía que le dirían eso.

—Pero, padre, Lisa sólo quiere ayudar —comentó John tratando de convencerlo.

—Lo sé y lo aprecio, pero no de esta manera.

Lisa se entristeció, pero no la sorprendió.

—Lo entiendo.

—Pero tal vez sí puedas hacer algo —interrumpió Xander. Esto Gisberto no se lo esperaba—. Para avisar al rey Vikram tendremos que enviar un ave mensajera, pero incluso la más rápida podría tardar una semana cuando menos. Durante ese tiempo te tendrás que quedar y podrás ayudarnos.

—Eso es cierto —dijo Gisberto mirándola a los ojos—. ¿Estás segura de que quieres estar en esta pelea?

—Claro que me involucraré en esta pelea. Renaldo no sólo arremetió contra las serpientes y la diosa, también lo hizo en contra de mi familia.

—Mientras estés aquí nos podrás ayudar, pero no participarás de ningún enfrentamiento físico.

—Suena perfecto.

John se puso feliz al escuchar que su padre al menos dejaría que ayudara por ahora. Él quería que Lisa se quedara. Sabía mejor que nadie cómo se sentía querer ayudar a su familia y no poder hacerlo.

Capítulo 5

John y Keira llevaron a Lisa a su habitación. No se sorprendió al ver que era igual a la que le habían dado a Aria.

Después de haberse bañado se puso un vestido simple que Keira le había dado, era de color azul claro. Le dijo que ella lo había hecho, era una buena costurera.

Cuando salió del baño, Keira la detuvo. Comenzó a mirar el vestido.

—Gracias por el vestido.

—El placer es mío —le contestó Keira.

Lisa miró a John.

—¿No te molestaría que te pida otro favor?

—Para nada. ¿Qué necesitas?

Se acercó a él, tenía una sonrisa en la cara. No sabía si debería estar emocionado o asustado por eso.

—¿Me puedes enseñar a luchar?

—¿Qué? —Keira no se lo esperaba.

A John no le sorprendió que la princesa le pidiera eso, seguramente porque ya la había visto luchar antes con Aria. Se limitó a sonreírle y a no cuestionarla.

—Claro.

—Espera un momento John, pensé que nuestro padre dijo que no quería que Lisa estuviera involucrada en ningún enfrentamiento físico —dijo Keira preocupada.

—Se refería a que no quería que luchara, entrenar es otra cosa.

—Y no te preocupes porque me lastime. Tengo mi magia curativa —añadió Lisa.

Keira soltó un suspiro.

—Sólo te pido que no vayas a luchar, por favor.

Xander ya no podía más, no se le ocurría nada que pudiese aportar al plan de rescate. Carmesí estaba con él, lo estaba mirando preocupada, igual que cuando miraba a su hermano. Dan también se veía cansado. Celeste era la única que no se veía agotada, no sabía de dónde sacaba la energía. Por otro lado, era una criatura sagrada, no debía ser un problema para ella.

Después de que John llevara a Lisa a su habitación, su padre tuvo que irse para atender otros problemas. Dan y Xander se quedaron en el salón del trono tratando de terminar el plan.

—Dan, en este momento no puedo seguir —dijo mientras se sentaba—. Me duele la cabeza de tanto pensar.

—No eres el único.

Celeste siseó a Dan y este se giró para mirarla.

—Sí, ya lo sé, pero es mejor que descansemos después.

Xander se sorprendió.

—¿Puedes entenderla? Pensé que sólo un bendecido podía entenderlas.

—No puedo entender lo que dice, pero como ya he pasado tanto tiempo con ella, ya tengo mis técnicas para, más o menos, saber a qué se refiere.

—He pasado el mismo tiempo con Carmesí y todavía me tardo en adivinar lo que está diciendo.

—Nunca dije que fuera fácil.

Xander miró a las dos serpientes por un momento, muchos pensamientos inundaron su mente.

—¿No te parece sorprendente? —preguntó Xander.

—¿A qué te refieres?

—Desde que nacemos, nos enseñan que las cuatro serpientes son sagradas y criaturas divinas que nos protegen. Casi nunca son vistas con excepción de los bendecidos —hizo una pequeña pausa—. Míranos ahora, estamos con dos de ellas y las otras dos están afuera.

Dan comenzó a mirarlas.

—En eso tienes razón, nunca pensé que vería a las cuatro.

—Siempre las vimos como figuras imponentes, pero ahora que he pasado tiempo con dos de ellas, puedo decir que son como un leal amigo con el que puedes contar en cualquier momento.

—Si te pones a pensar, así fue como la diosa las creó, incluso se los dijo. El mundo las vería como criaturas imponentes, pero los bendecidos como si fueran amigos de toda la vida o familia —aclaró Dan.

—Ahora de verdad entiendo por qué Aria reaccionó de esa manera cuando vio a Celeste en el jardín.

Celeste siseó y Dan la miró.

—Sí, sé que tú también estabas feliz de verla.

Celeste afirmó con la cabeza

—¿Qué haces para entenderla?

Dan sonrió.

—Sólo me dejo llevar por la conversación. Estábamos hablando sobre Aria y entonces dijo algo. Sólo lo conecto con el tema del momento. Si no tiene que ver con eso, entonces me niega con la cabeza o vuelve a sisear.

—Eso me hace sentido.

—Esa es una buena manera de entenderlas.

Érika entró en ese momento, tenía a Rosa enrollada en el brazo.

—Tú tienes la ventaja de poder entender a una de ellas —le manifestó Xander a Érika.

—Sí, con Rosa nunca me aburro y tampoco con mi magia, pues consigo que las personas tengan alucinaciones divertidas.

—Sí, lo sé —dijo Dan un poco molesto.

Érika comenzó a reírse, sabía a qué venía el comentario.

—Por favor, Dan. Eso fue hace cuatro años.

—Lamentablemente, nunca lo olvidaré. Gracias a tu humo color rosa sufrí alucinaciones durante dos horas.

Xander no sabía lo que había sucedido.

—Pero no fueron cosas malas ni tenebrosas, yo las causé. Sé lo que viste —contestó Érika.

—Sí, también lo sé.

—¿Qué fue lo que viste? —preguntó Xander.

Érika se sonrió. Dan suspiró.

—Varias cosas… No pienso decirte.

—Lo siento, Dan —Érika trató de calmarlo—. Sabes que fue un accidente, no quería que mi magia te cayera a ti sino a Kyle.

—¿Qué? —Xander se sorprendió—. ¿Querías que mi hermano sufriera de alucinaciones?

—Sí, eso quería ella. Por eso me paré justo en el medio antes de que el humo tocara a Kyle —aclaró Dan.

—Y no me di cuenta de eso hasta que me lo dijiste.

—Deberías ser más responsable con la magia que posees —Xander la regañó.

—Todo el mundo me dice eso, pero no veo por qué no puedo divertirme un poco. Mi magia no va a matar a nadie.

—No, para nada —dijo Dan sarcásticamente—. Sólo le puedes causar un ataque al corazón a alguien. Pueden alterarse y terminar lastimándose, pueden terminar con traumas…

—Ya te entendí, pero no todo lo que hago son cosas graciosas o que dan miedo —prosiguió a lanzarles una pequeña nube de humo rosa, pero ellos cerraron los ojos.

A Dan no le gustó para nada esa idea.

—¡Érika, ya basta!

—Primero abran los ojos y miren.

Xander decidió correr el riesgo, abrió los ojos, pero no se esperaba lo que vio.

—Dan, ábrelos —le pidió Xander.

Confiaba más en Xander que en Érika y abrió los ojos.

Ninguno de los dos se esperaba lo que vieron, el salón estaba decorado con flores de todos los colores posibles. También observaron mariposas y algunos pájaros. Había enredaderas en las paredes con flores blancas colgando de ellas. Xander sintió que todas sus preocupaciones se fueron por un momento.

—Esto sí es relajante y hermoso.

—Gracias.

—Deberías usar estas imágenes más seguidas y no cosas extrañas —dijo Dan.

—Lo tendré en mente —expresó Érika mientras movía la mano en forma de círculo.

Luego, todo desapareció. Y el salón se veía normal nuevamente.

—Espera un momento. ¿Me estás diciendo que puedes hacer que el efecto desaparezca rápidamente? —preguntó Dan confundido y molesto.

—Ya me disculpé, pero sí, puedo controlar por cuánto tiempo se ven las ilusiones y alucinaciones.

—Eso es bueno saberlo.

A Xander le llegó una idea en ese momento, era lo que les faltaba. Habían decidido no involucrar a los bendecidos mientras no supieran realizar la fusión, pero tal vez podían hacer algo. Después de todo, no había mayor arma que el poder de manipular la mente.

Capítulo 6

Ese día había sido un poco extraño. Cuando fueron a desayunar ni Gisberto ni Xander se presentaron. Al terminar, toda la familia, incluyendo a Lisa, Érika, Silon y las serpientes, fueron a buscarlos. No se sorprendieron al ver que los dos estaban con Dan en el salón del trono. Se hallaban parados alrededor de la mesa y se veían cansados. Orit fue la primera en hablar.

—¿Qué están haciendo aquí?

—Ya terminamos el plan de rescate —dijo Dan.

—¿Tan rápido? —preguntó Silon.

—No hemos dormido desde ayer —aclaró Xander.

—¿Se quedaron toda la noche despiertos? —Lisa los cuestionó.

—Sí, pero valió la pena —contestó Gisberto—. Escuchen, este es el plan. Dirigiremos un ataque pesado a la capital de Terson, será el engaño. Ya tenemos soldados y armas. Les diremos que sabemos dónde tienen a Kyle y a Aria, cuando en realidad son ellos los que nos llevarán donde están.

—El plan es asustar el rey Renaldo para que refuerce la seguridad en la estancia donde están retenidos Kyle y Aria, y entonces los seguimos para llegar ahí. Después, supongo, que hay otro plan para poder entrar al lugar y rescatarlos, como, por ejemplo, saber los puntos de encuentro, las entradas y salidas, colocar los soldados en lugares claves y la posible cantidad de enemigos —argumentó Lisa.

Todos se quedaron mirándola, no se esperaban esas palabras de ella. Pensaban que a su padre no le gustaba que ella luchara.

—¿Cómo y dónde aprendiste sobre estrategia? —preguntó John.

—Aria me enseñó un poco la última vez que la vi. También mi padre me puso en clases de estrategias por seis lunas.

—Si lo hubiésemos sabido, te habríamos pedido ayuda —replicó Dan.

—Les dije que podía ayudar.

—El plan suena bien, pero ¿cómo piensas hacer ese ataque? —Keira quería saber—. La seguridad de la capital debe estar al máximo, sin mencionar que no tenemos el equipo necesario en este momento para atacar violentamente.

—Ahí es donde Érika y Silon entran.

—Al fin, algo de acción —dijo Silon emocionado—, pero todavía no sabemos ejecutar la fusión.

—Somos conscientes de eso, por eso no van a luchar —declaró Gisberto

—Perdón, estoy un poco confundida —cuestionó Érika—. Pensé que dijo que íbamos a ayudar.

—Ustedes irán, pero no estarán en la batalla. Usarán su magia desde una distancia segura. Necesitamos una tormenta con relámpagos y nubes rosas para distraer a los soldados.

—Ahora sí me gusta cómo suena —expresó Silon.

—Mientras ustedes hacen eso, algunos de nosotros nos aseguraremos de vigilar al rey Renaldo para saber dónde los tienen —dijo Dan.

—Bien, en ese caso deberíamos prepararnos desde ahora —propuso John.

—Sí, ya quiero ver la cara del rey Renaldo cuando vea lo que le espera —dijo Lisa emocionada.

—Lisa, tú no vas a ir.

—¿Qué?

—No me arriesgaré a que te pase algo. Nos esperarás aquí.

No pensaba discutir nada con el rey Gisberto en ese momento, pero no se quedaría sin hacer nada. Haría su propio plan.

—Está bien, lo entiendo.

—Gracias.

Después de la reunión, lo primero que hizo fue pedirle a John que le enseñara dónde estaba la biblioteca. No le dijo por qué quería ir. Sólo le dijo que necesitaba buscar algo. John le presentó al bibliotecario y después se fue. Lisa se sorprendió al ver que él conocía cada rincón de la biblioteca de memoria, pero, después de todo, era su trabajo. También se sorprendió cuando John le dijo que nadie sabía cuál era su nombre. Le pareció un poco gracioso.

Estaban en la sección de mapas buscando uno en específico, pero no lo encontraron.

—¿Estás seguro de que tienen ese mapa en esta biblioteca?

—Sí, pero en este momento no recuerdo dónde se encuentra.

—No te culpo, este lugar es inmenso.

—Disculpe mi atrevimiento princesa, pero ¿para qué necesita ese mapa?

—Digamos que necesito saber el camino que debo tomar.

—Ya entendí.

Lisa se sentó al lado de la mesa, necesitaba encontrar el mapa.

—Tengo que buscarlo, no me quedaré aquí sin hacer nada.

El bibliotecario se sentó a su lado.

—Si de verdad desea ayudar, entonces vaya con ellos.

Lisa dejó salir un suspiro.

—Desearía, pero no puedo.

—¿Quién se lo impide?

—El rey Gisberto.

—Sabes, yo pienso que nadie le puede impedir ayudar a la familia.

—Lo sé, por eso necesito el mapa. Yo los ayudaré, pero necesito encontrar una ruta más rápida. Sé que hay una por el cañón, pero no recuerdo cómo se llegaba.

—Yo te puedo ayudar con eso —dijo John.

Lisa saltó del susto.

—Pensé que te habías ido.

—Soy curioso cuando se trata de estos temas.

—Eso es cierto —dijo el bibliotecario, después recordó algo—. Feliz cumpleaños, su alteza.

—¿Hoy es tu cumpleaños? —preguntó Lisa sorprendida.

—Sí, cumplo diecinueve.

—Pero no lo estás celebrando.

—Desde que Aria y Kyle se entregaron, nadie ha celebrado nada. Ya habrá tiempo para eso.

—Ya veo, y lo celebraremos doble —y casi de inmediato le preguntó—. Entonces, ¿me puedes ayudar?

—Por supuesto, mis hermanos y yo estábamos memorizando el mapa de Terson. Lo recuerdo bastante bien, te puedo hacer una copia. No será exactamente igual, pero podrás saber dónde estás y adónde vas.

—Te lo agradecería de verdad.

—Creo que es la primera vez que veo que te interesan los temas de escuela —dijo el bibliotecario.

—Tengo que hacerlo.

Lisa miró a John por un momento.

—Es lindo que estés haciendo algo que no te gusta por tu hermano.

Bajó la cabeza.

—Se lo debo.

—Para dibujar un mapa necesitarás mucha paciencia —Silon se

acercó a los tres, Dorada estaba con él—. No creo que la tengas para esto específicamente.

Silon estaba buscando a Érika originalmente, pero como los escuchó hablando, decidió aportar a la conversación.

Lisa volvió a asustarse. Nadie esperaba ver a Silon.

—¡¿Pueden, por favor, dejar la costumbre de asustarme?!

—Perdón, princesa, pero ¿de verdad piensa ir?

—No cambiaré de opinión.

—Saben que los puedo delatar, ¿verdad?

—Por favor, no lo hagas, necesitamos toda la ayuda posible —le rogó John.

—Lo sé. Tranquilos, no diré nada.

—Gracias —le contestó Lisa.

—También sé un poco sobre el territorio de Terson. Los podría ayudar con el mapa.

—Te lo agradeceremos —dijo John.

—En ese caso les traeré papel —añadió el bibliotecario mientras se iba.

—¿Estás seguro de esto? El rey dijo que no quería involucrarla.

—Cierto, pero necesitamos la ayuda. Además, recuerda que posee magia curativa.

Dorada se molestó un poco.

—Espero que no los estés ayudando sólo para poder conseguir la magia de Lisa.

—No, claro que no, pero de todas maneras es una ventaja.

—¿Qué te dijo Dorada? —preguntó John a Silon.

—Nada importante.

Érika acompañaba a Xander. En realidad, él era el que estaba entrenando. Después de la reunión se ofreció a ayudarlo. Ella deseaba tener otro tipo de magia. No era que no le gustaba ser una bendecida, pero pensaba que con su magia no podía hacer mucho. Sólo causaba alucinaciones. A diferencia de la magia que provoca ataques y crea cosas, ella sólo jugaba con las mentes de las personas.

Se quedó mirando las corrientes de agua que Xander estaba moviendo a su alrededor. Era bastante relajante.

—¿Todo bien? —Xander se acercó a ella.

—¿Qué? —no se lo esperaba.

—Te veías triste —Xander ya conocía esa cara—. Es tu magia,

¿cierto?

Se sorprendió por el comentario.

—¿Cómo sabías?

—Ya tengo experiencia en ese tema. Kyle tenía el mismo problema.

—Cierto, pero no es por la misma razón. Sólo me gustaría hacer algo productivo con mi magia.

—¿En serio? Érika, tu magia es una de las mejores.

—Eso es lo que todos piensan.

—Créeme, vi de lo que eras capaz. Convertiste un aburrido salón en un hermoso jardín.

—La verdad, no lo cambié. Sólo engañé a tu mente para que lo viera de esa manera.

—Exacto, sólo piensa en eso. Puedes hacer que las personas vean cosas hermosas aún en las circunstancias negativas.

Bajó la cabeza.

—Nunca lo había visto de esa manera, tal vez tienes razón.

—Pero si lo que te preocupa es que tu magia no es tan poderosa, recuerda lo que le causaste a Dan.

Comenzó a reírse.

—Es cierto y él sí tiene la experiencia para hablar de eso.

Xander comenzó a reír también.

—Después me tienes que contar la historia completa.

—¿Por qué esperar?

—Soy todo oídos.

Capítulo 7

Ya no sabía cuánto más podría soportar y sólo iban por el tercer corte. El rey Renaldo lo estaba mirando en silencio mientras los guardias le provocaban heridas. Se veía serio, pero sabía que lo estaba disfrutando. Se encontraba arrodillado. No sabía por qué lo sujetaban. Después de todo, estaba encadenado a la celda. Sangraba bastante, pero eso no le impedía al rey continuar. Uno de los soldados volvió a acercar el cuchillo, sabía lo que iba a pasar. El soldado hizo un corte fino a lo largo de su brazo. Kyle dejó salir un quejido de dolor. Trataba de no gritar para no darle la satisfacción al rey de verlo sufrir, pero a veces no podía contenerse. Comenzó a marearse, tal vez era por el dolor. Esperaba que se detuviera antes de que fuera demasiado tarde.

—Ya basta.

Esa era la primera vez que estaba contento por escuchar al rey Renaldo.

Los soldados lo soltaron, el brazo le dolía. Le hacían cortes en un brazo por día. Quería que todo eso terminara, pero tenía que soportarlo para que las serpientes vivieran.

El rey se acercó a él, se miraron a los ojos. Pudo notar que estaba contento con lo que veía, quería matarlo en ese momento.

—Sólo lo preguntaré una vez, príncipe. ¿Dónde está Shiori?

Kyle estaba confundido.

—¿La diosa? —Renaldo se quedó mirándolo—. Ella está en el cosmos.

—No me refería a ella, estoy hablando del ritual —Kyle se preocupó, era imposible que él supiera de ese ritual—. La ceremonia que la diosa ejecutó cuando destronó a Osamu también es conocido como el ritual de Shiori. Sé que sabes dónde está, dime.

—Nunca te lo diré —contestó en un tono serio.

—Entonces lo admites, si sabes dónde está. Ahora sólo me falta sacarte la información —empezó a reírse—. No será muy difícil, créeme.

Comenzó a preocuparse.

—¡Qué bueno que tienes los ojos de tu madre! Si fueras idéntico físicamente a tu padre, ya me hubiese desquitado contigo.

Kyle se alegró en ese momento por tener el mismo color verde de ojos que su madre, al igual que Xander. Contrario a su padre y sus hermanos quienes tenían ojos marrones.

Renaldo se acercó a uno de los soldados. Era la primera vez que Kyle la veía. Estaba usando el uniforme de Terson, no era muy llamativo. Era negro con detalles en blanco.

—Asegúrate que no se desangre.

Pudo ver que la soldado se veía un poco molesta con lo que el rey le acababa de decir.

Renaldo lo miró desafiante y le sonrió. Kyle vio toda su maldad y eso lo asustó.

—Seguiremos con esta conversación otro día.

No le contestó, ahora sí tenía miedo de que no lograran ejecutar el plan que habían trazado.

El rey se fue junto con los soldados. Se quedó solo con la dama, no sabía del todo lo que iba a hacer. Ella se acercó a él y se arrodilló a su lado. Le tomó del brazo donde tenía las heridas, fue cuando entendió por qué se había quedado.

Miró las heridas.

—Hicieron los cortes demasiado profundos.

—Sí, lo sentí —expresó Kyle.

—Me estaba hablando a mí misma —contestó secamente.

No se esperaba eso.

—Sólo te lo dejaba saber —dijo Kyle incómodamente.

Sacó un vendaje que tenía en su bolsillo y comenzó a vendarlo.

Observó la técnica que estaba usando, era la misma que los sanadores solían realizar. Ella llevaba uniforme de soldado, pero tenía conocimiento médico. Se preguntó por qué había cambiado de profesión.

—¿Eras sanadora?

Lo miró a los ojos.

—¿Se nota demasiado?

—Es por la técnica que estás usando, eso te delata.

Continuó vendándolo.

—Me uní a la guardia antes de poder terminar de estudiar.

Ahora estaba confundido.

—Si te gustaba, ¿por qué lo dejaste?

—Eso es personal —hizo una pausa—. Ni siquiera sé por qué te estoy contando esto.

—Es bueno dejar salir las cosas que te molestan.

—¿Tú qué sabes sobre eso? Eres un príncipe, naciste en cuna de oro. Lo último que tienes son problemas.

—Se nota que no sabes nada de la realeza. Eso no es cierto, problemas era lo que más tenía, sobre todo con mi magia.

—No te creo, tu magia es una de las más fáciles de aprender.

—Eso tampoco es verdad.

Levantó una mano, de ella salió una bola de nieve. Ella poseía magia de hielo y tenía el poder de atacar usando el agua congelada y las bolas de nieve.

—El hielo puede ser muy frío— añadió Marci en un tono amenazante, como si quisiera usar su magia contra él.

Kyle entendió la amenaza y guardó silencio. Ella terminó de vendarle el brazo y se levantó.

—Gracias.

—No agradezcas, sólo sigo las órdenes del rey. Por mí ya estarías muerto.

Comenzó a caminar hacia la salida y se fue de la celda.

Se quedó pensando en lo que le había dicho. ¿Por qué no terminó de estudiar para ser sanadora? Si era lo que le gustaba, ¿por qué lo había dejado?

Cuando el rey le ordenó que lo vendara, ella se molestó. Tal vez tenía un pasado con el rey y, después de lo que pudo ver, no era uno hermoso.

Trató de levantarse, al menos sí podía caminar. Volvió a sentarse al lado de donde dormía, no podía mover bien el brazo. Deseaba hablar con Carmesí, pero no quería arriesgarse a que lo vieran. No sabía si lo matarían o castigarían por eso. Pensó en hablar con Aria, pero sabía que no le contestaría. Sacó el medallón que tenía en el bolsillo, todavía estaba procesando el que ella fuera una Violet. Quería devolvérselo, pero tendría que esperar a que salieran.

Cerró los ojos, ya que anhelaba relajarse después de lo que acababa de pasar. De repente sintió algo.

—Kyle.

Era Aria, abrió los ojos casi de inmediato.

—Aria, ¿qué pasa?

—Tres cosas. Primero, ¿cómo estás?

Kyle miró su brazo.

—Podría estar mejor, esta vez los hicieron más profundos.

—Por eso te preguntaba, a mí también me los hicieron más profundos.

—Era lo que nos faltaba —hizo una pausa—. *¿Qué era lo segundo?*

—No deberías hablar con los guardias.

Kyle se sorprendió por ese comentario.

—¿Cómo...?

—Hablaste con una mujer que tenía cabello marrón largo, ¿cierto?

—Sí.

—Pues me contó que eras un poco molesto porque no te callabas.

Pudo sentir que Aria se estaba riendo.

—Entonces también la conociste.

—Sí, pero ya la conocía.

No se esperaba ese comentario. Iba a preguntar dónde la había conocido, pero entonces supo la respuesta él mismo.

—El orfanato, ¿cierto?

—Sí, a ella la adoptaron cinco lunas antes de que mi padre me sacara de allí. Se llama Marci.

—¿Por qué no quieres que hable con ella?

—No lo sé, tal vez porque ella es un soldado de Terson, es nuestro enemigo y somos sus prisioneros en este momento. Sólo por darte unos pocos ejemplos —dijo molesta.

—Tienes razón.

—Y lo último que te iba a decir es que ya sé qué hora es.

Kyle no se esperaba eso.

—¿Qué? Las celdas no tienen ventanas. ¿Cómo sabes qué hora es?

—No estoy en mi celda. Digamos que el rey se pasó con la profundidad de uno de los cortes y comencé a sangrar demasiado. Me tuvieron que llevar a ver a un sanador de emergencia. No puedo ver nada, me pusieron un saco en la cabeza, pero sí puedo ver claridad.

—Espera, ¿me estás diciendo que estás hablando conmigo mientras te revisan?

—Sí, y el rey Renaldo también está presente.

A veces se pasaba, porque se arriesgaba demasiado, pero no se lo discutiría en ese momento.

—Lo que tengas que decirme, me lo dices cuando salgas de allí.

Aria ignoró su comentario y continuó.

—Son las seis de la mañana.

—¿Qué? Pensé que era más tarde... Mucho más tarde de hecho.

—Sí, yo también. Casi no puedo ver la luz, pero pude escuchar a una de las sanadoras diciendo la hora.

—Eso es bueno saberlo —no recibió una respuesta—. *¿Aria?*

Se quedó esperando, pero no le contestó. Comenzó a preocuparse.

¿Y si se habían dado cuenta de que estaban hablando? Decidió esperar a que ella le dijera algo.

Tuvo que dejar de hablarle a Kyle, el rey quería hablar con ella. Mejor dicho, quería interrogarla.

—Estás muy callada —comentó el rey.

—¿Debería decir algo? Tengo un saco en mi cabeza —no le había hablado durante mucho tiempo.

—Al menos pensé que escucharía un comentario de felicidad al haber salido de la celda.

—Es difícil cuando no puedes ver nada —dijo tratando de señalar el saco con el dedo.

El rey lanzó una carcajada. Ya había escuchado esa risa antes, en el orfanato. No era algo bueno. En realidad, si venía de Renaldo, nada era bueno.

—La verdad, no has cambiado mucho, estás de vuelta en el cuarto de los niños malos.

—No me sorprende, siempre fue así. ¿Verdad, Algodón? —dijo Marci.

—Tienes razón, Marci, tienes razón —dijo el rey y sonaba contento.

Si hubiesen podido ver su cara, habrían visto su ira. Hacía años que no escuchaba ese apodo, lo odiaba. Lo último que le faltaba era que también le hablaran sobre eso. Ahora ya sabía por qué el rey había llevado a Marci a la prisión. Seguramente ella estaba contenta por verla en esa posición.

No tenía muchos recuerdos de Marci, pero lo que si recordaba de ella era odio y envidia. Sobre todo, algunas peleas que las dos tuvieron. Pero había un día que recordaba vivamente, el día en el que Marci fue adoptada.

Capítulo 8

Todos los niños estaban emocionados, incluyéndose. Ese día una familia iba al orfanato para adoptar a un niño. Quería con toda su alma poder salir de ese lugar y tener un hogar. Estaba un poco nerviosa, era su primera vez viendo a una posible familia que la adoptara. Era un poco extraño que nunca la hubiesen llevado con posibles parejas interesadas en tener hijos, pero no lo estaba cuestionando en ese momento. Sabía que no podía ser por su magia de bendecida, no se lo decían a nadie. Sólo quería salir de ese orfanato.

Estaba saliendo de su cuarto, en realidad era la habitación que usaban para castigarla, pero estaba tan acostumbrada a estar allí, que la consideraba casi como su dormitorio, aunque lo odiaba. Era su último día de castigo y con suerte el último día en el orfanato.

Se llevó la mano al cuello, pero no tenía el medallón de su familia. Le hacía falta ya que le proporcionaba confianza. Después recordaba que tenía a Celeste, eso la hacía sentir mejor.

Mientras iba caminando, sin darse cuenta, tropezó con alguien y se cayó. Ya tenía el vestido un poco sucio y ahora estaba aún más debido al polvo del suelo. Ya no iba a causar una buena primera impresión. Fue cuando escuchó un quejido de dolor.

—Mira por dónde caminas, Algodón.

Algodón era el apodo que todos los niños le habían dado gracias a su color de cabello. No tenía nombre, así que los niños le decían así; pero los adultos le decían Niña. Sólo Niña.

—Perdón —se disculpó.

Miró quién era, Marci estaba en el suelo justo a su lado. Se paró y le dio la mano para ayudarla, pero ella la empujó para que se alejara.

—No necesito tu ayuda —dijo Marci mientras se paraba—. Después de hoy ya no nos volveremos a ver.

—¿Por qué?

—Porque esta familia me escogerá a mí.

—Eso no lo sabes, ni siquiera te han visto.

—No, pero soy dos años mayor que tú. No seré un problema para ellos, soy más madura —la miró de arriba abajo—. A diferencia de ti, que siempre estás causando problemas.

—Eso no es cierto, no soy mala.

—Sólo mira de dónde estabas saliendo, del cuarto para los niños malos —la volvió a mirar de arriba abajo para hacerla sentir mal—. No me sorprende —dijo Marci.

Trató de no llorar, ella no era una niña mala.

—¿Qué hacen aquí? —uno de los cuidadores las vio, se veía molesto. Las tomó a las dos por los brazos—Ya vengan.

El cuidador llevó a Algodón y a Marci a un salón grande, había otras niñas allí. Cuando entraron todos los observaron. Algodón sabía que la estaban mirando a ella. Era la que más tiempo pasaba en el cuarto de castigos y ni siquiera sabía por qué. El cuidador hizo que todas se pararan en una fila, eran cinco en total.

Una pareja entró al salón, se veían jóvenes. Aria, la verdad, no se vio como su hija y no sintió que ellos pudieran ser sus padres, pero era lo último que le importaba. Quería salir de allí y poder ser feliz.

—Como saben, esta familia vino hoy para adoptar a una niña. Me pregunto cuál será la afortunada que se irá de aquí hoy.

Marci vio una oportunidad y no la iba a desperdiciar.

—Claro que no será Algodón, ella siempre está en el cuarto de los niños malos.

Las otras niñas comenzaron a reírse.

Era lo que le faltaba, ahora no podía quedarse callada.

—Yo no soy mala.

—Pero te pasas todo el tiempo en ese cuarto, sólo les estoy diciendo la verdad. ¿Ahora también mientes?

Vio que la pareja la estaba mirando, no eran miradas buenas.

—Yo no estoy mintiendo, no soy… —trató de no comenzar a llorar.

—Si sigues mintiendo, terminarás castigada otra vez. Son las reglas.

Esta vez se molestó, sintió un impulso de su magia que le decía que peleara.

—¡La mentirosa eres tú! —le gritó de vuelta.

El cuidador se acercó a ella y la tomó por el brazo. Se la llevó del salón, trató de zafarse, pero no lo logró.

Sabía adónde la llevaban. Llegaron al cuarto y la arrojaron adentro. No le dio una explicación, sólo la volvió a encerrar en el cuarto de castigo. Se quedó sentada en el suelo, comenzó a llorar. Lo que no entendía era por qué Marci lo había hecho. No eran amigas, pero ¿por qué la odiaba tanto?

Dos horas habían pasado y no se movió de donde estaba. Todavía trataba de entender lo que Marci había hecho. Al menos ya no estaba llorando. Escuchó la puerta abriéndose, normalmente habría tratado de escapar, pero no estaba de ánimo. Vio que era el cuidador, quería que se fuera.

—Por tu culpa la pareja casi no adoptaba a ninguna.

No le contestó, no le importaba en ese momento.

Se acercó a ella y la tomó por las mejillas para que lo mirara a los ojos.

—Adoptaron a Marci, todo gracias a que probó que era una niña que seguía las reglas y era obediente. Deberías aprender, Algodón.

Ese nombre. Empezó a llorar nuevamente, era la primera vez que él la llamaba así.

—No me llames así, por favor —dijo entre lágrimas.

Comenzó a apretarle la cara.

—Te llamaré como quiera, no tienes un nombre y no lo tendrás hasta que te adopten —hizo una pausa—. Lo que creo que nunca pasará.

La soltó y salió del cuarto.

Deseaba que Celeste estuviera con ella, al menos tendría a alguien a quien sí le importaba. A veces quería que la serpiente la sacara de allí y que pudiese vivir con ella en la montaña. Sonaba como una linda vida.

Le habían terminado de vendar el brazo, todavía le dolía, pero ya no estaba sangrando.

—Ya que resolvimos este problema, llévala de vuelta —dijo el rey.

Supo de inmediato que le estaba hablando a Marci. Deseaba poder ver su cara en ese momento.

Sintió cuando la tomó por el brazo, por suerte el brazo que no estaba lastimado. La llevaba de vuelta a la celda, no era una caminata larga. Escuchó cuando abrieron la puerta.

La volvió a encadenar a la celda, fue cuando le quitó el saco. Las dos se miraron a los ojos, no estaba segura si ella quería que le dijera algo.

Marci la miró de arriba abajo.

—Esto prueba que tenía razón.

—¿Disculpa? —preguntó Aria.

—Sí, nos mentiste, me dijiste que no eras nadie cuando te pregunté a los seis años quién eras. En mi opinión, ser un bendecido es ser alguien.

—Pues para tu información, así me sentía en ese momento y debería añadir que los cuidadores me prohibieron que se lo dijera a alguien.

—¿Y eso te justifica?

Fue el turno de Aria de mirarla de arriba abajo.

—¿Te justifica a ti?

Se molestó, sabía de lo que estaba hablando

—Hice lo que tenía que hacer para salir de allí.

—¿Mintiendo? Y de paso, me acusaste.

—En parte era verdad.

—¡Claro que no! —ahora sí estaba molesta.

—Créeme, no les hubieses caído bien a mis padres.

Hubo un breve silencio, eso ya lo sabía. Lo había pensado ese mismo día cuando los vio.

—De hecho, lo sé. Desde que los vi, no sentí que pudieran ser mis padres —bajó la cabeza—, pero cuando Dave me encontró, fue diferente. Claro que necesité un poco de tiempo para adaptarme, pero terminé con una hermosa familia —la volvió a mirar a los ojos—. Todo gracias a ti.

Marci no se esperaba eso. De hecho, se esperaba todo lo contrario.

Se dio la vuelta.

—Recuerda esto, estás en mi reino ahora y aquí nadie te protegerá. Te recomiendo que te comportes, aquí las reglas son muy parecidas a las del orfanato, Algodón —dijo mientras salía.

"Ese estúpido nombre", pensó Aria.

—Por cierto, ya tengo un nombre, es Aria —no le hizo caso y salió.

No sabía muy bien a qué venía el comentario de Marci, pero estaba feliz de que ella se había ido. Esperaba no tener que escuchar ese apodo nunca más.

Se sentó contra la pared y volvió a llamar a Kyle.

—Kyle, ¿sigues vivo?

—Aria, gracias a la diosa. No vuelvas a asustarme de esa... Muy graciosa.

—Veo que entendiste el chiste.

Claro que había entendido el chiste, pero no estaba de ánimo para reírse.

—¿Y qué pasó con el rey?

—No mucho. Marci me trajo a la celda, en realidad no quería ni hablar con ella.

—¡Me dices que no hable con ella, pero tú sí puedes hablarle! ¿Sabes que a veces no te entiendo del todo?

—La verdad, fue ella quien comenzó la conversación.

—Supongo que está bien.

Pensó que ese era el final de la conversación, pero estaba equivocada

—*Aria, tú saliste de tu celda* —le dijo Kyle.

—*Sí, ¿y?*

—*Significa que ya conoces una parte de la prisión.*

No había pensado en eso. No vio la prisión, pero sí recordaba el camino tomado. Había hecho un mapa mental. Tal vez sí podían escapar después de todo.

—*Escucha, voy a trabajar en un plan. Si de casualidad se te ocurre algo, no dudes en decírmelo* —sintió que su don de escapista estaba regresando.

—*Eso era lo que quería escuchar de ti, te dije que lo lograrías.*

—*Guarda tus halagos para cuando escapemos.*

—*Como quieras.*

Capítulo 9

Estaban muy cerca de la capital de Jenia. Tenían que llegar lo antes posible. Si no se detenían hasta la noche llegarían en dos días. Ya había pasado tiempo desde que el rey Vikram los contactó para buscar a la princesa Lisa. El rey también les explicó por qué Lisa se había ido a Jenia. Eso les dio otra razón para ir allí.

Querían ayudar a encontrar a Aria. Hacía lunas que no la veían. Habían escuchado los rumores sobre su encierro en Agua Caliza. Después de lo que había pasado, Aria cambió mucho. Y ahora Terson la tenía una vez más. De verdad querían saber cómo había pasado eso.

Deseaban proseguir el camino, pero tuvieron que detenerse un rato para poder descansar. Se sentaron sobre una roca, para reponer fuerzas.

—Nos queda una hora y media antes del anochecer —no le contestó—. Papá, ¿me estás escuchando?

—¿Qué? —Dave no estaba atendiendo—. Perdón, Nathan, pensaba en otra cosa.

Dave bajó la cabeza.

—¿En Aria?

—Sí. Y también en que, cuando lleguemos a Jenia, tendremos que ver a Dan —dijo Dave un poco preocupado.

Dave no tenía la menor idea de cómo Dan se sentiría al verlo, pues había matado a su padre y estaba convencido de que, cuando se vieran cara a cara, Dan trataría de matarlo.

A Nathan no se le había olvidado esa situación, seguramente no los dejaría acercarse a la ciudad. En el peor caso los encerrarían, pero esperaba que no fuera así. Sólo iban a Jenia para buscar a Lisa.

—No tenemos opción, tenemos que ir a buscar a mi prima —dijo Nathan.

—Todavía no puedo creer que el rey Vikram me lo haya pedido personalmente.

—Considerando lo que pasó con mamá es difícil de creer, pero es cierto. Además, creo que éramos su única opción.

—¿Qué crees que nos diga Dan cuando nos vea? —quería saber la opinión de su hijo.

Nathan levantó los hombros —Lo mismo de la última vez, creo.

—Sí, pensé lo mismo.

Aunque Nathan quería seguir descansando, sabía que tenían que continuar.

—Deberíamos seguir.

—Estoy de acuerdo —dijo mientras se levantaba—. Nos detendremos para dormir después.

Continuaron caminando.

Nathan no podía dejar de pensar en su hermana. Su tío le contó todo lo que le había pasado. Se sorprendieron al conocer que ella y Dan habían logrado trabajar juntos. Y Nathan deseaba saber cómo fue posible, pero sabía que Dan no les quería hablar.

Había pasado casi un año entero desde la última vez que la había visto. En aquel entonces, ella tenía dieciséis años. Aquel día, ella les había hecho una promesa, justo antes de que se fuera. Temían que no pudiera cumplirla.

Salió de la casa molesta, ellos no entendían por qué tenía que hacerlo. Su padre y hermano la siguieron.

—¡Aria, ya es suficiente! —le gritó su padre tomándola por el brazo—. No puedes ser una delincuente toda tu vida, tienes un deber que cumplir.

—Lamentablemente ya es tarde para eso —dijo mientras se zafaba de la mano de su padre—. Me buscan en todos los reinos. Olvídate de cuál es mi deber. Nesshia está y estará bien con tres bendecidos.

—Pero la diosa creó cuatro serpientes por una razón —le dijo Nathan.

Ya estaba cansada de esa conversación.

—Obvio. El medallón tenía cuatro gemas, esa es la única razón por la que hay cuatro.

—Aria… —su padre trató de decir algo, pero ella lo interrumpió.

—Ellos no me necesitan.

—Mamá decía lo contrario —dijo Nathan.

Aria le iba a contestar, pero no pudo. Se llevó la mano a los ojos, no quería llorar.

—¿Tenías que mencionarla? —dijo en voz baja.

Los dos la abrazaron, ella los abrazó de vuelta.

—Perdón, pero sabes que ella creía en ti —dijo Nathan.

—Aria, por favor, no vayas a Jenia. De todos los reinos ese es el más peligroso para ti y para nosotros —le rogó su padre.

No cambiaría de opinión.

—Voy a ir, tengo que hacerlo.

—Debe haber otra manera de pagar tu deuda, no es buena idea robar el banco de Jenia.

—¿Quién te dijo que voy a robar el banco de Jenia? —le iban a contestar, pero ella continuó—. Voy a robar el castillo.

—¿Qué? —ahora sí que estaba molesto—. Eso es peor. ¿Quieres que el rey te arreste?

—Si logran arrestarme, me escaparé. Es lo que he hecho las últimas cinco veces —dijo mientras observaba a su padre con una mirada fría.

—Ahórrate el comentario, sabes por qué lo hicimos.

—Y no funcionó.

Nathan respondió.

—Por eso te buscan en todos los reinos. No es por tus crímenes, es por tu talento de escapista.

—En todos menos aquí, en Hexno —aclaró Aria.

—Sí, pero el rey ya te dio una advertencia. No te lo dejará pasar una segunda vez. ¿Recuerdas? —le preguntó su hermano.

—Claro —contestó entre dientes.

Su padre trató de detenerla.

—Olvida ese plan, encontraremos otra manera de…

Aria interrumpió a su padre.

—No tengo otra manera, no puedo buscar un trabajo y soy una delincuente. Simplemente me entregarán. Para solucionar esto tengo que hacer lo mismo que me ocasionó el problema la primera vez: robar.

Dave estaba arrepentido de muchas cosas. Una de ellas era no haberla ayudado lo suficiente cuando Liz murió. Le hubiese gustado darle una mejor vida, como le había prometido aquel día cuando la adoptaron.

—Me iré ahora, pues sé que nadie me dará información sobre el castillo, así que tendré que espiar a la familia real si quiero saber dónde está la bóveda —afirmó Aria.

Sabían que no cambiaría de parecer.

—Primero hazme una promesa —dijo su padre, a lo que Aria le afirmó con la cabeza—. Prométeme que regresarás sana y salva y que, después de esto, dejarás tu vida de delincuente a un lado para estar con nosotros.

Lo pensó por un momento. Era cierto que quería una vida sin delitos, pero era una mercenaria y a veces tenía que romper las leyes. Vio la preocupación en los ojos de su padre.

—No te estamos pidiendo que seas una bendecida, sino que estés con nosotros —añadió Nathan tratando de convencerla.

—Lo prometo —los volvió a abrazar—. Los veré cuando termine.

Se quedaron inmóviles mientras miraban cómo se marchaba. Solamente esperaban que la serpiente la protegiera.

La situación no había cambiado mucho desde aquel día. Todavía esperaban que la serpiente cuidara de ella, al igual que la diosa, ahora más que nunca. Sólo iban a buscar a Lisa, pero si el rey Gisberto les daba la oportunidad de ayudar, lo harían. Esperaban que no fuera demasiado tarde.

Capítulo 10

Esa noche no pudo dormir. Estaba contento porque sabía qué hora era. Se sentía feliz de que Aria estuviera trabajando en el plan de escape. No faltaba mucho para que salieran de allí. Quería decirle a su familia lo que estaban planeando, pero no era seguro. Pensó comunicárselo durante un sueño, pero no sabía cómo hacerlo sin que se dieran cuenta. Necesitaba una excusa, pero ¿cuál?

Le volvió a doler el brazo y fue en ese momento en que se le ocurrió una idea. Podía fingir un incidente para poder hablar con Carmesí y sabía lo que debía hacer para lograrlo. Sólo esperaba no morir.

Se quitó el vendaje del brazo, sabía que le dolería lo que estaba a punto de hacer. Con su dedo comenzó a rasparse las heridas para que volvieran a sangrar. Con todas sus fuerzas trató de no gritar por el dolor. Le tomó menos de quince segundos que los cortes volvieran a sangrar. Entonces, derramó sangre al suelo. Dejó de tocarse el brazo, pues con un pequeño charco de sangre era suficiente. No había que desangrarse.

Se recostó al lado de la sangre y puso el brazo justo encima. Cuando hubiese un poco más de sangre, entonces llamaría a los guardias. Esperaba sacar al mejor actor posible, aunque sabía que no estaría al nivel de Aria, pero necesitaba hablar con Carmesí.

Esperó unos minutos. Sabía que podía morir, pero necesitaba hacerlo. Miró el charco, ya era lo suficientemente extenso. Volvió a ponerse el vendaje para que no sospecharan. Era ahora o nunca.

Así pues, llamó a los guardias, que al principio no le hicieron caso. Volvió a intentarlo, pero nadie entró. Comenzó a preocuparse. Si no se daban cuenta de su situación, su muerte era muy probable. Entonces, tuvo que caminar hacia la puerta y, cuando intentó sentarse, se mareó. Ahora sí que estaba inquieto, pues no pensó que había perdido tanta sangre. Estaba equivocado.

Volvió a llamar a los guardias y esta vez trató de sonar un poco más desesperado. Para su suerte, esta vez sí lo escucharon. Pudo oír cuando el guardia salió a buscar ayuda, era su oportunidad. Cerró los ojos, nadie sospecharía que estaba hablando con su serpiente.

Carmesí se encontraba con las otras tres serpientes en una reunión. Estaban coordinando los preparativos del ataque. Hasta ahora iban a buen ritmo, pero ella pensaba que deberían ir más rápido. Un ataque de esa magnitud era difícil, pero los preparativos no.

—¿Creen que deberíamos mezclar las flechas de fuego con el líxiro? —sugirió John.

—Es inflamable, así que creo que es una buena idea —dijo Silon.

—Sólo mantenlo lejos de nosotros —insistió Érika.

—Las usaremos, eso también nos dará una ventaja —indicó Gisberto.

—¿Qué haremos con las torres de vigilancia? —preguntó Keira.

—Para eso tenemos a Érika —dijo Xander.

—Tranquilo, yo los distraeré —expresó con una sonrisa.

—Nosotros llevaremos un pequeño escuadrón a las murallas del castillo, los tomaremos por sorpresa —informó Dan.

—Ya tenemos todo listo —anunció Gisberto.

Carmesí sintió algo y levantó la cabeza. ¿Podría ser verdad?

Lisa la vio, le pareció un poco extraño. Era como si estuviera buscando algo.

—¿Le pasa algo a la serpiente?

Todos la miraron, era la primera vez que hacía eso.

—¿Hermanita? —le preguntó Dorada.

—Kyle me está llamando.

—¿Qué? —dijeron las tres serpientes a la vez.

Rosa miró a su bendecida.

—Érika, Kyle está tratando de contactar a Carmesí.

—¿Qué? —gritó Érika sorprendida.

—¿Qué pasó? —le preguntó Silon.

—No se alarmen por lo que voy a decir…

—Esa advertencia me preocupa más —Xander interrumpió abruptamente.

Érika se preparó para lo que estaba a punto de decir.

—Kyle está llamando a Carmesí.

—¿Qué? —expresaron casi todos a la vez.

—Se nota que todos estamos sorprendidos —manifestó Celeste.

—Demasiado —afirmaba Dorada con asombro.

—¿Qué le dijo? —preguntó Gisberto.

—¿Están bien? —cuestionó Dan con angustia.

—¿Dónde están? —interrogó Xander, quería esa importante información.

—¡Cálmense! —gritó Érika, que no podía con tantas preguntas a la vez—. Rosa sólo me dijo que Kyle estaba tratando de llamar a Carmesí. Tenemos que esperar a que ella nos diga de qué hablaron.

—Entonces, esperaremos. Tal vez nos diga algo que nos pueda ayudar a sacarlos de Terson —manifestó el rey Gisberto con esperanza.

Kyle abrió los ojos y nunca había estado tan feliz de haber visto ese árbol. Pudo ver a Carmesí en él. Pensó que lloraría. Carmesí descendió del árbol, no pudo contenerse y Kyle comenzó a correr hacia ella para abrazarla. Entonces, no pudo aguantar las lágrimas. Ella también estaba llorando.

—No sabía que las serpientes lloraban —dijo entre lágrimas.

—Hay muchas cosas que no sabes de nosotras.

La soltó para poder mirarla a los ojos.

—No sabes cuánto me alegra verte.

—A mí también me… —miró sus brazos, se llenó de ira—. **¿Qué te hizo el rey Renaldo?**

—Es su técnica de tortura, nos está haciendo cortes finos en los brazos. No tan graves como para morir desangrados, pero suficientemente dolorosos.

—Si logramos fusionarnos, podré deshacerte de esas cicatrices.

—Ahora mismo es lo último que me importa. Lo único que quiero es salir de aquí.

—Tu padre y todos en el castillo están trabajando en eso, ¿Dónde están?

—Desearía saberlo. El rey nos dijo que nos llevaría a su castillo, pero estamos cien por ciento seguros de que no estamos ahí. Sólo lo dijo para confundirnos.

—Eso implica que tenemos todo Terson para buscar.

—Desearía poder decirte más, pero Aria ya está haciendo un plan para escapar.

—Nosotros también tenemos un plan, atacaremos el castillo de Terson para poder seguir al rey y que nos lleve a donde están los dos.

Pensó por un momento.

—Es una buena idea, no sé si esto ayuda, pero estamos en un lugar donde en las mañanas hace un poco de calor y en las noches hace frio. Al menos eso creo, es difícil saber la hora, nuestras celdas no tienen ventana —en ese momento recordó algo más—. También hay un olor a algo ácido… como al de un limón o algo parecido.

—Un olor ácido… —se dijo a ella misma mientras pensaba. Después le llegó un lugar a la mente—**. Creo que ya sé dónde están.**

—¿En serio? ¿Dónde?

—Según lo que me dijiste creo que están en el Cañón del Oeste. Allí es donde las flores de líxiro crecen libremente. Esas flores tienen un olor ácido.

Por supuesto, cómo no pensó en ese lugar. Se lo adjudicó al cansancio y a las torturas.

—Se lo diré a Aria para que lo tenga en cuenta.

—Yo se lo diré a tu familia para que vayan a ver.

—¿Le puedes decir algo de mi parte? —la serpiente le confirmó inmediatamente con la cabeza—. Diles que los extraño y que estoy bien, Aria también lo está. Seguramente Celeste querrá saber de ella.

—Se los diré.

Volvió a abrazarla, no quería soltarla.

—Gracias, la próxima vez que nos veamos será personalmente.

—Cuídate, él es capaz de hacerte algo peor. A ti y a Aria.

—Sí, no hay duda.

Carmesí abrió los ojos, todos la miraban. Estaban esperando.

—Rosa, Dorada, ¿podrían ser mis traductoras, por favor?

—Claro —dijo Rosa.

Carmesí comenzó a explicarles, se escuchaban varios siseos. Querían saber de qué estaban hablando. Después de un rato Rosa y Dorada miraron a sus bendecidos y comenzaron a contarles.

—¿Qué? ¿Cómo se atreve? Eso es ingenioso.

Nadie entendió lo que Érika acababa de decir.

—Érika, habla cuando ya tengas toda la información —dijo Silon regañándola.

—Perdón.

Siguieron escuchando y no sabían qué pensar debido a las expresiones que hacía Érika.

—Ahora si podemos contarles todo —dijo Silon.

—Antes de que empiecen, ¿están bien? —preguntó Gisberto.

—Sí —confirmó Érika.

—No —informó Silon.

—¿Sí o no? —preguntó Keira confundida.

—Silon, Kyle le dijo a Carmesí que estaban bien —replicó Érika molesta.

—Ellos dijeron eso, pero, como yo lo veo, no lo están. Él los está torturando, cortándoles los brazos. No me suena a que están bien.

Xander se enfureció.

—¿Cómo puede hacerles eso?

—Es él, Renaldo. ¿Qué esperabas? —dijo John.

—Carmesí cree que ya sabe dónde están —declaró Érika.

—¿Dónde? —preguntó Dan.

—En el Cañón del Oeste, en Terson —dijo Silon.

—Tiene todo el sentido del mundo, pues en ese cañón hay una gran cantidad de flores de líxiro —expuso Xander.

—Una última cosa. Kyle quería que supieran que los extraña y que está bien. Aria también. Bueno, la verdad, está igual que Kyle —dijo Érika.

También lo extrañaban, querían verlo y decírselo en persona.

—Al menos ahora sabemos dónde buscar —Keira expresó con alegría.

—¿Y qué hacemos con el plan? —preguntó John.

—El ataque sigue en pie, pero ahora conocemos información diferente. Atacaremos la capital mediante una distracción. Mientras nosotros atacamos, un equipo pequeño irá al cañón para sacarlos de allí con las mismas estrategias, pero en un lugar específico —explicó Gisberto.

—¿El ataque no es el mismo que el original? —cuestionó Keira.

—Casi… pero ahora ahorraremos tiempo —dijo Silon.

—Si tú lo dices.

Abrió los ojos, no veía nada. Tenía un saco en la cabeza y supuso que ya no estaba en su celda. Pudo sentir que tenía un vendaje nuevo en el brazo, supo que era nuevo porque estaba más apretado que el que tenía antes. Cuando iba a preguntar dónde se encontraba sintió que alguien le ponía la mano en el brazo y, además, en el que le dolía.

—¿Cómo pasó esto?

Reconoció esa voz, era él. No sabía si debía contestar, sonaba molesto. Pensó en una excusa creíble.

—Sólo siguió sangrando —dijo Kyle.

—Pensé que te lo habían vendado.

—Sí, pero después siguió sangrando.

Hubo silencio por un momento, después escuchó cómo la puerta abría y cerraba sin parar. Como no oyó nada más después de eso, asumió que el rey Renaldo se había ido. Su plan funcionó, eso era lo importante. Al menos ahora podría conciliar el sueño, dormir en paz, ahora que había podido hablar con Carmesí y sabía que todos en Jenia estaban seguros.

Capítulo 11

Lisa, John y Silon se encontraban en la biblioteca. No querían que nadie los viera allí. Dorada y Celeste los acompañaban. Estaban haciendo una copia del mapa para Lisa. Ahora que sabían dónde se hallaban Kyle y Aria sería más fácil sacarlos. Claro que no estaban cien por ciento seguros de eso, pero era mejor que no saber nada. Además, como sabían que se encontraban bien, querían hacer todo más rápido.

Dorada miró el mapa y no se veía muy contenta. Se acercó a él señalando.

—Esa línea tiene que ir más a la derecha.

—El mapa no tiene que quedar perfecto.

—Lo sé, pero si lo dejan así es posible confundirla con un camino que está cerca de ese lugar. Lisa podría perderse.

—En ese caso la cambiamos —dijo Silon mientras acercaba la pluma.

John examinó el mapa.

—Creo que está bien.

—Pensaba lo mismo, pero Dorada es muy rigurosa.

—No te molestes con ella, sólo quiere ayudar —dijo Lisa.

—Al menos ella me escucha.

—Ella te escucha más que tu propio bendecido. Irónico pero cierto —le comentó Celeste.

Dorada dejó salir un suspiro.

—Todavía estoy tratando de encontrar maneras para que me escuche.

—Él te escucha, lo que pasa es que a veces no te hace caso —dijo Celeste.

—No me lo tienes que decir dos veces.

Dorada notó que el ánimo de Celeste estaba mucho mejor.

—Te ves más contenta. Es por lo que dijo Kyle, ¿cierto? — preguntó Dorada.

—Sí, ya sé que Aria está bien. Bueno, más o menos. Estoy más tranquila.

—Me alegra, ya me estaba preocupando por ti —hizo una pausa, no estaba segura si debería decirle. Decidió correr el riesgo—. **Recuerda lo que Shiori nos dijo.**

—¡Eso lo tengo bastante claro! —no necesitaba que se lo repitiera.

—Sólo mantenlo en mente, no podemos desobedecer a nuestra creadora.

—Lo sé.

—¿De qué están hablando? —le preguntó Silon.

—Cosas de serpientes —dijo Dorada.

—En ese caso no me meto en su conversación.

—¿Pasa algo? —cuestionó Lisa.

—Cosas de serpientes —le contestó Silon.

—Hablen menos y dibujen más. Este mapa todavía necesita trabajo —solicitó John.

John se lo estaba tomando muy en serio.

Después de una hora terminaron el mapa. Dorada y Celeste lo examinaron y aprobaron lo que vieron.

—Repasemos el plan. Mi padre dirigirá un ataque a la capital de Terson mientras un equipo pequeño irá al Cañón para sacar a Kyle y a Aria. Lisa, tú irás con el equipo al Cañón. Claro está, irás sin que nadie sepa —informaba John.

—Me gusta cómo suena —dijo Lisa.

—¿Estás segura de que quieres ir? —preguntó Silon.

—Sí, por algo hice todo esto.

—Creo que es peligroso para ti.

Lisa comenzó a molestarse.

—Entonces, ¿por qué me ayudaste, Silon?

—Esto no tiene nada que ver. Sí quiero que ayudes, pero creo que es peligroso.

—Yo también creo que es peligroso, pero debería ir —argumentó John defendiéndola.

Lisa le sonrió.

—Gracias.

—Esto va a ser muy interesante —dijo Silon entre dientes.

Xander y Keira se encontraban con su madre en el cuarto de juegos. Le estaban contando lo que había pasado. Orit no sabía si debía estar contenta porque, al fin, sabían algo sobre Kyle, o triste por lo que estaba soportando en Terson. Sólo quería tenerlo de vuelta. Ona también estaba con ellos. Desde que Kyle se había ido se encargaba de cuidarla. Había crecido un poco.

Ona se sentó en la falda de Keira y ella le pasó la mano por la cabeza.

—Quién diría que ella terminaría ayudándonos a nosotros.

—Voy a ser honesto, nunca pensé que un gatito ayudaría en algo, pero sí, funciona —opinó Xander.

—Se los dije —manifestó Keira.

Xander observó a su madre, ella estaba mirando la ventana. Parecía perdida en sus pensamientos, sabía que no era fácil para ella. No era fácil para nadie.

—Tranquila, lo vamos a sacar de allí —le dijo mientras le tomaba la mano.

—Sé que lo harán. Sólo estaba pensando en lo que le voy a hacer a ese rey Renaldo cuando lo vuelva a ver —dijo Orit en un tono amenazador.

Xander y Keira se miraron, pues nunca habían visto a su madre tan molesta. Decidieron no entrometerse entre ella y sus planes.

En ese momento entró Gisberto. Se veía angustiado.

Xander se preocupó.

—Padre, ¿pasa algo?

—No sé qué hacer en este momento —hizo una pausa—. Si Dan se entera de esto... ¡Por el cosmos!

—¿De qué estás hablando? —le preguntó Orit.

Se sentó frente a los tres.

—Dave y Nathan White están frente al castillo, quieren hablar conmigo.

No se esperaban eso, pero en algo tenía razón. Si Dan se enteraba de eso, quién sabe lo que haría.

—Seguramente se enteró de lo que le pasó a Aria —expuso Keira.

—Tal vez, pero el guardia que lo vio me dijo que tenían una carta firmada por el rey Vikram.

—Vinieron por Lisa —dijo Xander.

—Sí, pero también creo que saben sobre Aria.

—¿Qué piensas hacer? —le preguntó Orit.

—Tengo que dejarlos pasar, vienen de parte del rey Vikram. Si los rechazo, estaré afectando la relación con Hexno que acabamos de establecer.

—Esto no va a ser muy divertido —opinó Xander.

—Para nada —le contestó su padre.

Después de ir a buscar a Lisa fueron al salón del trono. Se lo contaron.

No podían hacer nada para ayudarla. Después de todo, su padre ya sabía y había enviado a su tío y a su primo a buscarla.

Todos se encontraban presentes, menos Érika y Silon, que estaban tratando de lograr la fusión. Tampoco se lo había dicho a Dan, a quien pidió que fuera a revisar la vigilancia del castillo. Así no tendría que ver a Dave y Nathan, pues no sabían cómo reaccionaría.

Se alegraron mucho cuando vieron a Lisa, aunque estaban molestos porque se había escapado.

Lisa se acercó a Dave y a Nathan, los dos estaban serios.

—Hola, tío —dijo tímidamente. Dave no le contestó—. Perdón.

—Pídele perdón a tu padre. ¿Tienes idea de cuán preocupado él estaba, al igual que tu madre?

—Supongo que mucho, te llamó a ti —dijo incómodamente.

—Exacto.

Trató de no pensar en eso, miró a Nathan.

—Hola, primo.

—Hola, Lisa.

John no se veía muy contento por eso, no quería que se fuera. Tenía buenas intenciones, así que merecía la oportunidad de ayudarlos.

Lisa miró al rey.

—Gracias por haberme permitido quedarme —miró a John discretamente—. Gracias por todo.

—No hay problema —dijo Gisberto.

John supo que esas palabras fueron para él, quería contestarle, pero no era un buen momento.

Nathan y su padre se iban a llevar a Lisa, pero necesitaban saber algo antes.

—¿Qué saben de Aria? —preguntó Dave.

—Sigue viva, están planeando escapar —hizo una pequeña pausa—, pero el rey Renaldo se ha aprovechado de los dos, es mejor que no sepas lo que les ha estado haciendo —le contestó Gilberto.

Bajó la cabeza.

—Tal vez sea lo mejor.

—Ella es fuerte, es invencible —dijo Nathan en voz baja.

Aunque tenían un pasado no muy bueno, sintió empatía por Dave. Su hija estaba atrapada, hecha prisionera, al igual que su hijo. Entendía lo que estaba sintiendo.

—Si descubrimos algo o logramos sacarla de allí, te diremos —le aseguró el rey.

—Gracias.

Escucharon que la puerta se abrió. Gisberto supo quién era antes de que pudiera verlo. Dan entró al salón, Celeste estaba enrollada en su brazo.

Todos sabían lo que iba a pasar y sería un poco incómodo.

Nathan trató de no enfocarse en él. En su lugar miró a la serpiente.

—Hola, Celeste. ¡Cuánto tiempo!

—¿Ya la habían visto? —preguntó Xander.

—Sí, esta sería la quinta vez que la vemos. Nos visitaba de vez en cuando por Aria —contestó Dave.

—No me sorprende, las dos tienen una conexión muy fuerte —dijo Dan.

A todos les resultó extraño que él no hubiera hecho todavía ningún comentario de reproche. Esperaban al menos algún gesto de disgusto al verlos, pero no pasó nada. Estaba tranquilo. Por un lado, fue extraño, pero por otro se lo agradecieron en silencio.

—Dan, ¿algo que reportar? —le preguntó Gisberto.

—No, todo se ve bien.

—Gracias por asegurarte.

Dan hizo una reverencia y se fue.

Dave no estaba seguro de qué acababa de pasar, pero se sentía feliz de que no habían peleado. Se despidió del rey y salieron.

Estaban caminando hacia la salida. Dave se detuvo y miró a Lisa.

—Espero que hayas tenido una buena excusa que darle a tu padre.

Lisa se molestó.

—Sólo quería ayudarlos a encontrar a Aria y pensé que se quedarían a hacer lo mismo.

—Por más que queramos hacerlo, lamentablemente tenemos órdenes de tu padre de llevarte de vuelta a Hexno lo antes posible.

—Ya sabes que nuestra relación con él no es muy buena —añadió Nathan.

—Lo sé, es sólo que siento que debo ayudarla.

—No eres la única que se siente así —miraron detrás de ellos, Dan los había seguido—. Síganme. Tengo que decirles algo.

Capítulo 12

Dan los llevó a su oficina, donde, según él, quería decirle algo muy importante. Lisa se quedó afuera, sabía lo que había pasado entra las dos familias y prefería no involucrarse.

Celeste estaba enrollada en la mesa, no tenía la menor idea de lo que iba a pasar. También recordó que Dave no sabía que Dan causó el fuego que mató a Liz, lo cual, originalmente, era para matarlo a él. No dijo nada porque, primero, no la podían entender y, segundo, no era su problema involucrarse en ese asunto familiar. Decidió que era mejor si Aria se lo decía o si Dan lo revelaba antes.

—Un poco antes de que capturaran a Aria nos contó sobre el medallón que le habían dado sus padres antes de morir —dijo Dan.

Dave y Nathan se sorprendieron al escuchar eso. Entonces, ¿se lo había contado? Pensaban que nunca se lo diría a nadie.

—Nos contó sobre el escudo de su familia —expresó Dave.

—Pero dijo que ya no le importaba —aseguraba Nathan.

—Nos dijo lo mismo, pero logramos encontrar a qué familia le pertenecía el escudo y entonces le comenzó a importar. Ella es una Violet.

—¿La familia que vigilaba la entrada a la montaña de las serpientes? —preguntó Nathan sorprendido.

Ahora era Dan el que estaba asombrado.

—¿Ya sabían sobre esa familia?

—Sí, Liz nos contó sobre ellos. Ella era una princesa de Hexno, sabía sobre esa familia —dijo Dave.

—Esa familia murió a manos del rey Renaldo, nunca encontraron a su hija —informó Nathan.

—Renaldo los mató y se llevó a Aria al orfanato en el que creció, quería usarla como su propia arma.

—Y la tiene de vuelta en sus manos —dijo Dave.

Ahora estaba entendiendo muchas cosas de cuando la encontró en Terson.

Dan dudó un poco para confesarles un error que había cometido. Pero finalmente lo hizo.

—Yo le dije que esa familia murió hace cien años.

—¿Por qué le dijiste eso, Dan? —preguntó Dave.

—Porque no estábamos del todo seguros. No quería que se emocionara y que después nos enteráramos de que ella no era su hija. Entonces hubiese sido para ella peor.

—No te culpo, ese tema todavía la afecta hasta el día de hoy.

Celeste siseó y se quedaron mirándola.

—Esta vez no te entendí —dijo Dan.

—¿Puedes entenderla? —le preguntó Nathan.

—Algo así.

John se encontraba con sus hermanos, Xander estaba entrenando su magia. Él y Keira lo atacaban para simular una batalla. Hasta ahora Xander les estaba ganando, era de esperarse. Keira ya parecía cansada.

—¿Podemos tomar un receso? —le faltaba el aire.

—No es una mala idea —dijo John.

—Espero que no se cansen así de rápido cuando vayamos a Terson —replicó Xander.

—Sólo dame cinco minutos —le pidió Keira.

Se sentaron al lado de la mesa. Xander miró a John, que se veía decaído. Lo mismo le pasó cuando Kyle se había enfermado.

—Parece que alguien está triste porque la princesa Lisa se va —dijo Xander.

—Yo también lo noté —miró a John—. Al príncipe se le va la princesa de su corazón —dijo Keira burlonamente.

—¿De qué estás hablando? —preguntó ofendido—. ¿Y a qué te refieres con "princesa de mi corazón"? Eso suena horrible.

—Vimos cómo te pusiste cuando Dave se llevó a Lisa de vuelta a Hexno.

Bajó la cabeza.

—Sólo deseaba ayudarnos.

—Sí, pero su padre dijo que la quería de vuelta —dijo Xander.

—A mí me suena a la palabra con A —dijo Keira.

—¿Abuso? —preguntó John confundido.

—¡Por la diosa, no! —a veces no podía más con su hermano—. Me refería a amor.

Ahora sí estaba más que confundido.

—No te entendí, ¿podrías, por favor, hablar con claridad?

Keira se veía molesta.

—Se refiere a que te gusta Lisa —le explicó Xander.

—¿Por qué piensan eso?

—Por la manera en la que estabas actuando —expuso Keira.

—Sólo la ayudaba, los dos nos sentimos igual. Ella quería ayudar a su prima y yo quiero ayudar a mi hermano. Eso es todo.

—Sabes que ella tendrá que encontrar otra manera de hacerlo —expresó Xander.

—Cierto—afirmó John resignado—. Pero, por favor, nunca más vuelvan a decir que me gusta. No es verdad.

—Si tú lo dices —le dijo Keira mientras se paraba.

Después de que Dan les explicara cómo lograba entender a Celeste, se preguntaron asimismo cómo no habían pensado en eso antes. Dan también les dijo que los mantendría informados.

Dave, Nathan y Lisa estaban saliendo de la capital, todos estaban callados. Lisa ya no podía mantenerse en silencio.

—Me van a llevar con mi padre, ¿y después qué? ¿No van a hacer nada?

—Sí, eso fue lo que tu padre nos pidió —dijo Dave.

—No puedo creer que no harán nada para sacarla de allí.

—¿Y tú crees que no queremos ayudar? No ayudamos porque no tenemos información. En ese caso, ya estaríamos de camino a Terson —dijo Nathan.

Lisa sonrió. Era la respuesta que estaba esperando.

—Pues yo sé dónde está y también cuál es el plan para rescatarla.

—¿Cómo sabes? —le preguntó Dave.

—Estuve en las reuniones y no sólo eso. John me ayudó a hacer una copia del mapa de Terson para poder seguirlos sin que me vieran —dijo mientras le pasaba el mapa—. No tienes excusa para no ir a sacarla.

Dave miró el mapa. Para ser una copia, estaba bien hecho. También vio que había un camino marcado en él. Lo examinó.

—¿Ibas a ir a la misión sin que ellos supieran? —preguntó Nathan.

—John y Silon lo sabían —dijo tratando de aclarar.

—Este plan no está mal en absoluto —dijo Dave mientras la miraba—. Podría funcionar.

—Entonces, ¿vamos a ir a Terson? —preguntó tímidamente, pero, la verdad, sonó como un ruego.

Pensó por un momento, Nathan le interrumpió el pensamiento.

—Yo digo que sí.

—No creo que sea una buena idea. Si algo le pasa a Lisa...

Lisa detuvo a su tío.

—Tengo magia curativa, no me pasará nada —dijo molesta.

Esperaba estar tomando la decisión correcta.

—Iremos.

Lisa se puso contenta por lo que acababa de decir. Al menos, ellos querían ayudarla. Dave, por otro lado, sabía que tenía que hacer todo lo posible para que Lisa no luchara ni le pasara nada.

Irían a Terson, seguirían a las tropas de Jenia. No irían a la capital, irían al Cañón, donde se encontraba Aria y Kyle. Sólo esperaban que, después de todo lo que estaban haciendo, lograran rescatarlos.

Capítulo 13

Habían pasado cuatro días desde que habló con Carmesí y quería volver a hacerlo. Como no planificaba provocarse el sangrado nuevamente, tendría que buscar otras técnicas para poder comunicarse con ella. Debido a lo que le ocurrió en el brazo, no le habían hecho cortes durante los últimos días. Y a Aria tampoco. Estaba feliz por eso, no tenían que sufrir.

Aria tampoco se comunicaba. Solamente la había llamado una vez para decirle que ya sabía en dónde estaban. Según ella, esa información ayudaba mucho para completar el plan. No deseaba interrumpirla, por eso no la quería llamar. Kyle nuevamente perdió la noción del tiempo, todo gracias a que había olvidado anotarlo en la pared. Él se sentía muy cansado y se recostó.

—*¡Kyle!*

Saltó del susto, no se esperaba que Aria lo llamara y menos que le gritara.

—*No vuelvas a hacer eso* —contestó Kyle sumamente exaltado.

—*Perdón, pero creo que ya tengo algo.*

—*¿Ya terminaste el plan?* —sabía que era buena con los planes, pero no se esperaba que fuera tan rápida.

—*Sí* —hizo una pausa—. *Bueno, está a mitad.*

—*Es mejor que nada, dime que tienes.*

—*Primero tenemos que fingir nuestras muertes.*

—*Explica.*

—*Logré escuchar a uno de los guardias y dijo que a los prisioneros que morían los...* —casi no podía decirlo, no podía creer que hacían eso—. *Los lanzan afuera para que los animales se los coman* —dijo incómodamente.

—*¿Así de sencillo, sin que las familias sepan?* —eso sí que se pasaba de la raya.

—*Estamos hablando de una prisión del rey Renaldo, ¿qué esperabas?*

La verdad era que todavía se sorprendía.

Aria continuó explicando.

—*Y, cuando vean que estamos muertos, nos sacarán de las celdas.*

—*Entonces, escaparemos. Me gusta cómo...*

Kyle vio que la puerta de su celda se estaba abriendo, pensó que era el rey. Se sorprendió al ver que era Marci, no se veía contenta.

—*Kyle, ¿qué pasa? Dejaste de hablar* —preguntó preocupada.

—*Marci acaba de entrar a mi celda.*

—*En ese caso te hablo después.*

Miró a Marci, que se estaba acercando a él. Ella se veía furiosa.

Iba a preguntarle qué le pasaba, cuando de repente ella lo tomó por él brazo e hizo que se parara. Lo miró a los ojos por un momento, no sabía si debía decirle algo. Inmediatamente, levantó la mano y le pegó en la cara. No se lo esperaba, casi se cae por la sorpresa.

—¿Qué fue lo que hiciste? —preguntó Marci mientras gritaba al mismo tiempo.

—¿Qué? —seguía aturdido por el golpe que le había dado.

—No había ningún motivo para que volvieran a sangrar tus heridas —se acercó más a él y lo tomó por el cuello—. Tú mismo te causaste el sangrado.

En lo único que estaba pensando era que no lo estrangulara hasta la muerte. También le comenzó a doler la cara.

—¿Qué te hace pensar en eso? —trató de distraerla del tema.

Lo comenzó a apretar más fuerte.

—No me mientas como lo hizo Algodón. ¿Cuál fue tu motivo?

No entendió a qué se refería con Algodón, pero no le preguntaría.

—No te tienes que meter en lo que no te incumbe —dijo con el poco aire que tenía.

Después, lo soltó. Kyle comenzó a tomar aire. Pensó que se iría, pero lo tomó por el brazo que todavía le dolía. Estaba allí para verlo sufrir más de lo que ya estaba sufriendo.

—Mira esto —dijo Marci mientras se bajaba el cuello de la camisa.

Le miró el cuello y vio que tenía una cicatriz, era de un corte. Estaba muy cerca de las arterias, se preocupó por ella.

—¿Quién…?

—El rey Renaldo. Cuando vio lo que te pasó, me culpó a mí —dijo mientras se volvía a subir el cuello de la camisa—. Si no fuera porque me congelé la herida, estaría muerta.

—Lo siento, no sabía…

—Ya es tarde para eso. También tengo suerte de tener mi trabajo todavía.

—Nunca pensé que el rey actuaría así por lo que hice.

—Entonces admites que lo hiciste a propósito —dijo molesta.

Bajó la cabeza.

—Sí, así es.

Marci se enojó con él más de lo que ya estaba.

—Debería delatarte.

—Si quieres, hazlo. Así no te volverá a castigar. No quiero que otros sufran por algo que yo hice.

Marci se sorprendió, no esperaba esa reacción. Le dio la espalda.

—Te estaré vigilando.

Salió de la celda, estaba aliviado de que no le había insistido en que le dijera por qué lo hizo.

Volvió a sentarse, todavía le dolía la cara. Ella era más fuerte de lo que parecía. Planificaba decirle todo a Aria, aunque sabía que se molestaría. Inició nuevamente una conversación.

—Lo que te voy a decir no te va a gustar, se trata de Marci.

—¿Debería preocuparme? —hizo una pausa—. *La verdad es que sí debería. Marci, no es una buena noticia* —dijo Aria.

Se rio.

—Se nota que te lastimó.

—Sólo emocionalmente, pero sí me lastimó.

—Pues digamos que ella me acaba de lastimar también, físicamente.

—¿Qué te hizo? —preguntó pausadamente.

—Me dio una cachetada.

Aria se indignó.

—No me sorprende de ella.

—¿Puedo hacerte una pregunta?

—Si se trata sobre el plan de escape, te lo diré ahora...

—No, la verdad es que quería preguntarte sobre algo que ella me dijo. ¿De casualidad el nombre Algodón significa algo para ti?

No sabía qué decirle, no quería que él supiera sobre eso.

—¿Cómo conoces ese nombre? —preguntó Aria.

—Marci me lo dijo. Me confesó que la persona que se llamaba así le mintió. ¿De casualidad sabes a quién se refería?

No le contestó de inmediato, estaba pensando en cómo decírselo.

—Sí, sé de quién estaba hablando. Ella era una niña del orfanato. Era conocida por causar problemas, siempre estaba encerrada en la habitación de castigos. El nombre que te dijo no era su nombre real, era su apodo.

—¿Sabes cuál era su nombre real?

Tuvo que pensar dos veces antes de contestarle. Merecía la verdad.

—*No tenía nombre, le decían* Niña.

Kyle pudo sentir tristeza en ella. Fue cuando logró entender a qué se refería.

—*Eras tú, Algodón era tu apodo.*

—*Me lo pusieron por mi color de cabello, lo odiaba.*

Aria se volvió a molestar con sólo recordarlo. Su cabello no era tan claro como el blanco, era más bien grisáceo.

Hubo un pequeño silencio, sabía que era difícil para ella. Ahora se arrepentía de haber preguntado y decidió cambiar el tema.

—*Y ¿cuál es la última parte del plan?* —preguntó Kyle.

Casi se le olvidaba eso.

—*Pues la última parte no está completa, estoy rogando a la diosa que nadie nos vea mientras salimos corriendo una vez estemos afuera.*

—*Pero hay algo que me preocupa. No creo que nos vayan a creer cuando finjamos estar muertos. El rey se está asegurando de que no muramos, al menos no todavía.*

—*Cierto, pensé lo mismo. Sólo se me ocurrió una cosa para solucionarlo: necesitamos ayuda interna.*

—*¿Te refieres a que alguien de la prisión nos ayude?* —eso sonaba como una mala idea.

—*¿Tienes alguna sugerencia que sea mejor?* —hizo una pausa—. *La verdad es que no me gusta tener que llegar a esto, no soy de las que necesitan ayuda... pero en este caso no me queda otra opción.*

Ella tenía razón, pero eso los arriesgaría a que los delataran.

—*Tenemos que estar seguros de a quién le pediremos ayuda* —dijo Kyle.

—*Estaba pensando en Marci, pero, después de lo que pasó entre los dos, dudo que nos ayude.*

—*Espera, ¿la consideraste?* —se sorprendió, pensó que las dos se odiaban mutuamente.

—*Como te dije, no tengo ninguna idea mejor.*

—*Pensemos primero, después decidiremos. Es lo mejor que podemos hacer por ahora.*

Capítulo 14

Se estaban preparando para salir a Terson. Lo que les esperaba iba a ser muy interesante. Llevarían pocas armas, pero se llevarían las más potentes. También llevarían dos escuadrones de soldados que poseían magia. Tendrían magia de agua, tierra, electricidad (rayos) y alucinaciones a su disposición. Sólo esperaban que no les lanzaran demasiado líxiro. Es por eso que se llevaron mucho láxiro con ellos.

John y Keira estaban moviendo la caja con el láxiro, una de las muchas que se llevarían. Mientras la cargaban, pasaron al lado de Xander y Dan. Xander se alteró un poco.

—¿Todo bien? —le preguntó Dan.

—Sí —dijo con un poco de miedo. Miró a John—. Pero, por favor, no te acerques tanto con ese líquido.

—Por la diosa, eso es el láxiro, no te hará nada —expresó John.

—John, a veces eres demasiado tonto —dijo Keira.

—¿Por qué dices eso? —preguntó un poco ofendido.

—Al igual que el líxiro, si consumes demasiado láxiro puede causar una sobredosis y, a largo plazo, la muerte —le contestó Dan.

—Pues yo no sabía eso. Además, no tengo que saber todos los detalles, yo no poseo magia.

—A no ser que tengas dos hermanos y un padre que poseen magia. Deberías saber este tipo de cosas en caso de que algo pasara —argumentó Xander.

—Cuando terminen de hablar, ayúdenme. Todavía tengo que mover esta caja —dijo Keira.

—Ya voy.

John volvió a ayudarla. Dan y Xander se miraron y comenzaron a reírse.

—Tu hermano no tiene suerte cuando se trata de Keira. —expuso Dan riéndose.

—Lamentablemente no, no la tiene.

Los cuatro continuaron preparando el equipaje para partir.

Gisberto no podía parar de sentirse culpable. Le había prometido a Orit que traería de vuelta a Kyle y no lo logró. Esta vez no cometería el mismo error.

Ya estaban de camino a Terson, se encontraban llegando a la frontera. Si tenían suerte, cumplirían y regresarían en una luna. Estaban divididos en dos equipos.

El primer equipo estaba compuesto por Gisberto, Keira, John, Érika, Silon y los soldados de Jenia. Ellos irían a la capital para distraer al rey Renaldo y a sus soldados. No se llevarían a las serpientes para no ponerlas en peligro. Necesitaban saber que estarían bien. Renaldo tenía el anillo y el medallón, juntos podían causar su destrucción. Orit se quedaría con ellas para cuidarlas.

El segundo equipo estaba compuesto por Dan, Xander y sus soldados. Irían al Cañón para rescatar a Aria y a Kyle. No eran el equipo más grande, pero sí el más experimentado y esto era una ventaja. Así no atraerían la atención. Tenían que llegar a Terson antes de que les hicieran algo peor de lo que ya les estaban haciendo.

Después de dos semanas llegaron a la frontera. Mantuvieron una distancia segura, no querían que los vieran.

—Aquí nos separamos —dijo Gisberto mientras miraba a Dan y a Xander.

—Todo saldrá bien —le contestó Xander.

—Tiene que salir bien. No soportaría tener que ver a un bendecido morir frente a mis ojos —expresó Gisberto con tristeza.

—Tengan cuidado en la capital. Lo que les espera no es una batalla fácil —dijo Dan.

—De eso no tengo duda —dijo Silon.

Gisberto miró a Xander y a Dan, después dirigió su mirada al batallón. Algo no estaba bien y tenía un mal presentimiento, pero decidió ignorarlo. No era un buen momento para comenzar a arrepentirse.

—Que les vaya bien y que la diosa los acompañe —le dijo Gisberto al equipo de su hijo.

—Igualmente a ustedes —le contestó Xander.

Después de despedirse, cada equipo se dirigió a su destino. Gisberto trató de no mirar hacia atrás, esperando que esa no fuera la última vez que los veía.

Caminaron durante tres horas en completo silencio y nadie se atrevía a decir nada. John miró la posición del sol, todavía les quedaba tiempo antes del anochecer.

—Entonces, ¿dónde íbamos a pasar la noche?

—John, ya habíamos decidido que íbamos a parar al lado de una pequeña aldea —dijo Keira un poco molesta, pero no sorprendida—. No me digas que no estabas prestando atención a eso.

—Sí, lo escuché cuando lo dijeron, pero pregunté ya que, cuando me fui, habían acordado que era algo tentativo.

—Esta vez te lo dejo pasar.

—Todavía creo que deberíamos detenernos en un lugar más alejado de las personas, nos podrían delatar —argumentó Xander.

—La verdad es que nos ayudarían —reveló Érika.

Ese comentario lo confundió, se suponía que Terson era territorio enemigo.

—¿A qué te refieres con eso? —preguntó Gisberto.

—La razón por la que llegamos tarde a Jenia es porque estábamos ayudando a un pequeño pueblo en Sileria, en ese pueblo conocimos a una mujer que había escapado de Terson con su hijo. Lo que nos dijo no fue muy lindo —contestó Érika.

—¿Qué les dijo? —preguntó Keira.

—Dijo que el rey Renaldo obligaba a trabajar a las personas en construcciones y agricultura. Todo lo que cosechan va al castillo y al rey, casi no tienen nada para ellos. Por eso huyeron, tratando de buscar una mejor vida lejos de Terson —aclaró Silon.

—Las personas de Terson no quieren estar allí, pero, si tratan de irse y el rey se entera, es considerado traición y pagan con sus vidas. Por eso muchas familias no se van —dijo Érika.

—Pero no muchos lo intentan —añadió Silon.

Sabían que Renaldo era malo, pero desconocían ese detalle. Usaba a su propio pueblo como esclavos, no tenía respeto por nadie que no fuera él mismo.

—Se dice que Terson tiene uno de los paisajes más bellos. Es una lástima que una tierra así se utilice para tales acciones —dijo Gisberto.

—También se dice que el rey tiene un heredero —reveló Silon.

Todos lo miraron, eso los tomó por sorpresa.

—Pero pensé que no había tenido hijos —dijo John.

—Son sólo rumores, nadie está cien por ciento seguro de eso.

—Si de verdad tiene un heredero, puede ser algo bueno. Esperemos que no sea como él —expresó Gisberto.

—Deberíamos investigarlo después de terminar con esto —dijo John.

—Sí, por ahora enfoquémonos a lo que vamos.

Estaba anocheciendo mientras Dan y Xander seguían caminando. Les faltaba un poco más para llegar a un río que llevaba al Cañón del Oeste. Se detendrían cerca de él para acampar.

Xander volvió a mirar el mapa, fue cuando se dio cuenta de algo.

—Dan, creo que llegaremos al río después del anochecer.

—Eso no es bueno, no deberíamos estar por aquí de noche.

—Lo sé, pero es el único camino que tenemos marcado en el mapa.

Dan pensó en las opciones que tenían, no eran muchas.

—No es buena idea que nos quedemos aquí a dormir tampoco.

—Creo que la mejor opción es seguir, aunque sea peligroso.

—Estoy de acuerdo.

Volvieron a mirar el sol.

—Será una larga noche —dijo Xander.

Capítulo 15

Aria estaba un poco molesta con ella misma en ese momento. Se encontraba sentada con los brazos cruzados discutiendo y arrepintiéndose de sus decisiones con Kyle.

—*¿Por qué tengo que hacerlo yo? ¿No recuerdas lo que te dije sobre ella?* —preguntó Aria.

—*Tú fuiste la que dio la idea y, considerando lo que pasó, es mejor que hables con Marci* —le contestó Kyle.

Comenzó a odiar su propia sugerencia.

—*Creo que prefiero volver a crear otro plan.*

—*Ya es tarde para eso, debería recordarte que ya le pediste a uno de los guardias que le dijera a Marci que querías hablar con ella.*

Ahora sí que se estaba arrepintiendo de todo.

—*No te prometo que ella acepte* —hizo una pausa—. *La verdad, deberíamos esperar que nos delate y que el rey Renaldo nos castigue por esto* —dijo Aria.

—*Pensé lo mismo, pero en este momento aceptaré cualquier cosa. Sólo quiero salir de aquí y poder terminar con esto.*

Aria vio cuando la puerta de su celda se abrió. No estaba muy emocionada.

—*Acaba de entrar.*

—*Buena suerte.*

Aria se puso de pie. Marci se acercó a ella, pero mantuvo su distancia. Se veía disgustada.

—¿Qué quieres? Tengo cosas que hacer —dijo Marci secamente.

Se preparó mentalmente.

—Iré directo al grano, necesitamos tu ayuda.

—Déjame adivinar, se van a escapar —comenzó a reírse—. Te escapas de Agua Caliza y ahora crees que puedes salir de cualquier lugar.

No planificaba decirle que estaba en lo correcto, sólo empeoraría las cosas. Así que ignoró el comentario, no tenía tiempo para eso.

—Ya tenemos el plan listo, sólo necesitamos ayuda interna.

Mirándola a los ojos, le dijo:

—Lamento decirte que no la obtendrán, todos aquí somos fieles a la corona —comenzó a caminar de vuelta a la puerta—. Recuerda que pienso delatarlos.

Lo que Marci no sabía era que Aria tenía una última carta para jugar y esperaba que funcionara.

—Tú no le eres fiel al rey Renaldo, pues sigues sus órdenes solamente porque le tienes miedo. Igual que todos los demás soldados —dijo Aria.

Marci se detuvo, no se encontraba tan lejos de ella. Estaba furiosa.

—Eso no es cierto.

—Entonces, ¿por qué el rey trató de matarte?

—No trató de matarme, sólo me castigó —sonaba agitada.

—Te estás mintiendo a ti misma, sabes la verdad.

Se volteó para verla, tenía lágrimas en los ojos.

—¡La mentirosa eres tú! —le gritó de vuelta.

En ese momento Marci ya no podía seguir ocultándolo en su interior, se tiró al suelo a llorar.

Aria no esperaba esa reacción de ella, creía que sólo pelearían. Nunca pensó que la vería con un colapso emocional, pero no podía juzgarla. Se acercó a ella y se arrodilló a su lado. Marci la miró, trató de calmarse para poder hablar.

—Ellos eran terribles, Aria. Nunca me amaron —dijo entre lágrimas.

Supo de inmediato que estaba hablando de sus padres.

—Desde el primer día que llegué a su casa me dijeron que tenía que trabajar. Nunca me dejaron jugar o hacer algo que me gustara. Se obsesionaron con entrenar mi magia y mis habilidades de batalla. Al principio, pensé que era normal que quisieran entrenarme para que pudiera controlarla mejor. Pero todo eso cambió el día de mi cumpleaños número doce.

—¿Qué te hicieron? —ahora sentía lástima por ella.

—Me vendieron al rey Renaldo. Ya tenía edad suficiente para comenzar a entrar en la guardia. Y ellos le ofrecían dinero a los padres de los niños para que vendieran sus hijos y le sirvieran al rey. Nunca más los volví a ver. Sólo me adoptaron para venderme y obtener el dinero. Cuando vieron mi actitud pensaron que serviría para ser un soldado —miró a Aria a los ojos—. Luego pensé en ti. Después de lo que te hice, creí que estarías en el orfanato hasta que fueras adulta. Pensaba así hasta que te vi aquí y te reconocí. En ese momento, supe de tu familia, eran muy diferente de la mía —comenzó a llorar de nuevo—. No sabes cuánto te envidio, Aria.

Ahora entendía por qué la estaba tratando así.

—Entonces, ¿por qué todavía estás aquí? El rey Renaldo no te dejará tranquila hasta que mueras.

—No puedo. Si me voy, lo verán como una traición y me matarán por eso. Ya hice el juramento. Bueno, en realidad me obligaron a hacerlo.

Eso complicaba las cosas, pero tenía una idea.

—Ahora más que nunca tienes que aceptar mi oferta. Nos ayudas a salir y puedes venir con nosotros. Estoy segura de que el rey Gisberto podría ayudarte cuando sepa toda la historia.

—No lo sé, ¿estás segura de que tu plan funcionará?

—Sólo si tú nos ayudas.

Pensó por un momento, tenía una oportunidad de salir de Terson. No quería seguir viviendo esa vida, no era lo que había planificado. Podía comenzar otra vez en un nuevo reino. Era lo que más anhelaba en ese momento, ser libre.

—Los ayudaré —Aria se puso feliz—, pero debes prometerme que saldré de aquí y que nunca más volveré.

—Créeme, no lo volverás a ver.

Una vida fuera de Terson, era lo único que deseaba.

—Ahora, dame los detalles de tu plan.

Ya había pasado una hora desde que habló con Aria y esperaba que Marci hubiese aceptado. Comenzó a pensar en lo que harían cuando salieran. Tendrían que caminar mucho hasta llegar a Jenia, sin mencionar la falta de provisiones.

Trató de sacarse eso de la cabeza, ya que pensarían en qué hacer luego que salieran.

Vio que la puerta se abrió y Marci entró. La cerró lo más silenciosamente posible. Estaba a punto de preguntarle por qué había hecho eso, pero ella le hizo una señal para que se quedara callado. Se acercó a él.

—No tengo mucho tiempo, nadie sabe que vine a verte —le dijo en voz baja.

—Veo que aceptaste, te doy las gracias por ello.

—Me agradeces después. La verdad es que tenía mis propias razones para aceptar.

—Como quieras. ¿Qué querías decirme?

—Desde hoy les iré dando pequeñas dosis de líxiro en su estado más puro.

—¿Te refieres a directamente de la flor, sin ser procesado? —eso no le gustó mucho.

—Sólo les daré lo suficiente para que terminen en un sueño profundo. Parecerá que están muertos.

—Entonces nos sacarán de las celdas y podremos escapar. No me gusta la parte del líxiro, pero el plan en sí es bueno.

—A mí tampoco. Recuerda que yo también tengo magia, pero es la mejor opción. No les darán láxiro para contrarrestar el efecto porque terminarían activando su magia y sería más arriesgado.

—¿Y de dónde sacarás el líxiro puro?

Fue cuando recordó que ellos no sabían dónde estaban.

—Estamos en el Cañón de Terson, hay cientos de esas flores afuera de la prisión.

Entonces, Carmesí tenía razón, estaban en el Cañón del Oeste.

—No nos des demasiado, estamos tratando de salir con vida de aquí.

Marci miró fijamente los ojos de Kyle.

—Aria me dijo que tu padre me permitiría unirme a su guardia cuando llegáramos a Jenia. ¿Crees que sea posible?

—No veo por qué no. Después de todo, nos estás ayudando.

—Si lo logramos, te prometo jurarle lealtad a Jenia.

—No tienes que hacerlo, mereces ser libre de todo.

—Soy un soldado y lo seré hasta que muera. Es mi trabajo.

—¿Y qué pasó con tu sueño de ser sanadora?

Bajó la cabeza.

—Me temo que eso ya no es posible, pero es mejor así.

Sabía que ella no cambiaría de opinión.

—Como quieras, pero si después cambias de opción, no hay ningún problema.

Afirmó con la cabeza.

—Recuerda que desde la cena de hoy todas sus comidas tendrán líxiro puro. No te sorprendas si comienzas a sentirte mal.

—Gracias por el recordatorio —dijo Kyle preocupado.

—El proceso tardará, no puedo hacerlo de la primera. Sería demasiado obvio.

—¿Cuánto crees que tardará?

—Varios días, no más de dos semanas.

—Eso es bueno saberlo.

—Es mejor que me vaya antes de que alguien se dé cuenta.

Caminó hacia la puerta y se fue. Kyle sonrió y volvió a llamar a Aria.

—Oye, ¿cómo la convenciste? —preguntó Kyle.

—Digamos que ella también la pasó difícil en la vida.
—Eso explica por qué se quiere ir.
Hubo un pequeño silencio entre los dos, ambos sabían a qué se debía.
—¿Lista para salir de aquí?
—Sí, saldremos de esta prisión.
—Lo dice la mejor escapista de Nesshia. Eso me tranquiliza.
"Tal vez hasta del mundo", pensó Kyle por un momento.

Capítulo 16

Silon y Érika abrieron los ojos, estaban en la montaña. Sabían que se encontraban dormidos, lo que significaba que hablaban a través de sus sueños. Miraron el árbol, Dorada y Rosa las esperaban. Ambos se acercaron al árbol para hablar con las serpientes.

—¿Pasó algo? —preguntó Silon.

—No, no pasó nada malo. Sólo les queríamos decir lo siguiente —le dijo Dorada.

—Hablamos con Celeste y Carmesí y, al parecer, saben dónde se encuentra parte del escrito del ritual que Shiori usó para desterrar a Osamu —le comunicó Rosa.

Érika se preocupó, entendió a qué se referían.

—Quieren que lo busquemos, ¿cierto?

—Pensamos que estaría seguro y lo estuvo, hasta ahora. Tienes que encontrar esa parte del ritual, anotarla y destruir el mensaje original —ordenó Dorada.

—Tiene sentido, ese ritual es muy poderoso —miró a Érika—. Es lo mejor que podemos hacer.

—Sí, lo sé —los dos miraron a las serpientes—. ¿Dónde está el ritual? —preguntó Érika.

—Está grabado en la pared de una habitación escondida en la biblioteca del castillo de Terson.

—¿Está dentro del castillo? —preguntó Silon agitado.

—Sí —afirmó Rosa.

—Y yo pensaba que la misión ya era difícil —dijo Érika.

—Tranquila, podemos hacerlo.

Érika se quedó sorprendida. Silon pensó que había visto un fantasma al ver la cara de asombro de Érika.

—¿Todo bien?

—Dijiste algo optimista, ¿quién eres? —miró a Dorada—. Ten cuidado, creo que este no es tu bendecido.

—En nombre de la diosa —Silon no podría creer lo que estaba escuchando.

—Creo que tienes razón, tampoco lo reconozco —dijo Dorada.

Comenzaron a reírse todos menos Silon. Estaba harto de esos comentarios.

—Ya pueden parar, por favor —dijo entre dientes.

—Recuerden lo que les dijimos. Sé que entrar al castillo es riesgoso, pero necesitamos encontrar todas las partes del ritual.

—Yo tengo una duda. Si es tan poderoso, ¿por qué lo estamos tratando de rearmar? —preguntó Érika.

—Para poder esconderlo mejor, específicamente en Picos Escamas —dijo Rosa.

—Me gusta la idea, recolectar las partes de Hexno, Sileria y Sheztra será fácil. Sólo tenemos que sobrevivir a este ataque —dijo Silon irónicamente.

—Se lo diremos al rey Gisberto. Tal vez podamos modificar el plan un poco. Gracias por la información.

—Sé que fueron a rescatar a Kyle y a Aria, pero también necesitamos ese ritual —dijo Dorada.

—Lo tendremos.

—No sé cómo, pero lo haremos —replicó Érika.

Nadie había dormido bien la noche anterior. Llegaron al río dos horas después del anochecer y no pudieron armar el campamento como querían. Casi no podían ver nada por la oscuridad y no contaban con todos los insectos que había cerca del río. Tampoco pudieron dormir lo suficiente porque estaban vigilando que nadie los viera. Luego de desayunar recogieron para continuar su camino.

Dan estaba contando las provisiones. Se alivió cuando vio que les quedaban suficientes.

—¿Todo bien con el conteo? —preguntó Xander.

—Sí, nos queda bastante para dos semanas más.

—Eso es bueno, no tendremos que detenernos —Xander sacaba el mapa y lo abría—. Deberíamos llegar en once días o menos —dijo marcando el camino con el dedo.

Dan miró la mano del príncipe, tenía un punto rojo. Era pequeño, pero no le gustó lo que vio.

—Xander, ¿qué te pasó en la mano?

—No es nada, sólo fue un mosquito. Seguramente me picó mientras dormía.

—¿Seguro?

—Sí, seguro.

—Si tú lo dices —dijo un poco dudoso y miró a los soldados—. Sigamos.

Tomaron todo y continuaron caminando.

Los estaban siguiendo a una distancia segura. Si se enteraban de que se encontraban allí, los mandarían de regreso a Hexno.

—Todavía no puedo creer que estemos haciendo esto —dijo Nathan.

—Pues yo sí, no me arrepiento de nada —afirmó Lisa.

—Sí, Lisa, sabemos que tú no te arrepientes de nada —respondió Dave.

—Entonces, ¿qué vamos a hacer cuando lleguemos al cañón? —preguntó Lisa.

—Cuando lleguemos, vamos a hablar con ellos, decirles lo que hicimos y, con ayuda de la diosa, dejarán que nos unamos —explicó Nathan.

—Ya estaremos con ellos, no tendrán otra opción, espero —dijo Dave mientras miraba a Lisa—. ¿Te gusta el plan?

—Sí, hagámoslo.

Todos estaban analizando lo que Érika y Silon les habían dicho. La misión ya era difícil, pero eso sólo lo hacía más complicado.

—No creo que sea posible —dijo Gisberto.

—Lo sabemos, pero tal vez sea la única oportunidad que tengamos para conseguirlo —expresó Silon.

—Yo, de hecho, estoy de acuerdo. No sabemos si volveremos, personalmente no quiero regresar a Terson—dijo John.

—Pero piensa en los riesgos, entrar al castillo durante el ataque. Ni siquiera estamos cien por ciento seguros de si el rey Renaldo está en el castillo o en el Cañón —señaló Keira.

—Creo que deberíamos correr el riesgo. Es para algo igual de importante que el ataque — Érika argumentaba convencida.

Todos se quedaron en silencio, estaban esperando a que el rey hablara.

Gisberto no sabía qué hacer al respecto. No era un buen momento para añadir cosas al plan. Recuperar todo el ritual era importante, pero no estarían en una buena situación para arriesgarse a buscarlo. Al mismo tiempo, era de su conocimiento que esta sería la única oportunidad que tendrían para encontrarlo.

Tenía que pensarlo, no quería cometer el mismo error.

—Vayan planificando cómo piensan entrar al castillo, pero no les prometo nada.

—Gracias —dijo Érika.

—No será fácil, pero…

—Lo voy a pensar en el camino —el rey interrumpió a Silon—. Cuando lleguemos, les diré lo que haremos.

No era lo que querían escuchar, pero se conformaron con eso por el momento.

Capítulo 17

Ya llevaban media hora de retraso, todo gracias a Lisa. Se habían encontrado con un pájaro herido y Lisa dijo que no seguiría hasta que lo curara por completo. Pensaban que su magia era más rápida, pero se tardaba demasiado.

El pájaro se encontraba en el suelo acostado y Lisa tenía sus manos sobre él para curarlo. Parecía que estaba muerto, no se movía.

—Prima, ¿cuánto te falta? —preguntó Nathan.

—Un poco más.

—Debería recordarte que estamos atrasados por media hora —dijo Dave. Pero Lisa no le hizo caso.

Nathan se acercó más para poder ver mejor al pájaro.

—¿De verdad está vivo? Yo lo veo muerto.

—Sus latidos son muy débiles, pero sigue con vida.

—¿Qué le pasó? —preguntó Dave.

—Por lo que pude sentir se envenenó con una flor, eso le causó que se desmayara mientras volaba y terminó cayendo del cielo rompiéndose varios huesos en el proceso —hizo una pausa—. Eso es lo que creo, no lo vi y por eso no puedo estar completamente segura. Pero el envenenamiento por la flor, eso sí pasó.

Los dos se miraron confundidos.

—¿Por qué no eres una sanadora? Tienes todo el conocimiento —dijo Nathan.

Subió los hombros.

—No lo sé, tal vez es que me falta más experiencia.

Escucharon un aleteo, miraron al pájaro y se movía. Lisa lo tomó en sus manos, lo miró de cerca para estar segura de que estaba bien.

—Todo parece estar perfecto.

—Se ve mucho mejor —dijo Dave.

—Sí —miró al pájaro—. Ahora ten cuidado con lo que comes.

Soltó al pájaro y se fue volando.

—¿Sabes que no te entendió? —dijo Nathan.

—Lo sé, pero me gusta pensar que sí.

—Es mejor que sigamos caminando, estamos bastante atrasados —

informó Dave.

Caminaron durante unos minutos en silencio. Eso fue suficiente para que Lisa se aburriera. Pensó en algunos temas para hablar durante el trayecto. Le llegó uno a la mente, pero no estaba segura si era una buena idea. Era un tema delicado, pero quería saber.

—Lisa, ¿estás bien? —preguntó Dave.

—Sí… Pero en realidad le quería hacer una pregunta.

Dave le sonrió.

—Es sobre Liz, ¿verdad?

—Sí, me gustaría saber más de mi tía.

—¿Qué querías que te dijera sobre ella? —le preguntó Dave.

—Desearía saber más sobre cuándo se conocieron —cruzó los brazos un poco molesta—. Mi padre nunca me contó sobre ella y mucho menos mi abuelo.

—El abuelo siempre fue el tipo de persona que nunca perdonaba nada. Aria se parece en eso a él —añadió Nathan.

—Eso yo se los puedo confirmar mejor que nadie —manifestó Dave, los tres se rieron por un momento—. La primera vez que vi a Liz, personalmente, yo tenía diecinueve años. El día en el que me uní a la guardia de Hexno, para ser especifico.

Ya se había acabado la ceremonia, oficialmente era un soldado de Hexno. Estaba saliendo del castillo hacia el campo de entrenamiento junto a algunos de sus compañeros. Todos parecían emocionados.

—Bueno, señores, ahora somos soldados. Nadie nos volverá a mirar de la misma manera —dijo uno de sus amigos.

—Sí, este puesto ya me está gustando —expresó otro soldado.

—No crean que tienes todo el poder del mundo porque seamos soldados ahora —expuso Dave un poco molesto—. Recuerden que hicimos un compromiso, el cual es…

—Proteger a la familia real de Hexno —dijeron todos a la vez.

—Espero que no se les olvide eso.

—Oye, tranquilo, eres un soldado, no un capitán —expresó uno de los compañeros para molestarlo.

—Sólo les recuerdo por qué decidieron unirse a la guardia.

Fue lo último que dijo, decidió ir al jardín norte del castillo. Al menos allí podría estar solo. Ese jardín era uno de los pocos al que los soldados que no estuviesen trabajando en ese momento tenían permitido ir.

Comenzó a pensar en lo que acababa de hacer, ahora tenían un compromiso. Tendría que dejar muchas cosas atrás, pero no se arrepentía. Aunque entró al entrenamiento sólo porque su padre lo había obligado, ahora entendía por qué. Era un gran honor lo que estaba haciendo, lo haría correctamente.

—Ni una hora como soldado y ya hablas como si lo hubieses sido desde que naciste.

Pensó que estaba solo, miró hacia atrás y vio a la princesa Liz parada detrás de él.

Se arrodilló de inmediato.

—Alteza, yo no merezco su cumplido.

—Claro que sí, he visto a muchos soldados novatos y tú eres el mejor que ha reaccionado hasta ahora.

Ella lo había escuchado hablar con sus compañeros. Ahora sentía un poco de vergüenza por eso.

—Sólo decía lo que acabo de jurar a la corona.

—Y me alegra que tu nueva posición no te haya cambiado. Siempre fuiste así de… —Liz se dio cuenta de lo que estaba a punto de decir.

Dave se confundió un poco por el comentario que no había terminado. Esa era la primera vez que la veía y hablaba con ella.

La princesa Liz no sabía cómo decírselo.

—Digamos que te vi entrenando varias veces —hizo una pausa—. Eres bueno en lo que haces.

Dave no la miraba a la cara, pero podía sentir que ella estaba avergonzada e incómoda por lo que había dicho.

—La aprobación de la realeza siempre es buena —dijo tratando de hacerla sentir mejor.

Liz sintió que se estaba sonrojando, así que le dio la espalda.

—Supongo que ahora nos veremos más a menudo. Ahora que eres un soldado oficial… —hizo una pausa—. ¿Cuál es tu nombre?

—Dave White, su alteza.

—Sé que respetarás el uniforme, Dave White —dijo mientras se iba.

Cuando dejó de escuchar sus pasos fue cuando se levantó. Mientras hablaban no le miró directo a la cara, sólo pudo ver su vestido. Era morado con patrones bordados en verde.

Trató de procesar lo que acababa de ocurrir, había hablado con un miembro de la realeza. Normalmente eso nunca se daba y menos en el primer día.

Todavía estaba pensando en lo que había pasado, cuando vio a uno de sus compañeros que se acercaba.

—Te estábamos buscando, vamos a ir a la ciudad para... —lo miró de arriba abajo—. ¿Por qué estás sonrojado?

No se dio cuenta de eso, ni siquiera lo había sentido.

—Acabo de hablar con la princesa.

—¿Qué? —le iba a contestar cuando lo tomó por el brazo y comenzó a caminar—. Espera a que estemos todos juntos y después nos cuentas lo que pasó.

—Oye, se trata de la princesa. Lo último que quiero es que se formen rumores sobre ella o de la realeza en general.

No le hizo caso, sólo sabía que no les diría nada de lo que acababa de pasar.

Lisa tenía una sonrisa en su cara y no era por la historia que acababa de escuchar. Era por cuán feliz se veía su tío al hablar sobre ella.

—Desde el primer día que se conocieron, se inclinó frente a ella —dijo Nathan, notó que estaba tratando de no reírse.

—Cierto. Otros momentos en los que me incliné ante ella fueron cuando le confesé que la amaba, cuando le propuse matrimonio y, después, siempre que le daba flores —reveló Dave.

—Eso se escucha muy romántico —declaró Lisa.

—Lo era.

—Sí, pero comenzó a ser un poco embarazoso y molesto cuando eran románticos todo el tiempo y, de paso, frente a mí y Aria —dijo Nathan.

Lisa comenzó a reírse.

—¿Y qué pensaba Aria sobre eso?

—Al principio se encontraba un poco confundida, no estaba acostumbrada a un lugar lleno de amor —recordó Dave.

—Ni siquiera sabía lo que era un beso. La primera vez que mamá la vio, la besó en la frente y ella preguntó qué le acababa de hacer —mencionó Nathan casi a punto de reírse.

—Ella aprendió muchas cosas con nosotros.

—No sabía eso, debió pasarla muy mal allí —dijo Lisa.

—Sí, ese lugar era horrible. Y también estaba sola.

—Pero ella me dijo que había más niños en el orfanato —comentó Lisa.

—Los había, antes de que yo llegara. Cuando la encontré, ella era la única en ese lugar, los cuidadores ya habían huido —dijo Dave.

—Justo cuando pensaba que no podían ser más irresponsables.

—Sí, pensé lo mismo cuando me lo contó —dijo Nathan.

—Ya tendremos tiempo para seguir hablando sobre eso, ahora es mejor si seguimos caminando —le animó Dave.

Estuvieron de acuerdo, después de todo llevaban media hora de retraso. Hablarían más cuando tuviesen más tiempo. Esperaban poder alcanzar al batallón del príncipe.

Capítulo 18

Pasaron tres días desde que comenzaron a consumir el líxiro puro. Hasta ahora no había sido tan malo. Claro que sentían los efectos, pero podían soportarlo. La única diferencia que había notado era que dormía mucho más. Eso ayudaría a que pensaran que estaba enfermo. Aunque en realidad él se sentía más débil.

Estaba recostado en el suelo, no se había molestado en acostarse en la cama de paja. Era parte de su plan, así creerían que se encontraba en mal estado. No sabía cuánto tiempo tardarían en darse cuenta. Sólo esperaba que no fuera tanto.

En ese momento, Marci entró a su celda. Tenía un vaso en la mano. Con sólo verla entrar ya sabía a qué se debía su visita.

Kyle se sentó.

—Es el líxiro, ¿verdad?

—Sí, es mejor si no hacemos tan obvio que se están envenenando con lo que comen. Por eso hoy será diferente. Tal vez sea así más a menudo.

Le dio el vaso, lo miró y se asustó un poco.

—Esto no está mezclado con agua.

—No, lo acabo de sacar de la flor. No lo pienses y bébelo.

Tomó su consejo y lo bebió sin pensarlo demasiado. Cuando terminó, comenzaron los mareos. Tuvo que apoyar las manos en el suelo para no caerse. Ese líquido era aún más fuerte en estado puro. Sentía que le faltaba el aire.

—¿Todo bien? —le preguntó Marci preocupada.

Le negó con la cabeza.

—¿Por qué esta vez fue más fuerte el efecto?

—Eso se debe a que puse de más. Así mañana no tendrán que beberlo tres veces.

—Me lo pudiste haber advertido.

—Perdón, pero el mareo se te pasará. El resto de lo que estás sintiendo, me temo que no.

—Estoy tranquilo sólo porque sé que tienes conocimientos en medicina. De lo contrario, estaría muy preocupado.

—Ahora me tengo que ir. Es el turno de Aria.

—Dile que le deseo suerte.

—Se lo diré.

Se quedó solo en la celda, todavía estaba mareado. Volvió a recostarse. Se recordó a sí mismo que todo terminaría pronto, sólo lo tenía que soportar un poco más. Cerró los ojos, intentaría dormir.

No faltaba mucho para que llegaran a la capital de Terson. El rey Gisberto todavía no les había dicho nada sobre si podían recuperar la parte del ritual, pero tenían esperanza de que se lo permitiera. Érika y Silon ya habían discutido la posibilidad de hacerlo de todos modos, aunque él se negara.

De repente, Érika y Silon se detuvieron y se miraron preocupados. No perdieron más tiempo y se sentaron en el suelo.

—¿Qué pasó? —preguntó Gisberto.

—Nuestras serpientes nos están llamando, no tardaremos —dijo Silon.

Después los dos cerraron los ojos.

Cuando vieron el árbol y a sus serpientes corrieron hacia ellas. Considerando la situación, se preocuparon mucho al sentir la llamada.

—¿Pasó algo en el castillo de Jenia? —preguntó Érika.

—No, algo peor —dijo Rosa.

—Celeste y Carmesí nos dijeron que sintieron que las vidas de sus elegidos estaban en peligro —dijo Dorada.

Era lo último que querían escuchar y aquí estaban, hablando sobre la posible muerte de dos bendecidos.

—Pero no están muertos, ¿verdad? —preguntó Silon preocupado por la respuesta.

—Los dos siguen con vida, pero, según lo que nos dijeron, hay exceso de líxiro en sus cuerpos —informó Rosa.

—Esto es malo. Si sufren de una sobredosis… —Érika no pudo terminar la oración.

—Lo sabemos, pero no podemos hacer nada y ustedes tampoco. Están de camino a la capital y no al Cañón del Oeste —dijo Dorada.

—¿Deberíamos decirle al rey? —preguntó Érika preocupada.

—Tenemos que hacerlo, no sería justo para él —le contestó Silon.

—Hagan lo que crean que es mejor, nosotras sólo les estamos informando —expuso Rosa.

—Gracias, les diremos a todos.

Abrieron los ojos, todos esperaban a que les contaran sobre lo que habían hablado las serpientes. Érika no quería decirlo.

—Dilo tú —le dijo Érika a Silon.

Todos se preocuparon con ese comentario.

—¿Tan malo fue? —preguntó Keira.

—Me temo que sí —dijo Silon.

—¿De qué hablaron? —cuestionó Gisberto.

—Son Kyle y Aria, están siendo envenenados con líxiro. Sus vidas ahora corren peligro —advirtió lo más calmado posible.

Vieron la desesperación de todos reflejada en sus caras. Nadie sabía qué pensar.

—¿Cuánto tiempo más lograrán resistirlo? —preguntó John.

—No podemos estar seguros, no sabemos qué cantidad les han dado. Podrían durar unos cuantos días más, o tal vez podrían durar menos —expresó Érika.

—¿No hay alguna manera de decirles esto a Xander y a Dan para que se apresuren? —preguntó Keira.

—No, no tenemos aves mensajeras. Lo único que podemos hacer es rezarle a la diosa para que no se tarden —dijo Gisberto.

Silon y John sabían que había una posibilidad de que los dos se salvaran. Lisa estaba de camino al cañón, pero no era un buen momento para decirlo. Tal vez era mejor que no lo supieran.

Capítulo 19

Dan estaba mirando el mapa, quería estar bien seguro de que iban por el camino adecuado. La verdad es que, por donde iban, parecía más bien una veredita. Eso era lo que más lo confundió.

—¿Crees que marcamos bien el mapa? —le preguntó a Xander.

No le contestó y lo miró. Xander caminaba mientras miraba al suelo, eso no le preocupó, pues el camino estaba lleno de desniveles. Lo que sí le inquietó fue que no le contestara, ya que estaba justo a su lado.

—Xander —en ese momento reaccionó —. Te hice una pregunta.

—Lo siento, estaba pensando en otra cosa. ¿Qué fue lo que preguntaste?

—Pregunté si creías que estamos en el camino correcto.

—Si vamos por donde está marcado, supongo que sí —miró alrededor—. La verdad es que no lo parece.

—Pensé lo mismo —Dan volvió a mirar al mapa—. Deberíamos detenernos un rato para descansar, ¿estás de acuerdo?

Nuevamente Xander no le contestó, ahora sí Dan estaba alarmado.

—Xander, ¿qué te pasa?

—Nada, estoy cansado.

Le miró a la cara. Tenía los ojos rojos y alrededor estaban un poco inflamados. Debía ser por el cansancio.

—Pues creo que deberíamos detenernos para descansar. También podemos aprovechar para comer.

La cara de Xander cambió, le pareció que le había dado asco lo que acababa de decir.

—No, gracias, no tengo hambre.

—¿Seguro? —eso lo consideró bastante raro. Xander afirmó con la cabeza—. Como quieras.

Les faltaba poco para llegar. Esperaban poder descansar cuando los alcanzaran. Hasta ahora viajar con Lisa había sido lo mejor. Les dio dolor en las piernas, pies y espalda, pero ella había usado su magia para que se sintieran mejor. Le dijeron que no tenía que hacerlo, pero ella insistió.

Mientras caminaban no podían dejar de mirar el mapa.

—¿De verdad es por aquí? —preguntó Lisa confundida.
—Eso es lo que dice tu mapa —dijo Dave.
—Esto parece una vereda hecha por contrabandistas, está muy descuidada —comentó Nathan.
Lisa se asustó con lo que acababa de decir.
—¿Y creen que este camino es seguro?
Nathan la miró seriamente.
—No, todo lo contrario.
—¡¿Qué?! —se asustó Lisa.
—Hijo, deja de molestarla.
Nathan comenzó a reírse, Lisa se enfadó.
—Si no fuera porque estoy estudiando medicina y porque somos familia, ya te hubiese pegado. Te salvó el que no debo faltar al credo del sanador.
Dave se sonrió.
—Si todavía quieres hacerlo, hazlo. No le vendría mal.
—Jamás pensé que mi padre me traicionaría de esa manera —dijo Nathan siguiéndoles el juego.
Los tres comenzaron a reírse.
—De verdad extrañaba pasar tiempo con ustedes —dijo Lisa.
—Podemos decir lo mismo.
—Tal vez después de esto podrán visitarme más o yo visitarlos a ustedes.
—Eso suena bien, si tío no nos mata primero —expresó Nathan.
—Buen punto, pero tal vez pueda convencerlo.
—Suerte con eso.
Dave los detuvo a los dos. Fue en ese momento que se percataron que ya habían llegado. Para su suerte, estaban descansando, así que también ellos podrían reposar.
Se apartaron del batallón para que no los vieran ni escucharan. Se sentaron detrás de una inmensa roca, no sabían cuánto tiempo estarían allí, así que tendrían que estar atentos.

Ya había terminado de comer y estaba vigilando. Los soldados hablaban entre sí y Xander se encontraba un poco alejado de los demás. Se sujetaba la mano de una manera bastante extraña. Dan Comenzó a creer que esa picadura no era inofensiva y que le ocultaba algo. Sabía que no admitiría nada y menos delante de los soldados.
Se acercó a él y se paró a su lado.

Xander levantó la cabeza para verlo.

—¿Pasa algo?

—Ven conmigo un momento.

Se incorporó y lo siguió. Se detuvieron al lado de una roca bastante grande. Dan lo miró seriamente mientras Xander todavía no entendía a qué se debía todo eso.

—Xander, por amor a la diosa, dime qué te pasa.

—¿A qué te refieres? —trató de hacerse el que no sabía nada.

—Has estado todo el día actuando raro, ni siquiera comiste —hizo una pausa—. Ahora que lo pienso, no te vi desayunar esta mañana.

Xander bajó la cabeza.

—No he comido desde ayer en la tarde —dijo un poco arrepentido.

—¿Qué? ¿Por qué? —ahora estaba molesto.

—Porque me siento mal desde ayer.

Pasó de estar enojado a estar intranquilo en menos de dos segundos. Vio que Xander todavía se estaba tapando la mano.

—Déjame verla.

Xander le mostró su mano, no podía creer lo que veía. La picadura estaba hinchada, roja e incluso en algunas partes estaba de color azul.

—¿Qué sientes?

—Pues tengo escalofríos, la picadura me duele y también tengo náuseas.

—Por eso no has comido nada —se dijo a sí mismo.

—Sí, esa es la razón.

Lisa escuchó todo lo que habían dicho y no estaba tranquila. Miró a su tío y primo y los dos también estaban preocupados. Se asomó para ver mejor. Nathan trató de detenerla, pero no funcionó. Cuando Lisa pudo verlos, sintió que la tierra se la estaba tragando.

—Esto no es bueno.

—La mordedura es mala, ¿verdad? —preguntó Dave.

—Por lo que logro ver, parece una mordedura de araña venenosa. ¿Cuál específicamente? No estoy segura, pero todo lo que dijo sobre sus síntomas encaja perfectamente —se paró. Dave y Nathan estaban pasmados—. Tengo que ayudarlo.

Lisa salió de detrás de la roca y se dirigió hacia Xander.

—¿Esperaste hasta ahora para decírselo a alguien? —le preguntó furiosa.

Dan y Xander estaban más que confundidos, no sabían cómo ella había llegado ahí.

—Princesa Lisa, ¿qué…?

Detuvo las palabras de Dan.

—Antes de que comiencen con las preguntas, mejor déjame curarlo —miró a Xander a los ojos—. ¿Sabes que estás en riesgo de morir en cualquier momento?

—Lisa, sé que estás molesta, pero no seas agresiva.

Miró detrás de ella y vio a Dave y a Nathan. Estaban saliendo de detrás de la roca. Dan comenzó a entender lo que ocurría. Xander seguía confundido y culpó al veneno por eso.

—Vinieron por Aria, ¿verdad? —preguntó Dan.

—Sí, pero mejor dejemos ese tema para después —contestó Nathan.

—Si no le saco el veneno, lo más seguro es que no llegue a ver el próximo amanecer —dijo Lisa.

Xander se arrepintió de lo que había hecho.

—Haz lo que tengas que hacer.

Lisa hizo que Xander se sentara en un tronco que estaba cerca de ellos. Se sentó a su lado y tomó su mano, sólo esperaba quitarle el veneno de la manera correcta.

Comenzó a usar su magia, cerró los ojos para concentrarse mejor. Después de un minuto, una gota de veneno salió de la picadura. Se sorprendió con ella misma al haberlo logrado. Pensaba que no dominaba esa extracción de veneno, pero estaba equivocada.

Dan miró la gota que tenía Lisa flotando en su mano.

—Esa pequeña cantidad casi lo mata, las arañas son interesantes.

—Sorprendente, pero cierto.

Dan miró a Xander.

—¿Quieres decirme por qué no me lo dijiste antes?

Xander bajó la cabeza.

—Sé que fue irresponsable de mi parte, pero ¿qué hubieses podido hacer? Ya estabas preocupado por Aria y Kyle y, por eso, no quería hacerte sentir peor.

Sabía que tenía razón, no hubiera podido hacer nada. El antídoto de las mordeduras o picaduras de araña era difícil de encontrar y, considerando su posición actual, se habría tardado en encontrar un pueblo que lo tuviera.

Trató de no molestarse más de lo que ya estaba. Miró a Dave.

—¿Desde cuándo nos están siguiendo? —preguntó Dan.

—Desde que salimos del castillo, nunca tomamos el camino de

regreso a Hexno.

—El rey Vikram los va a matar —miró a Lisa—. A ti también.

—Sí, ya lo sé, pero no me importa —dijo Lisa.

—Te pareces demasiado a ella en este momento, no sé si sea algo bueno —expresó Dave.

—Ya somos dos los que pensamos lo mismo —afirmó Nathan.

—Tranquilos, no terminaré siendo una escapista —dijo Lisa con una sonrisa en la cara.

—Entonces, ¿qué hacemos ahora? —preguntó Xander.

—Tú te vas a quedar a descansar un rato, tal vez te quité el veneno, pero los síntomas tardarán unas cuantas horas en irse por completo —hubo una pausa—. Y también tienes que comer algo —añadió Lisa.

—Tranquila, sanadora —comentó Nathan.

Lisa bajó la cabeza.

—Desearía.

—Sea quien sea tu maestro, dile que le salvaste la vida al futuro rey de Jenia —dijo Xander.

—Si me das permiso, lo haré sin pensarlo dos veces.

Dave se acercó a Dan para hablar con él.

—Descansaremos por ahora, luego los seguiremos a ustedes —dijo Dave. Dan lo miró confundido—. No intentes convencernos de regresar, cierta persona no lo aceptará.

Supo que hablaba de Lisa.

—Lo noté. La verdad, aprecio la ayuda. Ahora tenemos mejores oportunidades para rescatar a Aria y a Kyle.

—Eso espero.

Capítulo 20

Ahora sí que se sentía mal, sabía que eso pasaría, pero no esperaba que los síntomas fueran tan fuertes. Estaba débil, su magia desaparecía de su cuerpo y le dolía la garganta por haber bebido el líxiro en un estado tan puro. Cada vez que comía o bebía algo sentía una lija en su garganta. Había hablado con Aria y le preguntó si a ella le ocurría lo mismo. Lamentablemente ella se sentía igual.

Marci entró, vio que tenía el vaso en la mano.

—No sé si podré —dijo Kyle con tristeza en la voz.

—Si quieres salir de aquí, lo tienes que hacer.

—Al menos lo puedes mezclar con agua.

Lo miró con seriedad.

—No tengo tiempo para eso.

Le arrebató el vaso de la mano.

—La próxima que sea con la comida.

—De hecho, mañana será la última dosis para que se duerman y parezcan que están muertos. Entrarán en un estado de inconsciencia.

—¿Tan rápido? Sólo pasó una semana. ¿Será suficiente?

—Si les doy más dosis, el riesgo de que mueran será más alto. Créeme, esto es más que suficiente para que se duerman y parezcan que están muertos.

—Entonces, mañana nos vamos.

—Bébelo todo, vendré después por el vaso —dijo mientras abría la puerta.

No quería beberlo, pero sabía que tenía que hacerlo para salir de allí. Sólo le faltaba uno más después de ese, no lo pensó y lo bebió. Ese fue el peor vaso de líxiro que había tomado hasta ahora, toda su garganta estaba en fuego. Esta vez el mareo fue más fuerte, tuvo que recostarse. Inmediatamente, todo a su alrededor se tornó negro.

Abrió los ojos lentamente y vio a Carmesí. Miró alrededor y se dio cuenta que se encontraba en la montaña Picos Escamas, pero todo se veía con niebla. Estaba confundido.

—¿Qué…?

—Yo comenzaré con las preguntas, ¿Por qué el rey Renaldo los está envenenando con líxiro?

Fue cuando entendió lo que había pasado. Trató de sentarse, Carmesí lo ayudó.

—Tranquila, lo estamos haciendo a propósito.

—¿Qué? Podrías morir por esto.

—Lo sé, pero es para eso mismo. No para morir, sólo para que piensen que estamos muertos y nos saquen de las celdas.

—De esa manera podrán escapar y ellos no sospecharán nada —se dijo a sí misma.

—Fue idea de Aria.

—¿Y de dónde sacaron el líxiro?

—Tuvimos ayuda interna, una vieja amiga de Aria. En realidad, eran enemigas, pero creo que ya lo arreglaron.

—**¿Seguro que es de confianza?**

—Bueno, Aria confió en ella, debería ser suficiente con eso.

Lo pensó por un momento, tal vez esa era la única oportunidad que tendrían para salir de allí.

—Por favor, salgan de allí con vida. Tengan cuidado con ese plan.

—Ese es el objetivo —Kyle se acercó más a su serpiente y se recostó de ella—. ¿Me puedo quedar un rato más?

—Estás inconsciente, así que no tienes otra opción.

De repente le preguntó a Carmesí.

—¿Aria ha hablado con Celeste alguna vez después de que nos capturaran?

—**No, pero mi hermana no está molesta por eso. Sé que las dos prefieren hablarse en persona, es mejor para las dos.**

—Lo entiendo. Verla y saber que no están juntas sólo la haría sentir peor.

—**Dime, ¿tú te sientes así?**

—Mas o menos, porque, aunque es cierto que no estamos juntos, sé que no falta mucho para volver a verte.

Carmesí le sonrió.

—**Eso es más que cierto.**

Hubo un silencio momentáneo entre los dos. Decidió mostrarle el medallón que tenía en el bolsillo.

—Mira lo que tenía el rey —dijo mientras se lo mostraba—. Ella ya sabe todo y no estaba muy contenta.

Acercó la cabeza para poder verlo mejor.

—¿Se molestó con Dan?

—Sí, y no sé qué le dirá cuando lo vuelva a ver. Espero que no intente matarlo.

—Tal vez lo haga.

—Y... ¿Sabes si Celeste habló con Aria y le dijo algo?

Carmesí se dio cuenta de que Kyle acababa de preguntar lo mismo por segunda vez.

—No, Celeste no me ha dicho nada sobre ella. No se han comunicado, hasta donde sé.

—Oh... Está bien.

—¿Por qué me preguntas lo mismo nuevamente?

—Sólo quiero saber si está bien y estar seguro de que no me ocultó nada.

Carmesí tenía una sonrisa en la cara.

—**Sabes que te estás sonrojando, ¿verdad?**

Se molestó con ella.

—Mejor cambiemos de tema.

—**Te gusta Aria** —dijo Carmesí sin adornar sus palabras.

Se quedó con la boca media abierta. Sí que había ido al punto.

—¿Qué? No lo creo —era imposible, la conocía desde hace menos de un año.

—**Piensa lo que quieras, los dos sabemos que es verdad.**

—No, no es verdad y, aunque lo fuera, ya sé cómo va a terminar.

—¿Dices eso por lo que pasó con la primera niña que te gustó?

Ahora estaba confundido.

—¿Cómo sabes eso? No te lo he contado.

—**Una noche lo soñaste. Pude verlo porque inconscientemente me lo mostraste. Pero no revelaste todo lo que pasó.**

Dejó salir un suspiro, sabía que no lo dejaría tranquilo hasta que se lo contara. Era mejor si salía de eso lo antes posible.

—Ella era la hija de uno de los soldados, siempre estaba sola y por eso decidí comenzar a hablar con ella. No la veía todo el tiempo, ella iba a la escuela de la ciudad mientras yo me quedaba en el castillo. Un día me dijo que yo era su único amigo y que lo apreciaba. Después de esa conversación me comenzó a gustar y quería decírselo. Así que me escapé del castillo para verla, pero cuando la vi estaba rodeada de otros niños. Fue cuando supe que me había mentido. Ella no se dio cuenta que yo estaba cerca, me pude esconder y escuché que le gustaba uno de sus compañeros de clase... Y, para empeorar las cosas, también dijo que sólo era mi amiga para presumir que conocía a alguien de la realeza —hizo una pausa, esta parte lo avergonzaba un poco—. Admito que regresé al castillo llorando, mi madre me vio y le conté todo. Me dijo que no le diera muchas vueltas a la cabeza, que había más peces en el mar.

—¿Cómo se llamaba?

Se quedó callado por un momento.

—Nunca le pregunté su nombre —Kyle se rio de sí mismo.

Carmesí no sabía si reírse o sentir lástima por él.

—¿Es en serio? Creo que ustedes dos nunca hubiesen terminado bien juntos.

—Gracias por hacerme sentir mejor —dijo irónicamente.

—Pero veo que ya lo dejaste ir.

—Sí, era pequeño y no sabía nada del amor.

—¿Qué edad tenías?

—Doce.

—Como dijiste, es una edad muy temprana para saber del tema, por eso no te dejes influenciar por esa experiencia. Tu madre te dijo que había más peces en el mar, yo creo que ya la encontraste.

No estaba seguro de qué pensar sobre eso.

—No lo sé, somos compañeros de trabajo y deberíamos mantenerlo así. Además, no sé si hay reglas sobre dos bendecidos saliendo juntos.

—No hay ninguna regla sobre eso, todo lo contrario. Muchos bendecidos se han casado antes.

—Eso es interesante. ¿Y alguna pareja se ha separado y ha tenido que seguir trabajando como si nada hubiese pasado?

—Créeme, todas las veces que eso ha pasado ha sido difícil. Algunos lograron terminar en buenos términos, pero otros para nada.

—Lo ves, me esperaba esa respuesta.

—Pero otros continuaron casados. ¿Estás tratando de buscar una excusa?

—Tal vez —ya no quería seguir hablando.

Capítulo 21

Este era el último día que pasarían allí, pero primero tenían que sobrevivir a la última dosis de líxiro. Aria no sabía si podría resistirla. Había hablado con Kyle y él le dijo lo mismo. Estaba esperando a que Marci le entregara la última dosis, seguramente le llevaba el líxiro primero a Kyle.

Muchas cosas estaban pasando en su cabeza en ese momento. Lo primero que quería hacer cuando saliera era ir a ver a su familia. Se arrepentía de no haberlo hecho antes. Lo segundo que deseaba era tener una conversación con Dan, puesto que le había mentido sobre el medallón de su familia. Esperaba escuchar una buena excusa. Y, por último, ir a la montaña Picos Escamas. Anhelaba saber más sobre sus padres, pero antes de ir a la montaña, tenían que lidiar con el problema de Terson. No podían dejar esa situación a un lado. O tal vez…

También quería ayudar a Marci. Pensaba que había tenido una vida difícil, pero ella la tuvo peor, viviendo en Terson. Le iría bien siendo un soldado en Jenia. Al rey no le molestaría y sólo tenía que jurar fidelidad.

Se preguntaba cómo estaba el rey Gisberto. Kyle le había contado sobre el ataque que planeaban hacer. Era arriesgado, pero tenían una ventaja para ganar. No conocía a los otros dos bendecidos, pero sabía que su magia era muy poderosa. Si estaban ayudando al rey Gisberto, podrían ganar ese ataque.

—Veo que estás emocionada por esto —dijo Marci.

Miró para arriba, no se dio cuenta de que Marci había entrado. Hizo un esfuerzo por sentarse.

—No tienes la menor idea —dijo Aria con una sonrisa irónica.

—Tranquila, esta locura terminará muy pronto.

—La locura de estar atrapada aquí sí, pero la locura del rey Renaldo tardará un poco más en ser resuelta.

—Pero al menos saldrás de aquí.

—Por eso estoy más que feliz.

Marci le dio el vaso. Estaba a punto de beberlo cuando la detuvo.

—¿Por qué se entregaron sabiendo lo que les esperaba?

—Dos razones. Primero, estábamos tratando de proteger a nuestras serpientes. Y segundo, queríamos atacar internamente, pero no sabíamos que el rey Renaldo había combinado el anillo junto con el medallón. Además de eso, no contábamos con que esta prisión existiera. Nuestro plan era que nos llevara al castillo.

—El rey de Terson los venció en su propio juego.

—Sí, así es.

Marci bajó la cabeza.

—Ni te imaginas cómo es él.

—Después de esto no lo tendrás que soportar —afirmó Aria y comenzó a beber el líxiro.

Marci entró en pánico, no le había dicho una última cosa.

—Te advierto de que, cuando termines de beberlo, te desmayarás casi de inmediato —dijo lo más rápido que pudo.

Ya Aria había terminado de beberlo, estaba un poco asustada pero no podía hacer nada.

—Tranquila —comenzó a marearse—, después de todo nos dijiste que vamos a estar… —no pudo terminar la oración.

Marci trató de sostenerla para que no se golpeara. La dejó recostada en el suelo, los dos ya estaban dormidos. Ahora sólo faltaba que ella jugara su parte, tenía que informarle al rey. Solamente quería que los tres salieran con vida de ese lugar.

El rey Renaldo no estaba contento, era algo que a Marci no le gustaba ver. Cuando se encontraba en ese estado era capaz de hacer cualquier cosa. Iban de camino a la celda del príncipe.

Entraron y vieron a Kyle acostado en el suelo, el rey se acercó a él.

Le tocó el brazo y miró a Marci furioso.

—Está frio, ¿cuándo pasó esto? —preguntó el rey gritando.

No les había dicho a Kyle ni a Aria, pero, después de que se desmayaran, usaría su magia para enfriarlos y así todo parecería más real. Sólo lo suficiente, no era para congelarlos.

—No lo sé, mi rey. Cuando vine a verlo ya estaba así.

—¿La otra bendecida también?

—Sí, mi rey.

Estaba nerviosa, el rey hablaba demasiado tranquilo. Eso no era normal, esperaba que él no sospechara nada.

El rey salió de la celda. Ya sabía adonde iba. Lo siguió hasta la celda de Aria. Cuando entró, fue directo hacia ella y le tocó el brazo. Se quedó sorprendida cuando vio que el rey se entristeció por eso. No se lo esperaba.

Renaldo se acercó a la cara de Aria.

—¿Viste lo que pasó por haberte unido a personas que no debiste? Yo tenía planeado hacerte la siguiente reina de Terson, pero nunca me dejaste explicártelo.

Marci no sabía qué pensar. Él quería que ella fuera la futura reina. Si Dave no la hubiese rescatado, su vida habría sido la de una princesa en un infierno. Tenía que decirle a Aria cuando despertara. El rey la miró, estaba serio.

—Ya sabes cuál es el protocolo.

Era lo que esperaba.

—Sí, mi rey. Le pediré ayuda a los soldados para sacarlos afuera y…

—No me dejaste terminar de hablar —dijo molesto.

—Lo lamento mucho, mi rey —comenzó a preocuparse—. ¿Qué desea que se haga?

De repente una sonrisa apareció en su cara. Recordó que esa era una de las razones por las que lo odiaba.

—¿Recuerdas la pequeña habitación que está justo al lado de la cocina?

—Por supuesto, allí se queman desperdicios.

—Tíralos por ahí. Se merecen algo más digno a que los animales los devoren, el fuego está más a la altura de los bendecidos.

Marci estaba a punto de mostrar su pánico, eso no era parte del plan. Ahora le sería más difícil poder sacarlos de allí.

—Como usted ordene —dijo mientras se inclinaba.

Antes de que se fuera, se dirigió hacia ella.

—Me iré a la capital, ya no hay nada que hacer aquí. Tú te vas a quedar. Cuando capture a los otros dos bendecidos tendrás el mismo trabajo que hiciste con Aria y Kyle.

Afirmó con la cabeza.

Cuando el rey salió, Marci le pidió ayuda a algunos soldados para que sacaran a los bendecidos de las celdas. Mientras iban de camino sólo pensaba en cómo los sacaría de esa prisión. Analizó todas las salidas, pero sería casi imposible que lograran salir de allí sin ser vistos. Sabía que Aria había escapado de Agua Caliza y por eso esperaba que ella pudiera crear otro plan para huir de esta nueva situación. Cuando llegaron, les pidió a los soldados que los pusieran adentro de la pequeña habitación. Se quedó afuera para ver mejor el lugar y, entonces, tuvo una idea.

Prendieron fuego a los troncos de madera que había para iniciar la fogata y quemar los cuerpos. Nadie se dio cuenta de que había hecho una burbuja de hielo alrededor de los dos para que no les pasara nada. Trató de ser lo más discreta posible, no quería reflejar que estaba usando su magia, la cual era resistente al calor. Todos se fueron, pero ella se quedó. Ahora los libraría del fuego. Cuando despertaran, tendrían mucho de que hablar. Habría que hacer otro plan.

Capítulo 22

Sintió un líquido entrando en su boca y comenzó a toser, no sabía qué era.

—Tranquilo, es láxiro.

Kyle abrió los ojos y vio que era Marci, se calmó al verla.

Terminó de beber y se sentó. Empezó a mirar dónde estaban, pensó que estarían afuera de la prisión.

Marci notó la confusión en su cara.

—El rey Renaldo tuvo otra idea, seguimos adentro.

—¿Dónde está Aria?

—Mira detrás de ti.

Se volteó, se alivió cuando vio que estaba bien, dentro de todo. Era la primera vez que la veía desde hacía cuatro lunas, quería abrazarla, pero tenía que esperar a que despertara. Después de un momento se dio cuenta de algo. Trató de crear un escudo pequeño sobre su mano y no pudo.

—No te di suficiente láxiro para que tu magia funcionara al cien por ciento —dijo Marci mientras se acercaba a Aria para darle su porción.

—¿Y eso se debe a…?

—Estuvieron al borde de la muerte por envenenamiento, tengo que activar su magia lentamente para que no sufran consecuencias permanentes. El líxiro funciona diferente a otros venenos.

Comenzó a darle la porción a Aria, ella también se despertó tosiendo. Abrió los ojos y vio quién era, terminó de beberlo.

Marci la ayudó a sentarse.

—Gracias —dijo Aria.

—De nada, pero deberías guardar tu agradecimiento para cuando salgamos.

Fue entonces cuando miró en dónde estaban. Siguió observando hasta que vio a Kyle y tuvo que contenerse para no llorar.

Kyle no pudo seguir resistiendo, se acercó hacia ella y la abrazó. Ella hizo lo mismo, no sabía cuánto necesitaba ese abrazo.

Después de un momento, los dos se miraron los brazos.

—Creo que las mías son peores —dijo Aria.

—¿Disculpa? A mí me hicieron ocho cortes el mismo día —expresó

Kyle haciéndose el ofendido.

—Y a mi diez. Aunque esto no debe ser una competencia.

Los dos comenzaron a reírse.

—¿Ese fue el día que te llevaron al sanador? —preguntó Kyle.

—Sí.

Marci pensó que se habían olvidado de que ella estaba allí.

—Esto está muy lindo —los dos la miraron—. Se están viendo nuevamente después de varias lunas, pero si no se dieron cuenta todavía estamos dentro de la prisión —dijo Marci.

—¿No sabes si hay alguna salida cerca? —preguntó Aria.

—Sí la hay, pero está vigilada a toda hora.

—¿Y el cambio de guardia? —cuestionó Kyle.

Marci negó con la cabeza.

—Los guardias no rotan, se mantienen en su puesto hasta que llega otro soldado que ocupa su posición. Eso pasa dos veces al día, claro que no es con todos los soldados. Esto ocurre con los que se quedan en puntos fijos. Y hay otros que caminan por la prisión. Por ejemplo, soy de los que dan rondas y estoy viviendo dentro de la cárcel en este momento —dijo Marci, quien detestaba que la seguridad fuera así de fuerte.

Eso era un problema.

—Y yo pensaba que salir de Agua Caliza había sido difícil —se dijo Aria a sí misma.

—Y tuviste ayuda, de paso —añadió Kyle.

—Espera, ¿tuviste ayuda? —expuso Marci un poco perdida.

—Sí, de Talan, pero eso te lo cuento después.

—Entonces, ¿qué podemos hacer ahora? —preguntó Kyle.

—No se pueden quedar aquí, es peligroso —pensó Marci por un momento—. La única opción que tengo es esconderlos en mi habitación.

—¿Estás segura de eso? —preguntó Aria.

—Sí, nadie visita los cuartos y debería añadir que tengo un baño privado.

—Esa es una buena opción —dijo Kyle—. ¿Y cómo llegamos?

—Creo que podemos evitar a los guardias. Por mandato del rey tenemos que caminar en una secuencia cuando vigilamos. Es un poco complicado, pero sé que si les doy los patrones podrán evitarlos y llegar sin ser vistos. Pero tendrán que ir solos. Si ven que no estoy haciendo mis rondas, comenzarán a sospechar.

—Tú dámelos y nosotros llegaremos sin ningún problema —afirmó Aria.

—Regresaré en unos minutos con un papel que tendrá los patrones. Por favor, no hagan ruido.

—No escucharás nada de nosotros —aseguró Kyle.

Marci se fue, tenía que ser rápida para que nadie sospechara. Aria y Kyle se quedaron solos. Kyle tenía muchas preguntas para Aria, pero no estaba seguro si era el mejor momento, considerando todo lo que había pasado. Además, sabía que Aria se encontraba reviviendo los primeros años de su vida y no quería agobiarla.

Comenzó a recordar lo que Carmesí le había dicho, pero ese no era un buen tema de conversación en ese momento. Se llevó la mano al bolsillo y tocó el medallón, era su oportunidad para dárselo.

—Oye, sé que es un tema delicado, pero ¿qué te dijo el rey Renaldo sobre tu familia? —esperaba que no se lo tomara a mal.

Aria se tardó un momento en poder contestar.

—Me contó cómo fue que los mató y me dijo sus nombres. También me dijo que en la sangre de mi familia existía un poder bastante extraño, pero no me dijo cuál era.

—Entonces, ¿no te mostró nada?

—No —dijo un poco confundida.

Sacó el medallón de su bolsillo.

—Él me dio algo que te pertenece —reveló Kyle mientras se lo entregaba.

Aria no podía creer que lo tenía de vuelta, pensó que nunca lo volvería a ver. Lo miró de cerca, era justo como lo recordaba. Vio la fecha en la parte de atrás, estaba aliviada.

—Entonces sí tengo diecisiete años —dijo a punto de comenzar a llorar.

—Dan tuvo una buena razón para ocultarlo.

—No, no me importa la razón que tuviera. No debió ocultármelo —expresó con un poco de rencor.

Kyle volvió a tomar el medallón y se lo puso en el cuello. Aria miró como le colgaba de su cuello, había olvidado esa sensación.

—Y dime, ¿cómo debería llamarte ahora? ¿Aria White o Aria Violet? —preguntó Kyle.

Ni siquiera estaba segura.

—No lo había pensado, pero cuando lo decida, te informaré.

—Creo que primero deberías dialogar con tu familia. Estamos hablando de tu apellido, es algo bastante importante.

Se quedó mirando el medallón, no sabía si era una buena idea cambiar su apellido. Cuando niña estuvo por un tiempo sin un nombre y ahora tenía que elegir entre dos apellidos. Tener que dejar uno, sería como negar o abandonar una parte de sí misma y de su familia. No quería tener que preocuparse por eso ahora. Resolver su situación actual era más importante.

—Debería añadir algo —Kyle le interrumpió el pensamiento—. Tu abuelo sigue con vida.

—¿Cuál? Porque… yo sé que el padre de Dave sigue con vida.

—Hablo del padre de Everett, él nunca se fue de la montaña. Recuerdo que una vez hablamos con él, nos dijo que sabía que su nieta estaba con vida, aunque nunca la había visto.

—¿Cómo sabe sobre mí? Según lo que me dijo Renaldo, yo nunca llegué a ir a la montaña Picos Escamas.

—Sólo las familias reales de las monarquías de Nesshia sabían de la existencia de la familia Violet. Cuando tú naciste, tus padres enviaron cartas a los reinos para que supieran de ti. Como naciste en Hexno y antes de tiempo, también le enviaron una a tu abuelo.

—¿Y sabes cómo se llama? —preguntó Aria intrigada.

—Otguer Violet, si la memoria no me falla.

No sabía por qué, pero ese nombre se le hacía familiar. Tal vez lo había escuchado cuando era pequeña.

—Supongo que lo podré ir a visitar una vez que salgamos.

—Es que tenemos que ir a verlo, recuerda lo que las serpientes querían que hiciéramos. Tenemos que terminar el ritual y esconderlo en la montaña Picos Escamas. Tal vez él nos pueda ayudar.

—Eso espero.

—Primero tenemos que salir de aquí.

—Esperemos a que Marci nos traiga los patrones por escrito. Haremos hasta lo imposible por salir.

Capítulo 23

Marci esperaba que nadie sospechara nada. Dio el mapa con los patrones a Kyle y a Aria. Sólo faltaba que llegaran a su habitación. No iría allí hasta que terminara su turno, pero sabía que estarían bien sin ella.

El rey Renaldo se marchó hacia la capital y eso la tranquilizaba, no tendría que soportarlo. Mientras daba sus rondas miraba a los soldados, todos eran personas miserables. Lamentablemente, se encontraban atrapados en ese estúpido juramento que ni siquiera habían querido hacer. Ella lo hizo porque no tuvo opción, igual que todos en la prisión. Nadie quería estar allí, pero lo estaban porque apreciaban lo único que les quedaba, estar con vida.

Los soldados no eran los únicos que la pasaban mal, los prisioneros también. No sabía quién estaba en una peor posición, si los unos o los otros. Muchos soldados habían ayudado a los prisioneros a escapar, pero, al final, siempre los atrapaban, al igual que a los soldados. La consecuencia era una muerte segura. Se suponía que debían verlo como un castigo, pero muchos lo veían como una bendición.

Marci prefería estar con vida, pues todavía le quedaba mucho por vivir y sabía que la situación podría mejorar. Ahora estaba completamente segura, así que, cuando saliera de la prisión, ayudaría a los bendecidos a destronar al rey Renaldo. Sentirían compasión por él si no lo mataban, pero ella no pensaba tenerla. También quería vengarse de sus padres, pero esa no sería una fácil misión. Después de que la vendieran al rey, habían abandonado su casa y no sabía dónde se hallaban. Buscarlos sería una pérdida de tiempo y, además, ya no los necesitaba.

Marci se encaminaba hacia el este cuando uno de los soldados le dijo que la necesitaban al frente de la prisión. Así que se dirigió a la entrada, pensando en quién encontraría allí. Cuando llegó, vio a un oficial parado de espalda. Tenía el uniforme de Terson y una espada en el cinturón. Vio la espada de cerca y supo quién era.

—Hola, Brian.

—Marci, un placer volver a verte —dijo Brian mientras se volteaba para poder verla.

—¿Qué te trae por aquí?

—Me enteré de lo que le pasó a la señorita White —comenzó a reírse—. Y pensar que la vi en Agua Caliza y en la capital de Jenia.

—Sí, ya lo sé. Llevas trabajando como espía en Jenia desde hace cinco años. Considerando eso, ¿qué haces aquí?

—El rey Gisberto planea atacar la capital y esta prisión. El ataque a la capital es una distracción, lo que quieren es rescatar a sus preciados bendecidos.

Eso cambia el plan que tenían.

—Lo entiendo, pero ellos ya están muertos —dijo Marci tratando de no mostrar preocupación en su voz.

—Por eso estoy aquí, quiero ver sus caras cuando los vean.

—Entonces, ¿te vas a quedar?

—Sí, quiero ver la cara de Dan cuando vea que era espía. Además, pensé que querías que me quedara.

Ignoró la última parte, tenía que pensar en qué hacer ahora. De repente, se le ocurrió algo ingenioso para salir de allí, pero necesitaba saber cuándo se produciría el ataque.

—¿Sabes cuándo van a llegar? —Brian la miró sospechosamente—. ¿Qué? Es para estar preparados.

—El ataque a la capital será dentro de dos días, pero aquí, en la prisión, será dentro de tres.

—Eso es bueno saberlo.

—Yo estaré al frente de la resistencia y quiero que tú estés a mi lado.

No le gustó lo que acababa de escuchar.

—¿Por qué yo? —Brian la volvió a mirar—. No es que no quiera, pero debe haber soldados más cualificados que yo.

—Es cierto que hay mejores soldados que tú —Marci se ofendió por ese comentario—, pero lo que de verdad necesito es tu magia. El príncipe heredero vendrá aquí, él posee magia de agua. Con la tuya, vencerlo será muy fácil.

Sabía que era lo que deseaba que hiciera.

—¿Quieres que lo congele desde adentro?

—Se congelará en menos de dos minutos.

Necesitaba que él creyera que lo iba a ayudar.

—Antes, tengo algo que hacer. No me culpes si llego un poco tarde.

—¿Qué vas a hacer?

Odiaba que él siempre hiciera tantas preguntas.

—Cosas personales.

Brian le sonrió.

—¿Es tan personal como para no decírselo a tu novio?

Ahora sí que había llegado al límite de su paciencia.

—Te dejé más que claro que necesito tiempo para reconsiderar nuestra relación.

—Yo creo que ya pasó suficiente para que puedas tomar una decisión.

—No funciona así —dijo entre dientes.

—Haz lo que quieras, pero vas a estar a mi lado cuando sea el momento.

—Lo que tú ordenes —dijo y comenzó a caminar de vuelta a la prisión.

—¿Te vas sin darme un beso?

—Sigue soñando —le gritó sin mirar para atrás.

Antes de irse de allí, pensaba terminar su relación con él.

Se encontraban detrás de una de las paredes de la prisión, ese lugar era más grande de lo que pensaban. Si Marci no les hubiese dado ese mapa, se habrían perdido en el momento en que salieron. Los patrones no eran tan difíciles. Claro que los estaban viendo en papel, pues, si hubiese sido de memoria, habría sido más complicado.

Kyle estaba vigilando mientras Aria revisaba el mapa con los patrones una y otra vez.

—¿Ahora hacia dónde? —le preguntó Kyle silenciosamente.

—Estamos cerca, tenemos que ir a la derecha. Después, seguirlo derecho y, en la última puerta, a la izquierda. La habitación de Marci es la quinta a la izquierda —contestó Aria.

Se tardó un poco en procesar lo que le había dicho.

—Creo que lo tengo.

—Mejor sígueme.

Se paró al lado del borde de la pared, sólo tenían que esperar a que el soldado se moviera para poder seguir. Cuando ya no lo vieron, siguieron caminando y doblaron a la derecha. Ese pasillo tenía varias entradas. Si el patrón estaba bien, nadie estaría allí por unos veinte segundos.

Trataron de caminar lo más rápido posible, pero seguían un poco cansados por el líxiro. Escucharon un ruido que vino de uno de los pasillos, Kyle no le dio mucha importancia.

De repente, Aria sintió que su magia se estaba apagando, eso hizo que le doliera todo el cuerpo. Se tiró al suelo por el dolor, Kyle se dio cuenta y se arrodilló a su lado.

—Aria, ¿qué te pasa?

—No lo sé —se mordió el labio tratando de no gritar de dolor.

Después sintió que su magia volvió a activarse, pero se sentía diferente. No era su magia de viento, era otra cosa. Miró al pasillo, vio la silueta de uno de los soldados en color rojo. Se asustó por un momento, pero sabía lo que tenía que hacer.

Se paró lo más rápido que pudo.

—Ven, un soldado viene por el pasillo de la derecha —dijo mientras se escondían detrás de un pasillo a la izquierda.

Kyle se quedó confundido mientras miraba el mapa.

—Según lo que dice aquí, no debería venir ninguno.

—Sólo espera y mira. Sé que viene uno.

Se quedaron mirando hasta que un soldado apareció por donde había dicho. Después se marchó. Lo alivió que desapareciera. La magia extraña se apagó y volvió a sentir su magia de viento. No estaba cien por ciento activada, pero la tenía presente.

Kyle quería preguntarle cómo lo supo, pero ella siguió caminando. Fue detrás de ella, doblaron a la izquierda y llegaron al pasillo de los cuartos de los guardias. Contaron hasta dar con la quinta habitación a la izquierda e irrumpieron en ella.

En el momento en el que entraron, lograron respirar tranquilamente.

Miraron la habitación de Marci. Tenía una cama pegada a la pared, un escritorio y una silla. Al lado de la entrada había un armario pequeño. En el lado derecho se veía una puerta. Según lo que Marci les dijo, seguramente era el baño.

Kyle se sentó en la silla y Aria en la cama. Estaban tratando de calmarse, todavía tenían mucha adrenalina en sus cuerpos.

Kyle miró a Aria a los ojos.

—¿Segura de que estás bien?

—Sí, estoy bien. La verdad, no sé qué fue lo que sucedió.

Kyle creyó tener una idea, pero primero necesitaba confirmar algo.

—¿Cómo supiste que ese guardia iba a entrar por el pasillo? Según el mapa que Marci nos dio, no debía haber nadie en ese momento.

—No estoy segura. Después de que escuchamos el ruido, vi una silueta color rojo y supe que venía alguien malo.

—¿A qué te refieres con malo?

—No sé, sólo supe que nos lastimaría.

Entonces, sí lo había heredado, eso podía ser una ventaja.

—Escucha, no sé cómo, pues posees magia, pero heredaste el poder de la familia Violet. No se considera magia por lo compleja que es, pero tú puedes predecir lo que va a pasar en las batallas o peleas.

Seguía confundida

—Entonces, ¿es como ver el futuro?

—No... es complicado. Puedes predecir lo que va a pasar, pero no puedes ver el futuro. Como es una predicción, siempre está la posibilidad de un error.

—¿Y eso lo puedo hacer cuando yo quiera?

—Con práctica creo que sí, pero ese poder se activa automáticamente cuando estás en peligro, en una pelea o en una batalla. Por eso es conocido como poder de guerra o poder de predicción.

—Ya veo, ¿y por qué no es considerado magia?

—Porque, aunque consumas líxiro, no se desactiva, pero, comoquiera, te afecta por tu magia de viento.

Aria lo miró confundida.

—Sí, sé que es un poco confuso —dijo Kyle.

—¿Tú crees? Y de paso, también me dices que nadie es capaz de tener dos tipos de magia a la vez. Entonces, ¿qué significa? ¿Voy a morir por eso?

Kyle subió los hombros.

—Ya tienes una pregunta más para tu abuelo.

—También le voy a preguntar a Celeste, ella debe saber más sobre el tema.

—Sí, alguna de las serpientes debería saber algo.

Comenzó a pensar. Realmente ya poseían dos tipos de magia. La de su serpiente y la curativa. Ahora estaba más confundida. ¿Significaba que tenía tres tipos de magia ahora?

—Pero tenemos dos tipos de magia, si lo piensas bien.

Kyle supo a lo que se refería, pero le extrañó que lo dijera con tanta seguridad.

—La magia curativa no cuenta como un segundo tipo de magia. Si lo analizas, la magia curativa es igual al sistema inmune, pero más fuerte. Esta magia nos permite sanarnos, a diferencia de la magia curativa de tu prima, Lisa. Su magia si le permite curar a otras personas, por eso es más complicada que la nuestra —hizo una pausa—. Al menos, eso es lo que sé del tema.

Aria estaba aprendiendo mucho ese día, nunca le habían contado eso.

—¿Cómo es que no lo sabías? Se supone que te lo enseñan en la escuela de magia —le preguntó Kyle.

Aria bajó la cabeza, sabía que había cometido un error al haber abandonado la escuela de magia.

Se quedaron en silencio. Cuando iba a hablarle a Aria, notaron cómo se abría la puerta. Se asustaron por un momento hasta que vieron a Marci.

—Veo que llegaron.

—Creo que fue por suerte —dijo Kyle.

Marci se sentó al lado de Aria, tenía que contarle lo que había escuchado.

—Aria, sabes lo que el rey les hizo a tus padres, ¿verdad?

—Ahora sí lo sé.

—¿Y también sabías que él rey quería adoptarte y hacerte la siguiente reina de Terson? —preguntó incómodamente.

—¿Qué? —Kyle no podía creerlo—. ¿Y aun así te torturaba de niña?

—Ahora sí, más que nunca, me alegra que me sacaran de ese orfanato —dijo Aria a sí misma.

—Según lo que escuché, te iba a sacar del orfanato para que estuvieras en deuda con "ese rescate" y así te apegaras a él emocionalmente —expresó Marci.

—¿Y de casualidad se le olvidó que no soy estúpida, y recuerdo perfectamente cuando él me maltrataba?

—Estoy de acuerdo, él es el estúpido —los dos afirmaron con la cabeza—, pero creo que mi novio lo es aún más.

Aria la miró con una sonrisa en la cara.

—No me dijiste que tenías novio.

—No te emociones demasiado, pienso terminar con él antes de que nos vayamos.

—¿Tan mal les fue a los dos? —preguntó Kyle.

—Digamos que es complicado.

—¿Cuál es su nombre? —cuestionó Aria

No estaba segura de si era una buena idea decirle, pero no quería ocultárselo.

—Se llama Brian Lin.

Los dos se quedaron con la boca abierta, pero fue Kyle quien se llevó la mayor sorpresa. Su padre le había dicho que Brian comenzó a trabajar para Jenia hacía cinco años. Lo que significaba que, durante todo ese tiempo, les dieron más información a Terson.

—¿Qué? —preguntó Aria molesta.

—Espera, ¿Brian es un soldado de Terson? —inquirió Kyle

—Sí, durante los últimos cinco años ha estado en Jenia como un espía y nos ha dado información sobre lo que pasa en el castillo.

—¿Cómo te enamoraste de él? —preguntó Aria disgustada.

Trató de recordarlo por un momento.

—La verdad es que no lo recuerdo —mintió—. Sólo sé que fue un error.

—Claro que fue un error, estamos hablando de Brian.

Marci la miró preocupada, después miró a Kyle.

—¿Qué fue lo que le hizo?

—Le mintió y la entregó a mi padre —le contestó Kyle.

—Deberías resaltar que me traicionó —dijo Aria molesta.

—Sí, eso también.

—Tranquila, ahora yo también lo odio. Con el tiempo aprendí a odiarlo cada día más. —dijo Marci.

—No sólo eso, también lo quiero matar —interrumpió Aria furiosa.

Kyle la miró un poco asustado.

—No tienes que llegar a extremos.

—No trates de detenerme, lo voy a hacer.

—La verdad, me da miedo tratar de impedírtelo —afirmó Kyle.

—Gracias por entender —dijo Aria.

—Acabo de hablar con él y me dijo que…

—¿Él está aquí? —preguntó Aria emocionada y molesta al mismo tiempo. Kyle se llevó las manos a la cara—. Antes de que nos vayamos le voy a decir hola —dijo en un tono malévolo.

—Haz lo que quieras, pero primero déjame terminar con él —Aria afirmó con la cabeza—. Lo que les iba a decir era que el rey Gisberto está planeando atacar la capital y la prisión.

—Sí, ya lo sabíamos. Logré hablar con mi serpiente y me lo contó —dijo Kyle.

—¿Y sabes que tu capitán de la guardia va a llegar aquí dentro de tres días? —preguntó Marci.

Kyle se sorprendió al escuchar eso.

—¿Van a llegar tan rápido?

—Pero si van a llegar en tres días, podríamos aprovechar el momento para salir. Después de todo, van a venir por nosotros —dijo Aria.

—Definitivamente, tenemos que aprovecharlo, tal vez no tengamos otra oportunidad para poder salir de aquí —dijo Marci.

—Y lo haremos, saldremos mientras atacan. No nos verán por todo el alboroto, además nos vas a ayudar a salir —dijo Kyle.

—Con eso hay un problema, Brian me pidió que estuviera con él para ayudarlo en el ataque. Quiere que… que mate a tu hermano.

—¿Cuál de los dos?

—El heredero.

—¿Xander va a venir también? —ahora estaba más que preocupado.

—Tiene sentido. Él posee magia de agua y con tu magia de hielo lo matarías en minutos —dijo Aria.

—Le dije que lo iba a ayudar, pero yo no quiero matar a nadie.

—No tendrás que hacerlo, ya tengo una idea —dijo con una sonrisa maliciosa en la cara.

Kyle ya conocía esa sonrisa, decidió no interferir entre ella y su idea. Si lo planeaba bien podrían salir de allí.

Capítulo 24

Carmesí estaba paseando por el jardín del castillo. Desde que el rey y los otros bendecidos se fueron, ella y sus hermanas se dedicaron a proteger el castillo, ya que los bendecidos se habían marchado con el rey y Dan. Mientras paseaba, se encontró con la reina Orit, quien, para sorpresa de todos, se veía bastante tranquila. Aunque sabían que estaba fingiendo. Ella era la única de la familia real en el castillo encargada de dar órdenes y de dirigir el reino en general hasta que todos los demás regresaran.

Se acercó a la reina. A Carmesí le hubiese encantado que ella la pudiera comprender, ya que quería decirle muchas cosas para animarla. Lo único que podía hacer era sentarse a su lado y, en cierta manera, entender cómo se sentía.

Mientras estaban las dos sentadas, Dorada se acercó rápidamente a Carmesí.

—**Carmesí, tenemos un problema** —dijo Dorada.

—**¿Qué pasa?**

—**Rosa estaba vigilando las afueras de la capital, cerca del bosque. Dijo que vio soldados de Terson y que son muchos.**

Carmesí se preocupó al escuchar eso. Ni Dan ni el rey se encontraban ahí. La reina estaba básicamente sola.

—**En ese caso nos toca proteger el castillo, como debe ser** —dijo Carmesí.

Carmesí y Dorada se fueron al jardín a buscar a sus hermanas para poder protegerlo.

Orit, quien estaba justo al lado de las serpientes mientras hablaban, las llamó por un momento.

—Algo no está bien, ¿verdad?

Carmesí y Dorada se detuvieron y miraron a la reina. Ambas le contestaron que no con la cabeza. Orit se preocupó un poco, pero no hizo más preguntas.

—Hagan lo que tengan que hacer.

Ambas serpientes le dijeron que sí con la cabeza nuevamente y continuaron su camino.

Las cuatro serpientes se reunieron justo a las afueras de la ciudad, en donde Rosa había visto a los soldados de Terson. Estaban vigilando, en caso de que alguno se acercara más de lo que debería.

—**¿Por qué estarán aquí?** —preguntó Rosa.

—**Ellos no saben que el rey se fue con los otros bendecidos y los príncipes a recatar a Kyle y Aria. Seguramente este ataque es para capturarlos, o algo peor**—dijo Celeste.

—**¿Alguna puede sentir el anillo?** —preguntó Carmesí. Las tres negaron con la cabeza—. **Entonces el rey Renaldo no está aquí.**

—**Podemos atacarlos sin ninguna preocupación de que el anillo nos haga daño o nos mate** —dijo Dorada.

—**Correcto** —dijo Rosa.

—**¿Deberíamos atacarlos ahora?** —preguntó Celeste.

—**Sí** —dijo Dorada.

Carmesí observó alrededor por un momento antes de volver a mirar a sus hermanas.

—**Rosa, trata de posicionarte detrás de las tropas enemigas. Dorada y Celeste, ustedes vayan justo al frente de las tropas. Yo me quedaré cerca de la muralla de la ciudad para poner un escudo alrededor de toda la capital.**

Las tres estuvieron de acuerdo con Carmesí y fueron a hacer lo que ella les dijo. Rosa se movió entre los arbustos y los árboles, evadiendo a los soldados para que no la vieran y se detuvo justo detrás de las tropas. Celeste y Dorada también se posicionaron en sus lugares, frente a los soldados. Carmesí se quedó cerca de la ciudad, preparada para poner un escudo en caso de que algo pasara.

En ese momento, Rosa usó su magia y creó una nube de humo rosa que lanzó sobre los soldados. En su ilusión, los hizo ver soldados de Jenia. Se asustaron y salieron de sus escondites para poder atacar, mientras Celeste y Dorada cambiaron de su tamaño pequeño a su estatura real. Dorada fue la segunda en atacar, usó su magia e hizo que varios rayos cayeran en los soldados.

Los soldados del castillo vieron lo que estaba pasando y se prepararon para pelear junto a las serpientes, pero la reina Orit los detuvo.

—No, no vayan —ordenó la reina.

Los soldados miraron a la reina confundidos.

—Mi reina, esto es un ataque de Terson —dijo uno de los soldados.

—Sí, además nuestro deber es proteger la capital —añadió otro.

—Lo sé, pero no es nuestra batalla —la reina volvió a mirar a las afuera de la ciudad. Podía ver a las serpientes en su estatura real—. Esta es su batalla, dejen que hagan el trabajo que les fue encomendado por la diosa.

Los soldados miraron a la reina por un momento antes de aceptar sus órdenes. Querían ir y proteger a su reino, pero era cierto que las serpientes también tenían ese mismo trabajo. Obedecieron las órdenes de la reina y mantuvieron sus posiciones en el castillo. En ese momento pudieron ver un escudo rojo que aparecía alrededor de toda la ciudad, era igual al del príncipe Kyle.

Carmesí usó su magia y creó un escudo para proteger la ciudad, no sólo de los soldados de Terson, sino de lo que Celeste y Dorada estaban a punto de hacer.

En ese momento, Rosa dejó de usar su magia y la nube de humo rosa desapareció, revelando que no había guardias de Jenia. Los soldados de Terson vieron a Celeste y a Dorada en sus estaturas reales y fue cuando ambas comenzaron a atacarlos.

Celeste creó cinco tornados alrededor de los soldados para contenerlos en un mismo lugar. Luego, Dorada se encargó del resto. Usó su magia sin piedad alguna e hizo que docenas de rayos cayeran alrededor y sobre los soldados.

Justo como Carmesí pensó, algunos de sus rayos cayeron cerca y en la ciudad, pero gracias a su escudo no pasó nada. En cierto sentido, pensó que Dorada se sobrepasaba un poco en usar de esa manera su magia. Las cuatro serpientes se estaban conteniendo, de hecho, después de todo lo que Terson hizo tenían muchos sentimientos de odio y resentimiento hacia ese reino, pero no podían dejar que esas emociones las controlaran. Aun así, no dejarían que esos soldados entraran a la capital.

Dorada dejó de usar su magia, había aniquilado a la mayoría de los soldados de Terson, pero dejó con vida a otros a propósito. Sabía que no necesitaba hacer más para que ellos se asustaran y se fueran. Estaba esperando a que Celeste dejara de usar su magia para que los soldados huyeran, pero las tres se dieron cuenta de que ella no se detenía y se veía bastante molesta. Se notaba que no tenía ninguna intención de parar. De hecho, ella comenzó a mover los tornados más cerca de los soldados.

Las tres se preocuparon un poco.

—**Celeste, ya basta** —dijo Rosa.

—**Necesitamos que algunos regresen con vida para que envíen**

mensaje de esto al rey de Terson —dijo Carmesí.

Celeste no les hizo caso y continuó. Estaba a punto de llegar a los soldados cuando escucharon una voz.

—Celeste, no condenes a un pueblo que sigue órdenes por terror a su rey.

En cuanto escuchó a la diosa, Celeste se detuvo.

Los pocos soldados que seguían con vida salieron corriendo de allí, seguramente a reportar todo lo que había pasado.

Carmesí deshizo el escudo alrededor de la ciudad y se acercó a sus hermanas. Las tres estaban aliviadas de que los soldados huyeron, pero un poco molestas con Celeste.

—¿Qué pasó? Te dijimos que te detuvieras —preguntó Carmesí.

Celeste estaba avergonzada.

—**Lo siento.**

—**La próxima vez, escúchanos. Shiori no será tan comprensible contigo si lo vuelves a hacer** —dijo Dorada.

—**Todas sabemos lo que Terson ha hecho, pero es cierto que el pueblo sigue al rey Renaldo por puro miedo y deseo de sobrevivir** —expresó Rosa.

—**Además** —Carmesí debía tener cuidado con lo que estaba a punto de decir—**, no todos son culpables por lo que Aria sufrió.**

—**Ya lo sé** —dijo Celeste, un poco a la defensiva.

En ese momento vieron a los habitantes de la capital de Jenia acercándose para agradecerles. También observaron a algunos soldados saliendo junto a la reina.

Orit miró a los guardias de Jenia.

—Les dije que esta era su batalla —luego miró a las serpientes—. Gracias.

Las cuatro serpientes inclinaron las cabezas como una manera de agradecimiento.

Luego volvieron a entrar a la ciudad. Las cuatro decidieron quedarse en sus tamaños reales para poder seguir protegiendo la capital.

Capítulo 25

Creían que el rey Renaldo no sabía nada sobre el ataque, pero se equivocaban. La seguridad de la capital estaba duplicada, sería más difícil de lo que pensaban. No se encontraban dentro de la ciudad, pero podían ver la seguridad desde allí. Ya tenían el problema de buscar la parte del ritual, esto sólo lo empeoraba. Sin mencionar que anochecía.

Gisberto miró a Érika y a Silon.

—Creo que tendrán que olvidar el ritual.

—Debe haber una manera de conseguirlo —dijo Érika.

—Yo también lo creo. Vinimos hasta aquí, no podemos irnos sin eso —expresó John.

—No es una buena idea —aseguró Gisberto.

—Pero era lo que Kyle y Aria iban a hacer. De todos modos, iban a venir —dijo Keira.

No estaba convencido, sabía que tenían que obtener esa parte del ritual, pero no eran suficientes para entrar al castillo.

—Rey Gisberto, permítanos intentarlo. Si no lo logramos, no insistiremos y regresaremos para buscarlo después —rogó Silon.

—Sólo permítanos intentarlo —repitió Érika.

Los miró a los ojos, no iban a cambiar de opinión.

—No hagan locuras solamente por obtener el ritual. Los necesitamos con vida a los dos.

—Entonces, no perdamos más tiempo —dijo John.

Se disfrazaron para poder mezclarse entre las personas de la capital de Terson. Cada uno cubría una parte diferente de la ciudad. John y Keira en la parte sur, Gisberto en el centro, y Érika y Silon se posicionaron en la parte norte, cerca del castillo.

Estaban poniendo bombas de líxiro junto con flechas de fuego, pero no las detonarían en el momento. Cuando todos terminaron de colocar las bombas y las flechas, se acercaron a los bendecidos y les hicieron una señal. Se aseguraron de cubrirse antes de que empezara la magia.

Silon se detuvo frente a la muralla del castillo, tenían que estar cerca para poder entrar y encontrar el ritual.

Érika se paró detrás de él.

—¿Debería taparme los oídos?

—¿Tú qué crees? —preguntó Silon irónicamente.

Miró las manos de Silon y ya tenía electricidad en ellas, comenzó a pensarlo.

—Mejor mantendré mi distancia de ti mientras usas tu magia —dijo mientras se alejaba lentamente.

—Sí, eso pensé.

Silon cerró los ojos y se concentró, sintió la electricidad en las nubes. Buscó los puntos en donde habían puesto las flechas, fue fácil gracias al metal. Sintió cómo las chispas se creaban en las puntas de las flechas y respiró hondo. Subió ambas manos y las bajó rápidamente, varios rayos cayeron a la vez en diferentes puntos de la ciudad. El líxiro era inflamable, así que también causó explosiones.

Los soldados de Terson comenzaron a correr por todas partes, ya sabían que había un bendecido allí. Comenzaron a bajar de las torres de vigilancia cuando vieron un humo color rosa, de repente vieron cientos de arañas subiendo por las torres. Ahora sabían que eran dos bendecidos.

Podían escuchar los gritos de los soldados, Érika se estaba riendo.

—¿Qué les mostraste? —le preguntó Silon.

—Cientos, si no miles de arañas pequeñas, subiendo hacia ellos.

—Un truco gastado, pero efectivo —se dijo a sí mismo.

—Pero eso no los detendrá por mucho tiempo —miraron detrás de ellos y vieron a el rey Gisberto junto a John y Keira. También venían los soldados de Jenia.

—Trataremos de entrar ahora —dijo Érika.

—No se tarden —ordenó Gisberto.

—Los detendremos el mayor tiempo posible —informó John.

Afirmaron con la cabeza y corrieron para entrar al castillo.

Keira vio que se estaban acercando más soldados de Terson.

—Sólo espero no mancharme con sangre.

—No debería preocuparte eso —dijo John.

—Tranquila, si lo hacemos bien, no terminarás con una gota de sangre —expuso su padre.

Terminaron de hablar y comenzaron a luchar.

Entrar al castillo fue un tanto difícil, permanecían atrapados en un pasillo del jardín porque los soldados no dejaban de pasar. Estaban esperando a que se fueran para ir a la biblioteca, al menos pensaban que el ritual se encontraba allí.

—Deberíamos ir por el otro lado —sugirió Érika.

—Sí, será más rápido.

Fueron por la parte de atrás, puesto que así habría menos posibilidades de que los vieran. Trataron de ir lo más silenciosamente posible. Mientras caminaban, escucharon a unos soldados que venían siguiendo sus pasos. Érika miró a Silon preocupada, tenían que esconderse. Miraron alrededor, vieron algunos arbustos plantados justo al frente de la pared del castillo. Sin pensarlo dos veces, se escondieron detrás de ellos.

Los soldados se acercaban. Pensaron que estarían bien, pero no tardaron mucho en comenzar a buscar por los arbustos. Intercambiaron miradas de preocupación y comenzaron a caminar para alejarse de ellos.

—¿Qué haremos cuando ya no queden más arbustos? —preguntó Érika susurrando.

—Esa es una muy buena pregunta —pensó por un momento—. Supongo que correr.

—Sí, debemos hacer eso…

Silon se detuvo de la nada, temió lo peor.

—¿Qué pasó?

—Aquí hay una puerta —dijo extrañado.

—¿Una puerta? —se acercó más para verla.

Era de madera y estaba pintada del mismo color que las piedras, se notaba que la trataban de esconder.

—No tenemos opción, además podrían estar escondiendo algo importante —dijo Silon.

—Después de ti.

Sin perder más tiempo, abrieron la puerta y entraron. Se aseguraron de cerrarla desde adentro. Cuando los soldados de Terson se fueron, se relajaron un poco y miraron alrededor. Era un pequeño pasillo iluminado con velas y tenía escalera para subir a otro piso. Comenzaron a pensar, tal vez el rey Renaldo no tenía el ritual en la biblioteca. Si estuviese allí, sería muy fácil que cualquiera lo viera e hicieran una copia para llevárselo.

—Creo que está arriba —dijo Érika.

—Sólo hay una manera de saberlo.

Comenzaron a subir las escaleras, dieron una ligera curva a la izquierda. Siguieron subiendo hasta que llegaron a otro pasillo. Este era un poco más largo que el de abajo. Justo al final había dos puertas, una a la derecha y la otra en la izquierda. No sabían a cuál entrar primero.

Silon trató de abrir la puerta de la derecha primero, estaba cerrada.

Intentó nuevamente, pero más fuerte. Érika lo miró un poco decepcionada.

—Si no abrió a la primera, no creo que abra si lo haces más fuerte —dijo Érika.

—Entonces, ¿qué quieres que haga? ¿Buscar la llave?

—Vamos a tener que hacerlo si queremos abrirla.

Fue cuando escucharon un ruido, venía de la otra puerta. Se quedaron parados en silencio por un momento. Esta vez escucharon una voz y la reconocieron al instante. Era el rey Renaldo, que se acercaba con pasos firmes. Además, no estaba solo, ya que también oyeron la temerosa voz de una mujer. Renaldo le hablaba con un tono agresivo y se notaba que no estaba feliz.

Silon miró a Érika desesperado para que hiciera algo con su magia, era su única opción en ese momento.

Capítulo 26

Renaldo salió de la puerta de la izquierda y estaba acompañado de una joven.

—¡No puede salir! —gritó el rey.

—Su majestad, si quiere que él esté bien para la ceremonia tiene que salir. Está pálido, necesita luz de sol.

—Tiene una ventana, el sol entra por ahí.

—No es suficiente.

El rey se llevó las manos a la cabeza.

—La última vez que salió, casi lo ven. ¿Sabes lo que pasaría si lo descubren?

—Sí, lo sé —contestó tímidamente.

—Ahora menos que nunca puede salir, hay dos bendecidos en la ciudad ahora mismo. Si lo ven, será mi ruina.

—Pero… Es su hijo.

El rey la miró aún más enfadado.

—Exacto, lamentablemente es mi hijo. No pienso cederle el trono de Terson. La única razón por la que me molesto en venir a verlo es para que piense que sí me importa y para que no intente escapar. Lo necesito para la ceremonia.

—Lo sé, majestad.

—Nadie te ha visto entrar, ¿verdad? —preguntó con un tono amenazante.

—No, sólo usted. Las personas que vienen a educarlo y yo somos los únicos que sabemos sobre la existencia del príncipe Jakxel.

—Que se quede de esa manera —respiro profundamente—. Y ya no lo llames príncipe, él nunca tomará el trono.

Siguieron caminando, tenía que lidiar con el ataque que estaba pasando en ese momento.

Érika movió su mano para sacar el muro de humo que hizo, gracias a eso no pudieron verlos. Había jugado con la mente del rey para que no los vieran y valió la pena.

Silon la miró.

—Él dijo hijo —sin mencionar que también dijo príncipe.

—Los rumores eran ciertos, Terson tiene un heredero —dijo Érika sin poder creerlo.

No era lo que estaban buscando, pero también era un buen hallazgo. Por lo que escucharon, parecía que lo tenía encerrado y sólo algunas personas conocían de su existencia. La pregunta era ¿por qué motivo? El rey habló sobre una ceremonia. No entendían si era algo bueno o malo, pero lo que sí sabían es que no era una coronación.

Érika miró a Silon, ninguno de los dos estaba seguro de qué hacer ahora que conocían este secreto.

—Tenemos que sacarlo —expuso Érika.

—Me gustaría hacer eso, pero recuerda el ritual.

—Estamos hablando del príncipe de Terson, tal vez él no está del lado de su padre.

Eso era una posibilidad. Si era cierto, sería una gran ventaja sobre Terson. Las personas tendrían una razón por la que rebelarse contra el rey Renaldo, la libertad. Entonces, podrían disfrutar de un rey que sí se preocuparía por ellos. Ahora que lo pensaba bien, tenían un buen motivo para sacarlo.

—Supongo que vamos a entrar por la puerta de la izquierda —dijo Silon mientras se acercaba a ella.

La abrió y otro pasillo los recibió. Este era pequeño, al final había otra puerta. Tenía un candado con el que no contaba. Silon se quedó mirándolo, pero Érika tenía una idea. Cogió la daga que guardaba en su cinturón y rompió el candado. No le tomó mucho tiempo.

Silon la miró sorprendido. No sabía que ella tenía esas destrezas.

—Prepara tu magia. Sólo por si acaso.

Los dos activaron un poco de su magia en las manos y entraron. Sabían que había una persona allí adentro, pero aun así se sorprendieron con lo que vieron. La habitación era pequeña, tal vez demasiado. Sólo tenía algunas cosas esenciales para que alguien pudiera sobrevivir. Una cama, un escritorio y una silla, también una ventana pequeña en la parte de arriba de la habitación. Era como ver la celda de una prisión. El príncipe tenía cabello y ojos oscuros, al igual que su padre. Se veía un poco pálido y cansado. Notaron que estaba encadenado a la pared. Eso, definitivamente, era una prisión para él y no una habitación.

Jakxel se paró de donde se encontraba sentado, estaba asustado y confundido.

—¿Quiénes son ustedes? ¿Cómo me encontraron?

Érika señaló el humo rosa que tenía en su mano y, después, los rayos que tenía Silon.

Vio la magia de los dos, supo quiénes eran de inmediato. En ese momento tuvo esperanza.

—Ustedes son bendecidos.

—Sí —contestó Érika.

—Escucha, sabemos quién eres. Escuchamos a Renaldo hablando de ti. ¿Por qué él te tiene aquí encerrado? —preguntó Silon.

Jakxel seguía confundido, pero si eran bendecidos, sabía que lo podían ayudar.

—Son bendecidos. ¿Acaso no conocen a mi padre lo suficiente para saberlo?

Tenía razón, lo conocían demasiado bien. Además, lo habían escuchado hablar sobre el asunto.

—Entonces, de verdad, ¿no quiere entregar la corona? —dijo Silon.

—No, no quiere.

—Pero eres el príncipe. ¿Por qué nadie te ha sacado de aquí? —cuestionó Érika.

—Nadie sabe sobre mí, todos piensan que mi madre nunca tuvo hijos —Érika y Silon se miraron—. Mi padre escondió a mi madre cuando estaba embarazada de mí. Cuando nací, nos ocultó a los dos en una habitación del castillo. Le mintió al pueblo y les dijo que ella había muerto. Me mantuvieron escondido durante diez años, hasta que uno de los soldados me vio. Ese día comenzó el rumor sobre mí. Por eso llevo ocho años aquí, encerrado para que nadie vuelva a saber de mi existencia.

Sabían que el rey Renaldo era capaz de actuar cruelmente, pero pensaron que al menos tendría un poco de compasión con su familia. Resultó que estaban muy equivocados y la prueba la tenían frente a ellos.

—Se nota que no quiere entregar su corona —dijo Silon.

—Pero tarde o temprano tendrá que hacerlo —replicó Érika.

—No, si logra lo que está planeando hacer.

—¿Qué es lo que quiere hacer? Si es que sabes —preguntó Silon.

—Quiere abrir un portal para traer de vuelta a Osamu —sintieron que la tierra se los estaba tragando—. Cree que, al traerlo de vuelta, él lo recompensará al darle vida eterna. —hizo una pausa—. Sé que soy de Terson y que tenemos una idea diferente a ustedes sobre las serpientes, pero eso no significa que desee que Osamu regrese. Quiero hacer algo para impedirlo y evitar que mi padre reine en Nesshia.

Se aliviaron al saber que él no quería ser como su padre. Debían sacarlo de allí para que los ayudara. Se notaba que él tenía información valiosa.

—Puedes comenzar por decirnos dónde está una parte del ritual que utilizó la diosa —dijo Silon.

—Está en la otra habitación, aquí al lado —contestó casi de inmediato.

No se esperaban que supiera dónde estaba. Silon sólo preguntó por preguntar. Al parecer, su padre se lo dijo, porque no era posible que lo supiera si nunca había salido de allí.

—¿Y sabes dónde está la llave? —preguntó Érika.

—No sé dónde está, pero si tuviera mi magia activa, podría abrir la puerta, al igual que quitarme las cadenas. Lamentablemente, el líxiro está haciendo su trabajo en mi cuerpo.

—Pues, para tu suerte, tenemos láxiro con nosotros —dijo Érika mientras sacaba una botella pequeña.

—¿Posees magia? Pensé que la familia real de Terson no tenía magia en su sangre —añadió Silon.

—Lo heredé de parte de mi madre y es magia de fuego.

—¿Tu madre tenía magia de fuego?

—No, pero corría en su familia.

—¿Nos vas a ayudar de verdad? —preguntó Silon.

—Claro que sí, no quiero ver este continente caer y dejar que mi padre se salga con la suya después de lo que me hizo a mí y a mi madre.

Silon le pasó la botella.

—Tu nombre es Jakxel, ¿cierto?

—Sí, Jakxel Rymersett.

—Bueno, príncipe, bienvenido al lado de la diosa.

Jakxel comenzó a beber el láxiro. Cuando terminó, creó dos llamas en sus manos y comenzó a derretir la cadena. La cadena cayó al suelo. No había salido de la habitación, pero se sentía libre.

Salieron y se pararon frente a la otra puerta, Jakxel volvió a usar su magia. Al igual que antes, el metal de la puerta se fundió en minutos. Dentro de ese cuarto había una mesa repleta de papeles y varios libreros llenos. Érika comenzó a arrepentirse, no era fanática de la lectura.

—Es hora de leer —indicó Silon.

Capítulo 27

Las cosas se empezaban a complicar. Los soldados de Terson estaban resistiendo al humo de alucinaciones de Érika. Ya no importaba lo que vieran, sabían que no era real. Gisberto estaba alejando a los soldados de Terson con su magia de agua. La fuerza de las esferas de agua era brutal y arrasaban con todo lo que se encontraban a su paso. Luego comenzó a enviar dardos de agua que traspasaban los cuerpos de los soldados de Terson. Pero el enemigo tenía más personas que poseían magia. De todas maneras, Gisberto y sus soldados luchaban con todas sus fuerzas. Keira logró cerrar las puertas de los puestos de vigilancia que estaban cerca. Aun así, algunos soldados habían logrado bajar. John les disparaba flechas que alcanzaban detenerlos para siempre.

El ejército de Jenia pensaba que no iba a poder seguir luchando. Habían perdido muchos hombres, el campo estaba lleno de sangre y el enemigo era mayor en cantidad. Pero su rey continuaba luchando, de eso dependía la vida de los bendecidos y la paz de Nesshia. Así que los jenianos siguieron batallando, pero para su sorpresa algunos soldados de Terson empezaron a retirarse. Eso les extrañó. En medio del caos comenzaron a ver una figura que se acercaba a ellos con una espada en la mano. Era el rey Renaldo. No podían creerlo. Inmediatamente le miraron su mano para estar seguros que no llevaba el medallón y el anillo. No los tenía, eso significaba que podían vencerlo. Era el momento que tanto esperaban.

Al ver que los soldados de Terson se retiraban, John y Keira tuvieron un mal presagio. Sin duda alguna, el rey Renaldo planeaba algo, pero ellos estaban listos para atacar.

—Dices que no me quieres en tu reino, pero vienes al mío. ¡Qué irónico! —dijo el rey Renaldo con soberbia.

Keira miró a John asustada. Pensaba que Renaldo hablaba con una calma que confundía a todos.

Gisberto trató de mantenerse tranquilo, no le perdonaría lo que le había hecho a su hijo.

—Si nunca te hubieses metido con los bendecidos, no estaríamos aquí.

—Si mal no recuerdo, ellos se entregaron —hizo una pausa, comenzó a reírse—, pero eso ya no importa, ya no están aquí.

Los tres esperaban que no fuese lo que estaban pensando. Sus rostros cambiaron y se llenaron de angustia.

—¿A qué te refieres? —preguntó John.

—Pues verás, príncipe, digamos que no lograron soportar los castigos.

John comenzó a apretar su arco, se angustió. El dolor de tan sólo pensar que estaban muertos lo hizo querer matarlo al instante, pero necesita saber si les mentía o era cierto.

Renaldo miró a Gisberto.

—El bendecido por la Serpiente Carmesí y la bendecida por la Serpiente Azul Celeste están muertos, están con la diosa —dijo el rey Renaldo con aires de victoria.

John no pudo más y, sin pensar, tomó una flecha y la lanzó al rey de Terson. Gisberto y Keira atacaron, ahora sí que querían matarlo. La furia se apoderó de ellos.

Renaldo logró esquivar el ataque, John le lanzó otra flecha que iba directa a su corazón. Pero uno de los soldados de Terson la congeló con su magia. El ataque se volvía contra John, los soldados le lanzaron afilados picos de hielo. Gisberto bloqueó los ataques con su magia, pero se encontraba desconcertado y atacaba sin concentración. En realidad, todos los de Jenia estaban perturbados por la noticia que Renaldo les dio. Y Renaldo, aprovechando la situación, se acercó al rey Gisberto y lo atacó tirándolo al suelo. Renaldo quería verlo humillado, a sus pies.

Gisberto lo miró a los ojos. Logró defenderse con su espada y en el acto se puso de pie.

—Mientes. Si estuvieran muertos, los otros dos bendecidos ya nos lo hubiesen dicho.

—Los bendecidos lo sabrían si sus serpientes les hubieran dicho... ¿Y si la Serpiente Carmesí y la Serpiente Azul Celeste lo están ocultando?

Volvió a enfurecerse, nuevamente lo atacó. Sus espadas chocaron. Renaldo trató de penetrar su espada en el abdomen de Gisberto, pero el rey de Jenia usó su magia para empujarlo y le clavó una flecha de agua en el pecho. Renaldo cayó de rodillas al suelo.

Todos pensaron que ese sería el final, pero estaban equivocados. Un brillo color blanco salió del bolsillo de Renaldo, de allí sacó el medallón de Krizys. Quedaron atónitos. Lo miraron por unos segundos y vieron que tenía el anillo de Samus incrustado en él. La magia del anillo había curado al rey Renaldo, no iban a poder hacerle daño mientras lo tuviera. En ese momento supieron que sería difícil vencerlo, más de lo que pensaban.

Habían pasado quince minutos y no encontraron nada. Comenzaron a dudar de las palabras del príncipe.

—Jakxel, ¿estás seguro de que está aquí? —preguntó Silon.

—Sí, mi padre me lo dijo. No sé por qué me contaba sus planes, para ser honesto.

—Según él, era para que pensaras que te amaba, pretendía manipularte —le dijo Érika a Jakxel.

Érika habló sin pensar. Silon la miró mal y no fue hasta entonces que se percató de lo que había dicho.

—No se tienen que sentir mal, siempre lo supe. Él siempre me vio como un parásito, pensando que le quitaría su trono —hizo una pausa—. Lo que no sabe es que eso es justamente lo que planifico hacer.

—Sí, eso será lo mejor —afirmó Silon.

Mientras seguían leyendo todos los papeles que encontraban, Silon tomó uno que se veía diferente. La orilla de adentro estaba rasgada, como si lo hubiesen arrancado de un libro. Comenzó a leerlo y no podía creer lo que decía.

Érika notó la cara de sorpresa de Silon y se acercó a él.

—¿Qué pasó, encontraste algo interesante?

—Ya sé por qué Renaldo incrustó el anillo al medallón.

—¿A qué te refieres? —preguntó Érika intrigada.

—Mira —dijo mientras ponía el papel en la mesa para que los tres pudieran leerlo—. Según esto, la diosa creó un tercer artefacto. Una especie de acoplador para incrustar el anillo en el medallón. Cuando los dos se unen, el poder del otro aumenta significativamente.

—Pero el medallón no tiene las gemas —expuso Jakxel—. ¿Cómo es que amplió el poder del anillo?

—Según lo que dice aquí, el anillo y el medallón son estabilizadores para las gemas. De esa manera se pueden usar las gemas sin sufrir heridas o morir en el intento. También dice que la gema del anillo es la más inestable de las cinco gemas. Por eso, el anillo fue creado con mayor estabilidad para ayudar a controlar mejor el poder de su gema —dijo Silon.

—Eso es… fascinante. Debemos decirle al rey Gisberto —opinó Érika.

—Tienes razón —aseguró Silon y dejó el papel en la mesa para llevárselo.

Mientras seguían buscando la parte del ritual, Jakxel encontró algo bastante interesante. Eran unos documentos que contenían información sobre cierta persona.

—Siempre supe que a mi padre le gustó su trabajo, pero ¿por qué tiene su información personal aquí?

—¿De quién estás hablando? —preguntó Érika.

—Encontré estos papeles, tienen mucha información sobre Aria White —volvió a leer el nombre.

Érika y Silon se miraron.

—¿Hay información de nosotros ahí? —cuestionó Silon.

—No, sólo de ella. ¿Por qué quieres saber? —preguntó Jakxel con mucha curiosidad.

—Aria White es una bendecida —respondió Érika.

—¿Quien, ella? Eso sí que no me lo esperaba.

Silon miró los papeles, supo que serían importantes para ella. Vio que había una bolsa al lado de uno de los libreros, la tomó y puso los papeles adentro.

—Creo que es mejor si ella los lee primero.

—Tienes razón, no sabemos lo que dicen. Sería como leer su vida privada —dijo Jakxel.

—¡Lo encontré! —gritó Érika.

Silon y Jakxel se miraron un poco confundidos.

—¿Qué encontraste? —preguntó Silon.

—Miren.

Puso el mapa en la mesa, tenía algo escrito en la esquina. Eran las instrucciones para encontrar la parte del ritual. Según lo que mostraba el mapa, el ritual lo movieron del castillo para que nadie lo encontrara. Aparentemente no estaba grabado en la pared como se murmuraba. Se sorprendieron al ver que estaba en una pequeña aldea cerca de la frontera de Terson, específicamente en un orfanato.

—Yo conozco ese lugar, mi padre una vez me contó que quería adoptar a una niña que vivía allí. Me sorprende que quisiera tener otro hijo, ni siquiera me quería a mí —dijo Jakxel.

—Por lo que veo, nunca lo hizo —dijo Silon.

—Sí, pero fue porque otras personas la adoptaron primero. Al menos ellos sí la amarían, a diferencia de lo que hubiese hecho mi padre. Si soy honesto, me alegra que esa niña no cayera en las manos de Renaldo.

En ese momento los dos sintieron lástima por el príncipe. Básicamente, había perdido dieciocho años de su vida en ese castillo.

Silon tomó el mapa y el papel sobre la información del anillo y medallón.

—Tenemos que ir allí si queremos encontrarlo —dijo mientras lo ponían en la bolsa.

—Primero tenemos que salir de aquí —dijo Érika.

—Por eso nos iremos ahora.

Salieron del cuarto y comenzaron a bajar las escaleras.

Llegaron a la puerta y la abrieron. Silon se aseguró de que no hubiese nadie. Les dijo que podían salir, así que salieron y comenzaron a caminar hacia la salida.

Jakxel miraba a su alrededor, pudo ver el cielo. Aunque era de noche, le pareció hermoso. Sintió la luz de la luna en su cara, había una brisa suave. Era la primera vez que salía de allí desde hacía ocho años, era la primera vez que volvía a ver el mundo. Nunca estuvo fuera de la capital de Terson, quería ver cómo era el mundo que se había perdido.

Llegaron a la entrada del castillo, lograron ver que el rey Renaldo estaba luchando con el rey Gisberto. No debieron tardarse tanto, Jakxel se enfureció al ver a su padre. Usó su magia para crear una llama y se la lanzó.

Se sorprendieron al ver fuego cerca de ellos, no habían visto a nadie con ese tipo de magia. Renaldo supo quién era de inmediato, pero no sabía cómo salió de su prisión.

—¡No te atrevas a lastimarlos! —le gritó Jakxel a su padre.

Gisberto se sorprendió al ver a Érika y a Silon con otra persona, pero por lo que acababan de ver, estaba de su lado.

Renaldo lo miró seriamente.

—¿Qué haces aquí afuera?

—¿Qué tú crees que hago? Quiero detenerte, no mereces ser rey —dijo Jakxel sumamente enojado.

—¿Y tú quieres quitarme el trono, sólo por ser mi hijo?

Keira y John se miraron, estaban sorprendidos. No esperaban tropezarse cara a cara con el heredero de Terson.

—Entonces los rumores eran ciertos —dijo Keira.

—Parece que sí —le contestó John.

Renaldo tomó el medallón en su mano.

—Debí haberte escondido mejor —dijo mientras lo apuntaba hacia él.

Sombras comenzaron a salir del medallón, Silon se paró frente a él y usó su magia para detenerlas. De sus manos emanaban estruendosos rayos dirigidos hacia los seres que salían del medallón. Eran tan fuertes que las sombras tuvieron que retroceder, por unos minutos. Pero trataban de atacar nuevamente, insistentes en destruirlos. Silon trató de paralizarlas el mayor tiempo que pudo y miró a Érika.

—Tienen que irse.

—No sin ti.

—Los alcanzaré. Ahora váyanse.

—¡Érika, él tiene razón! —dijo Jakxel.

Érika lo miró a los ojos antes de comenzar a correr, era el momento de la retirada. Gisberto les ordenó a sus tropas que la siguieran, John y Keira también fueron con ellos. Silon hizo que varios rayos cayeran cerca de donde estaban los soldados de Terson. Mientras corrían, Érika usó su humo para confundir a Renaldo y a los soldados enemigos. Renaldo resistía al humo rosa y apuntaba con el medallón, pero apenas veía. Era la oportunidad de escapar. Ninguno miró hacia atrás, sólo corrieron hasta llegar a los exteriores de la ciudad. Una vez afuera, Silon se les unió. Érika se alivió al ver que él había logrado salir.

Una vez afuera, el rey Gisberto le preguntó a los bendecidos sobre Aria y Kyle, quería saber si estaban muertos. Silon le dijo que las serpientes lo hubiesen sentido y se habrían comunicado. Él creía que Renaldo les mentía. Todos se sintieron aliviados.

Fue entonces cuando pudieron respirar tranquilos que Gisberto miró a Jakxel.

—Entonces te tenían escondido.

Bajó la cabeza.

—Sí, y también le mintió al pueblo sobre que mi madre estaba muerta.

—¿Dónde está tu madre si no está muerta?

—Me gustaría saberlo, pues cuando tenía diez años me separaron de ella. Esta es la primera vez que salgo después de ocho años.

—¿Has estado encerrado durante ocho años? —preguntó John.

—Sí, todo porque mi padre no quiere perder el trono.

—No tiene opción, no puede reinar para siempre —dijo Keira.

—La verdad, sí. Para eso debe liberar a Osamu —Jakxel reveló las intenciones de Renaldo.

—¿Y Renaldo confía en él? Tal vez Osamu lo mate después que lo libere —declaró Érika.

—Es bastante probable —afirmó John.

Gisberto miró a Silon. Estaba tan desconcertado que casi olvida preguntar por la misión que tenían.

—¿Consiguieron el ritual?

—No, pero encontramos su ubicación —dijo mientras le pasaba el mapa—. Lo movieron a ese lugar.

Miraron el mapa. Inmediatamente se dieron cuenta del lugar donde estaba el ritual.

—Espera, ¿ese orfanato no es donde Aria vivió por siete años? —preguntó Keira.

—Creo que sí —aseguró Gisberto.

—Tenemos que ir allí para encontrarlo. No será peligroso, al menos eso creo —Érika expresó casi como un ruego.

—Yo puedo ayudarlos a llegar más rápido, conozco un atajo —dijo Jakxel, todos lo miraron extrañados—. Sé lo que están pensando, pero déjenme informarles que yo estudié los mapas de Terson. Me los conozco casi de memoria.

—Apreciamos tu ayuda, creo que hablo por todos cuando digo que me alegra que no seas como tu padre —expresó Gisberto.

—No quiero ser como él. Si es posible me encantaría arreglar las relaciones que tiene Terson con los otros reinos.

—Nos aseguraremos de que seas tú el que esté sentado en ese trono.

Jakxel sintió que comenzaría a llorar. Era la primera vez en su vida que alguien lo valoraba.

—Entonces así es como se siente que te apoyen —se dijo a sí mismo.

Se preocuparon un poco por él, pero lo entendían. Sabían que no debía ser fácil ser el hijo del rey Renaldo o ser de la realeza de Terson en general.

—Si conoces un atajo, entonces, guíanos —le pidió Keira.

—También podrás ver el territorio de tu reino —añadió John.

—Entonces, vamos, no quiero estar de noche en un lugar en el que no deberíamos.

—Ya somos dos —argumentó Érika.

Comenzaron a caminar, sabían que encontrarían lo que estaban buscando.

Capítulo 28

Llegaron al cañón, sólo tenían que caminar un poco más para llegar a la prisión. Al principio no estaban tan convencidos de que Lisa los acompañara, pero ella los había ayudado bastante. No sólo con su magia, sino con su conocimiento en cartografía y estrategia. Nunca pensaron que ella supiera tanto sobre táctica, le daban gracias a la diosa por eso.

Mientras más se acercaban, notaban que había más flores de líxiro. Todos estaban tranquilos menos Xander y Lisa. Estar así de cerca de las espinas de esa flor era demasiado para los dos. Si alguna de esas espinas les llegaba a entrar en la piel, estarían a riesgo de morir.

—Sí, este lugar es perfecto para encerrar a personas que posean magia —dijo Lisa.

—Es más que perfecto. Aunque no poseas magia, los animales son otro riesgo —dijo Dave.

—¿Creen que eso sea un problema para el ataque?

—No lo creo, no se acercarán al ruido —dijo Nathan.

—Pero sí se acercarán a la sangre y dudo que no la derramemos en la batalla —dijo Dan.

—De seguro, los animales van a ser un problema si seguimos hablando y perdiendo el tiempo —añadió Xander.

Se dieron cuenta de que habían llegado, la puerta de acceso estaba vigilada por más de veinte guardias. Eran más que suficientes, eran demasiados.

Todos se escondieron detrás de una roca, sólo vigilarían por un tiempo y después atacarían.

—¿Por dónde deberíamos atacar primero? —preguntó Xander.

—Podríamos atacar por los lados, primero —respondió Dave.

—El centro se ve como una mejor opción —expresó Nathan.

—Es cierto que será más rápido, pero más arriesgado —Dan difería de ellos.

—¿Y si van por todos los lados a la vez? —miraron detrás de ellos, vieron a una mujer con el uniforme de Terson—. Así los confundirían —dijo Marci con una sonrisa.

De inmediato se pusieron en alerta, iban a atacar cuando se dieron cuenta que la joven estaba sola. Ella los había tomado desprevenidos. Comenzaron a preguntarse si sería una trampa.

—¿Cómo sabes que estábamos aquí? —preguntó Dan en un tono serio.

—La verdad, ya todos en la prisión saben de este ataque, también del de la capital.

Eso los tomó por sorpresa.

—¿Cómo lo saben? Es imposible que nos hayan visto en la frontera o por donde veníamos —dijo Xander.

—A no ser que tuvieran un espía —analizó Dave rápidamente.

—Ya era hora de que se enteraran, ese espía ha estado dentro del castillo por cinco años —afirmó Marci.

Dan y Xander se miraron, ¿cómo es que no se habían dado cuenta?

—¿Quién es ese espía? —preguntó Xander.

—Brian Lin.

En lo primero que pensó Dan fue en Aria. Había hecho bien en haber querido matarlo.

—Pero nunca le dijimos nada a él —le dijo Xander a Dan.

—En realidad, sí —dijo Dan arrepentido—. Tu padre se lo dijo todo a último minuto pensando en que, si algo salía mal, nos ayudaría. Resulta que le dijimos todos nuestros planes al rey Renaldo.

—Sí, pero yo no estoy aquí para delatarlos, vine a ayudarlos.

—Le juraste lealtad a Terson. ¿Esperas que creamos que nos ayudarás sin una razón? —dijo Dave.

—Escuchen lo que tengo que decir. Estoy escondiendo a los dos bendecidos, todos piensan que están muertos.

Se quedaron callados por un momento.

—¿Están bien? —preguntó Xander.

—Ahora que no les están haciendo nada, sí, pero digamos que tuve que envenenarlos para poder sacarlos de las celdas y convencer al rey Renaldo de que estaban muertos. Pero están en mi habitación vivos y esperando a que ustedes lleguen para poder salir.

—¿Cómo podemos creerte y estar seguros de que no nos vas a entregar?

—Porque si lo fuese a hacer, ya los hubiese entregado.

—No estoy seguro —dijo Dave.

Marci ya estaba perdiendo la paciencia.

—Escuchen, me llamo Marci, sé que Dave y Nathan ya saben sobre mí. Aria me dijo que les contó. Sólo estoy tratando de ayudarlos y poder salir de Terson. ¿De verdad piensan que soy feliz sirviéndole al rey? Todos los soldados debemos jurarle lealtad a la corona, nadie lo hace voluntariamente. Kyle me dijo que me ayudaría y yo le prometí jurarle lealtad a Jenia. Por eso les sugiero que me dejen ayudar o nunca lograrán sacarlo de esa prisión —dijo Marci molesta e impaciente.

—Yo te creo —dijo Lisa, Nathan la miró mal—. En mi castillo conocí a una sirvienta que vivió la mayor parte de su vida aquí en Terson, me contó lo mismo que Marci acaba de decir. No sé qué piensan ustedes, pero yo acepto su ayuda. Si de verdad tiene a los bendecidos, nos guiará a ellos.

—De todos aquí eres la única que está usando la cabeza en este momento —dijo Marci.

Querían creerle, pero no estaban seguros. Por otro lado, ella podría ser su única solución.

—Aceptaremos tu ayuda, pero si te atreves a hacer algo en contra de sus vidas, no pensaremos dos veces antes de matarte —dijo Xander.

—De acuerdo. Considerando que no confían en nadie de Terson, gracias. Les daré los detalles del plan que hizo Aria.

Marci estaba de camino a ver a Brian, ya sabía de qué iban a hablar. Llegó a una pequeña oficina que tenía la prisión, él la esperaba. Quería decirle de una vez que terminaba su relación con él, pero sería más conveniente darle esta noticia más adelante.

—Seguramente te estás preguntando por qué te pedí que me vieras aquí.

—La verdad es que no, ya sé lo que me vas a decir.

—¿Segura de que lo sabes?

—Sí, me vas a recordar que quieres que esté contigo cuando los soldados de Jenia lleguen.

—Eso era sólo la mitad de lo que te iba a decir. En verdad, lo que quiero es que les ordenes a los soldados de Terson que salgan de la prisión.

—¿Y eso por qué? Se te olvidó que estamos esperando a que ocurra un ataque.

—Lo sé, pero tengo un plan y no quiero poner en riego a los guardias de Terson. Vamos a dejar que los soldados de Jenia, Xander y su equipo entren a la prisión, y una vez adentro los encerramos. Tú matas al príncipe de Jenia, ya que quiero ver su sangre. Y por último haré que explote la prisión. Ya está todo instalado. Así morirán con el derrumbe —hizo una pausa—. ¿Te gusta mi nueva idea?

Marci no sabía qué pensar al respecto. Todo lo que habían planeado estaba en riesgo por culpa del nuevo plan de Brian. Todavía podían lograrlo, pero tendrían que actuar más rápido.

—¿Cuándo se los digo?

—Ahora.

—Entonces voy a…

Un sonido fuerte los interrumpió. Se quedaron sorprendidos por un segundo. Brian se preocupó.

—No pensé que llegarían tan pronto.

—¿Todavía quieres que les diga a los soldados que se vayan?

—Sí, sea como sea, todos morirán hoy. Cuando termines de sacar a los soldados, ven a verme al frente. A ti te toca la mejor parte —dijo Brian con una sonrisa burlona.

Afirmó con la cabeza, Brian salió de allí lo más rápido que pudo. Haría lo que le había pedido, pero no sabía lo que le esperaba.

La batalla ya había comenzado, esperaban que Marci cumpliera con su parte.

Xander lanzaba varias esferas de agua hacia la puerta de la prisión. Las enviaba con tal fuerza y velocidad que lograba hacerle daño. Con suerte, lograría abrirla. Dave y los arqueros estaban disparando sin piedad a los soldados de Terson. Nathan, Dan y los otros soldados esperaban la señal de Marci para entrar. Lisa… Ella sólo estaba mirando, no podía hacer mucho, o eso pensaban.

—¿Cuánto crees que se tarde? —preguntó Lisa.

—No lo sé, sólo espero que no mucho —le contestó Nathan.

—No debería tardarse tanto —dijo Dan.

Miraron las puertas, los soldados comenzaron a salir. Vieron una flecha que se aproximaba a donde ellos estaban y esta cayó al suelo. Dan se acercó y vio el listón verde.

—Esa es nuestra señal.

—Entonces, vamos —dijo Nathan.

Comenzaron a avanzar, Dave miró a Lisa.

Le pasó un arco con flechas.

—Úsalo sólo si es necesario.

Lisa las tomó en sus manos, se sintió poderosa en ese momento.

—Gracias.

Ella sabía que se lo había dado en caso de que pasara lo peor, pero la verdad era que conocía perfectamente cómo usar un arco. Aria le enseñó a usarlo, pero quien la ayudó más fue John. No sabía cómo, pero tenía planeado usar ese arco de una manera u otra.

Capítulo 29

Brian salió de la prisión en el momento en que el ataque comenzó. Los soldados de Jenia eran pocos, pero eran fuertes. Terson perdió varios de sus guerreros. Las tropas de Jenia sabían lo que estaban haciendo, habían planeado su ataque muy estratégicamente. Mientras Brian luchaba contra los soldados de Jenia, logró ver a Dave y a Nathan. Ellos dos eran buenos guerreros. Ya los había visto en el incendio que provocó hace muchos años en la casa de Aria, planeaba matarlos también.

Brian volvió a enfocarse en la batalla y se dio cuenta de que, aunque estaban ganando, perdían soldados y era todo gracias a la magia del príncipe Xander. Cuando lo tuvieran fuera de la batalla, sería fácil vencerlos.

En ese momento vio algo que lo dejó sin habla, estaba sorprendido y a la vez confundido. Marci estaba luchando, pero atacaba a los soldados de Terson con su magia. Se llenó de furia y fue directamente hacia ella.

Marci se dio cuenta de que Brian se acercaba a ella. Cuando los dos se encontraron, sus espadas chocaron. Brian la estaba mirando molesto mientras ella le sonreía.

—Eres una traidora —dijo Brian.

—Y por esa razón terminaré contigo, ahora mismo. Da por concluida nuestra relación —le manifestó mientras no dejaba de sonreír.

Marci lo atacó con su magia, pero Brian logró moverse a tiempo para evitar el golpe de hielo. Estaba a punto de contraatacarla cuando escuchó el sonido de dos espadas desenvainándose.

Se volteó, los dos bendecidos se encontraban parados detrás de él y le estaban apuntando con espadas.

—Te aconsejo que te rindas —propuso Aria.

Brian comenzó a preguntar cómo ellos dos habían logrado salir de la prisión. Tal vez subestimó a la escapista de Nesshia después de todo.

—Eso no pasará —afirmó Brian.

—Ella no te estaba preguntando —expuso Kyle.

Aria lo atacó con la espada, Kyle también se le unió.

Brian logró empujar al príncipe y hacer que se cayera. A quien se le hizo difícil atacar fue a Aria. Pero se tranquilizó al ver que tanto Kyle como Aria tenían aún su magia inactiva.

Aria quería terminar con Brian allí mismo. Si tuviera su magia, ya lo habría matado. Aria volvió a atacarlo con su espada, pero Brian logró detenerla. Kyle volvió a levantarse para ayudar a Aria y atacó a Brian por detrás. Kyle logró herirlo y hacer que cayera de rodillas. Marci también usó su magia de hielo para que no pudiera moverse y le congeló a Brian un pie al suelo.

Aria se acercó a Brian, iba a matarlo, pero él tenía una bomba de líxiro y Marci se dio cuenta. Ella trató de advertirlos.

—¡Cuidado!

Antes de que Aria y Kyle pudieran reaccionar, Brian lanzó la bomba de líxiro justo debajo de ellos. Kyle y Aria trataron de no respirarlo, pero ya era tarde. Comenzaron a marearse.

Marci vio la explosión del líxiro y, mientras aguantaba la respiración, tomó a Kyle y a Aria y los alejó de la nube de humo.

—Váyanse, las tropas de Jenia están por allá —dijo Marci mientras señalaba a la derecha.

Kyle le tomó la mano a Aria y empezaron a correr antes de que se desmayaran. Ya casi llegaban, no sabían cuánto más lograrían estar de pie. Tuvieron que dejar de correr cuando vieron que pasaban por un camino rodeado de flores. Comenzaron a caminar con cuidado, pero estaban tan mareados que terminaron tropezándose entre ellos mismos y cayendo al suelo.

Marci sintió que le iba a dar un ataque al corazón. Aria y Kyle cayeron encima de unas flores de líxiro, era lo que les faltaba. Brian comenzó a reírse cuando lo vio a lo lejos.

—¡No lograrán salir de aquí! —gritó Brian.

Marci se enfureció cuando le escuchó, pero decidió seguir hacia los bendecidos porque vio que las tropas de Terson se estaban acercando para capturarlos. Comenzó su ataque despiadado y, justo cuando iba a usar su magia, vio que el otro príncipe de Jenia se le unía con su magia de agua.

Xander tiraba dardos y látigos de agua para detener a los soldados de Terson. Una muralla de agua se levantó entre el enemigo y los bendecidos. De inmediato Xander corrió hacia Kyle y Dave hacia Aria, no era el reencuentro que tenían planeado. Les miraron los brazos, tenían espinas enterradas en la piel.

—Tenemos que sacárselas. Si no, se volverán a envenenar —dijo Dave.

Comenzaron a remover las espinas, eran demasiadas.

—Tengo láxiro —dijo Marci mientras se acercaba.

—Pues dáselos —replicó Xander un poco desesperado.

Marci tomó el láxiro y se los dio a ambos. Aun así, no fue suficiente para despertarlos, así que Dave tuvo que cargar a su hija y Xander a su hermano para podar sacarlos de allí. Mientras hacían eso, todavía los soldados estaban luchando.

Nathan y Dan se unieron a la batalla y continuaron la lucha, abriendo camino para que Dave y Xander pudieran pasar en medio de los soldados enemigos. Las tropas de Terson seguían tratando de impedirles salir, pues no dejarían que sacaran a los bendecidos.

Se preocuparon al ver que el número de las tropas de Terson seguía aumentando, parecía que las probabilidades de ganar eran mínimas.

—Nathan, ¡cuidado! —gritó Dan cuando vio que había un soldado de Terson parado detrás de él.

Nathan se dio media vuelta y lo vio a punto de atacarlo, pero antes de que pudiera hacer algo, una flecha se clavó en el pecho del soldado de Terson.

Tanto Nathan como Dan se sorprendieron, pero se impresionaron aún más cuando se dieron cuenta de que era Lisa quien había lanzado la flecha.

—Lisa, ¿qué haces? —preguntó Nathan.

—Ayudando —le contestó a su primo.

Como capitán de la guardia, Dan se preocupó un poco.

—No creo que…

Lisa lo interrumpió.

—Guarda tu comentario, capitán. Esto es un campo de batalla —argumentó con seriedad mientras tomaba otra flecha para dispararla.

Ninguno de los dos dijo nada más y continuaron la batalla.

Marci peleaba contra el ejército al cual antes pertenecía. En medio de la batalla se dio cuenta de que no podrían salir por el mismo lugar donde los soldados de Jenia entraron. Las tropas de Terson ya habían bloqueado esa entrada. Tenía que pensar en algo rápido. Fue cuando recordó un camino secreto, era su única oportunidad.

—¡Dan! A la izquierda están los establos, hay un camino secreto. Tenemos que salir por allí —gritó Marci.

Dan miró a la dirección en la que Marci dijo. Logró ver la puerta del establo y rápido les ordenó a las tropas que se dirigieran hacia allí. Pero antes de poder entrar al establo tuvieron que atacar a los enemigos con magia y destrezas de batallas aprendidas. Todos sufrieron pérdidas.

Una vez adentro, Xander y Dave pusieron a Aria y Kyle en el suelo. Marci usó su magia para congelar la puerta y que nadie pudiera entrar.

—Tenemos cinco minutos, como máximo —dijo Marci.

—Es suficiente para mí —afirmó Lisa, quien se volvió a acercar a los bendecidos para poder quitarles el resto del líxiro.

—Sálvales la vida —dijo Xander desesperado.

Lisa se sentó en medio de los dos.

—Primero súbanles las mangas.

Xander y Dave la ayudaron con eso, pero cuando vieron sus brazos se llevaron otra sorpresa. Estaban llenos de cicatrices. Miraron a Marci.

Ella bajó la cabeza.

—El rey se aprovechó de ellos.

—Lo sabíamos, pero no pensamos que fuera tan malo —dijo Xander.

—Tal vez pueda ayudar con eso también —expresó Lisa.

Lisa empezó a usar su magia de curación, pequeñas gotas de líxiro comenzaron a salir de sus heridas. Esas gotas se convertían en pequeños charcos. También notaron que algunas de las cicatrices eran menos visibles, pero no desaparecieron. Después de unos segundos logró sacar todo. Cuando miró la cantidad de líxiro extraída, se percató que eran dos esferas del tamaño de la palma de su mano.

—Tienen suerte de estar con vida —dijo Lisa en voz baja.

Dan se acercó para poder ver, fue cuando observó el medallón que tenía Aria. Se arrodilló a su lado y lo tomó en su mano.

—¿Qué pasa? —preguntó Dave.

—Ya sabe la verdad —dijo mientras le mostraba el medallón.

Lisa estaba confundida.

—¿La verdad de qué?

—El rey Renaldo mató a sus padres —reveló Dave.

—Ohhh... —dijo incómodamente.

Marci miró a la puerta otra vez, los soldados de Terson estaban tratando de abrirla. Sólo era cuestión de tiempo para que lo lograran, tenían que irse.

—No quiero interrumpir, pero mientras más tiempo pasemos aquí, nuestras posibilidades de salir son menos.

—Te entiendo, ¿pero adónde vamos a ir? Además, los dos están inconscientes —dijo Xander.

Todos comenzaron a pensar en lugares que estaban cerca para poder esconderse.

A Dave se le ocurrió un lugar.

—Ya sé dónde podemos ir, pero no sé qué pensará Aria.

Nathan supo de qué lugar hablaban.

—¿Estás seguro? Ella no ha estado allí desde hace diez años.

—No estarán hablando sobre el orfanato, ¿verdad? —preguntó Dan preocupado por esa decisión.

Marci se sintió un poco incómoda al pensar que volvería a ese lugar. No había regresado desde que la adoptaron.

—Esa aldea está abandonada, el orfanato fue lo único que sobrevivió al ataque que hicimos. Deberíamos estar bien en ese lugar, no creo que haya alguien en su interior —dijo Dave.

—Como exsoldado de Terson puedo confirmar eso, no hay nadie allí. Es un pueblo fantasma en este momento y es cierto que el orfanato sigue en pie —dijo Marci.

—Es la mejor opción que tenemos ahora, creo que mientras más rápido nos vayamos, mejor —expuso Dave.

—¿Cuánto nos tardaremos en llegar hasta allá? —preguntó Dan.

—Si tomamos el camino más corto, nos tardaremos ocho días, siete si sólo paramos una vez al día para descansar —dijo Marci.

—Está bien, lo importante es salir de aquí. Atentos todos, nos llevaremos estas dos carretas. En una pongan sus armas, provisiones y pertenencias. En la otra recuesten a los bendecidos. Nos vamos.

Todos estuvieron de acuerdo con lo que dijo Dan y comenzaron a poner todo en las carretas.

—La próxima vez deberías cerrar la puerta que da acceso a la prisión, Marci.

Miraron detrás de ellos y vieron a Brian con una espada en la mano. Dan estaba furioso.

Brian se dio cuenta.

—No te molestes conmigo, tú mismo me pediste ayuda para dos misiones que involucraban a Aria.

—Debí imaginarlo —dijo entre dientes.

—¿En serio crees que nos puedes vencer tú solo? —preguntó Nathan.

—Sí, con la ayuda de esto —respondió mientras sacaba otra bomba de líxiro.

Dan estuvo a punto de atacarlo y de repente Brian se cayó al suelo de dolor. Cuando se dieron cuenta, tenía una flecha en la espalda, pero se sorprendieron al ver a Lisa, que estaba parada detrás de él con un arco en la mano.

—¿Lisa? —Dave no podía creer lo que veía.

—Ya me tiene irritada.

Marci miró a Brian, ella también estaba enfurecida. Se acercó a Brian con la intención de matarlo.

—Espera —Xander la detuvo—. Es un traidor de Jenia y será juzgado bajo nuestra ley.

—Como tú ordenes —dijo Dan—. Espósenlo —les ordenó a las tropas.

Varios soldados se acercaron a Brian y le pusieron esposas de hierro en las manos.

—Deberíamos matarlo ahora mismo —dijo Nathan molesto.

—¿Sin que tu hermana lo pueda ver? No. Entonces ella nos mataría a nosotros —aseguró Xander.

Marci estaba enojada. Quería terminar con la vida de Brian. Se acercó sigilosamente, estaba tentada a clavarle la daga. Dan se dio cuenta y la detuvo antes de que hiciera una locura.

—Suéltame —dijo Marci decepcionada por no poder cumplir con su deseo.

—Será juzgado por Jenia, tranquila.

Se calmó y Dan la soltó.

—Cuando Aria despierte, le voy a pedir que lo mate.

—Créeme, ella lo hará, aunque no se lo pidas. Ahora no perdamos más tiempo y vayámonos —dijo Dan.

Capítulo 30

Ya habían pasado diez días desde que atacaron la capital y estaban entrando a la pequeña ciudad abandonada. Todo se veía devastado, las casas quemadas y destruidas. Sólo quedaba un edifico en pie. La tierra estaba repleta de escombros. Todo era lúgubre y oscuro. Algunos árboles quemados permanecían en el suelo y cubrían lo que alguna vez fue una aldea. Las hierbas crecían sin control, se notaba que nadie había estado allí por muchos años.

Jakxel no podía creer que su padre dejara perder ese lugar. Todavía era habitable, si se reconstruían las casas y tiendas. Sabía que muchas personas necesitaban de un hogar, esa ciudad podía satisfacer esa carencia. Quería estar sentado en el trono de una vez por todas para arreglar todo lo que su padre había hecho.

Cuando llegaron al orfanato, se pararon al frente. Comenzaron a preguntarse cómo Aria había sobrevivido los primeros años de su vida allí. Estaba deteriorado por afuera, pero era de esperarse. Érika caminó hacia la entrada, pero Silon la detuvo.

—¿Qué pasó?

—Hay alguien adentro —manifestó mientras apuntaba a una carreta que estaba afuera.

—¿Quién estará aquí? —preguntó John.

—Tal vez nosotros.

Dieron media vuelta y vieron a Dan, ahora sí que estaban pasmados.

—Mi rey —dijo mientras se inclinaba.

—¿Todos están aquí? —le preguntó Gisberto a Dan.

—Sí, Xander está dentro —hizo una pausa, dejó salir un suspiro—. Junto a Dave, Nathan, la princesa Lisa y Marci.

Los ojos de John se abrieron más de lo que ya estaban.

—¿Lisa está aquí?

—Sí, nunca regresaron a Hexno, nos siguieron —le contestó a John.

—¿Quién es Marci? —preguntó Keira.

—Ella es uno de los soldados de Terson. Bueno, mejor dicho, lo era. Fue gracias a ella que logramos completar la misión —informó Dan.

—¿Kyle y Aria están dentro? —preguntó Gisberto con temor a que la respuesta fuese negativa.

—Sí, están dormidos. Han estado descansando los últimos nueve días.

Todos volvieron a sonreír luego de la noticia sobre Aria y Kyle. Aunque algunos se preocuparon.

—¿Qué? Pero eso es peligroso —argumentó Silon.

—Lisa dijo que no importa, que deben descansar. Ella les salvó la vida. También trató de desaparecer sus cicatrices, pero no fue mucho lo que pudo hacer.

Jakxel bajó la cabeza, su padre le había contado sobre lo que les estaba haciendo. Desde el principio supo sobre su sufrimiento, pero no pudo hacer nada para evitarlo.

—Cuando despierten, quiero disculparme con ellos.

Gisberto lo miró.

—Sabes que nada de esto es tu culpa, tu padre te tenía encerrado.

—Sí, el rey Renaldo no es el mejor padre —dijo Keira.

Dan lo miró impactado con lo que se acababa de enterar, pensaba que el rey no había tenido hijos.

—¿Eres el hijo del rey Renaldo?

—Sí, y no estoy orgulloso de eso.

John no quería seguir esperando.

—¿Podemos entrar de una vez?

—Por supuesto, ya sé que quieren verlos. Pero antes debo decirles algo —afirmó Dan con un tono bastante serio.

—¿Qué pasa? —cuestionó el rey Gisberto, se percibía inquietud en su tono de voz.

—Capturamos a un espía que estuvo dando información de Jenia a Terson —Dan dejó salir un suspiro— y es Brian Lin.

Todos quedaron atónitos. Sus rostros reflejaban asombro por la terrible noticia que acababan de oír, excepto el rey. Gisberto casi explota de furia al saber que nunca se dio cuenta de que Brian era un traidor.

—¿Por qué no lo mataron? —preguntó Silon desconcertado.

—Porque Xander dijo que sería juzgado por las leyes de Jenia —contestó Dan y luego miró al Gisberto—. Sí usted está de acuerdo, mi rey.

—Estoy de acuerdo con mi hijo —expresó orgulloso de su heredero—. Brian será juzgado y condenado.

Esa fue la última palabra del rey y tuvieron que aceptarla.

—Por último, no le digan nada a Aria. Ella no sabe que Brian está aquí. Incluso lo escondimos para que no lo vea cuando despierte. Lo atrapamos luego que los dos bendecidos estaban inconscientes.

—Esa es una buena idea —dijo Keira pensando en lo que podría hacer Aria cuando vea a Brian allí.

—Pero en algún momento se va a tener que enterar —dijo Érika.

—Por supuesto. Pero es mejor decirle después que recupere, no queremos seguir afectando sus emociones —aclaró Dan.

—Está bien, no le diremos —ordenó el rey de Jenia.

Comenzaron a entrar al orfanato, era un poco oscuro en la entrada. Siguieron caminando hacia un pasillo, doblaron a la derecha. Cuando entraron, vieron a los demás sentados alrededor de dos camas. Xander los vio y corrió hacia ellos.

Xander abrazó a Keira y a John, ahora se sentía aliviado al saber que sus hermanos estaban bien.

Los miró a los ojos.

—¿Qué pasó en la capital, vieron al rey Renaldo?

—Sí, incluso luchamos contra él —le dijo Keira a Xander.

—Me tienen que contar eso después.

John logró ver a Kyle acostado en la cama. Las lágrimas comenzaron a salir de sus ojos, Xander le puso la mano en el hombro.

—Tranquilo, va a estar bien.

—¿No es peligroso que estén dormidos tanto tiempo? —preguntó Gisberto.

—Para una persona normal, sí, pero gracias a su conexión con la serpiente y magia curativa no hay ningún problema... Al menos por ahora... Creo —expuso Lisa.

Érika y Silon se acercaron para poder verlos mejor, habían escuchado mucho sobre Aria, pero nunca la vieron en persona.

—Para ser la primera vez que los cuatro bendecidos estamos reunidos, no era lo que tenía en mente —dijo Érika.

—¿Se puede considerar una reunión si no están despiertos? —preguntó Marci.

—No lo creo —expresó Silon.

Jakxel miró el uniforme que tenía puesto Marci. Era un soldado de Terson.

Se dirigió a ella.

—No sabes cuánto me alegra que hayas traicionado a mi padre.

Marci se confundió, después de unos segundos fue cuando entendió a lo que se refería.

—¿Eres el hijo del rey Renaldo? —le preguntó sorprendida, Jakxel afirmó con la cabeza.

—Pensé que no había tenido hijos —dijo Nathan.

—Me escondió durante toda mi vida para que yo nunca heredara el trono.

—Sí, ahora lo odio más —dijo Lisa.

—Igual que todos aquí —afirmó Dave.

Hubo un leve silencio incómodo, fue cuando Nathan pensó en algo.

—¿Y por qué vinieron hasta acá? —preguntó.

—Encontramos un mapa que decía que una parte del ritual que necesitamos está escondida aquí —dijo Silon.

—¿Qué ritual? —preguntó Dave.

El rey recordó que ellos no sabían nada de lo que había pasado con el rey Renaldo.

—Les contaré lo que pasó el año pasado —dijo Gisberto.

Podía escuchar voces, algunas las reconoció, otras no. Tampoco sabía dónde se encontraba, se sentía asustada. Fue cuando escuchó una voz que conocía muy bien, era su hermano. Abrió los ojos, se sorprendió al ver dónde estaba, pensó que nunca más volvería a ese lugar. Miró alrededor, vio a su padre y a su hermano, pero ellos estaban de espalda. Parecía que nadie se dio cuenta de que había despertado. Siguió mirando a todas las personas que estaban presentes. Fue cuando supo que, si no decía algo, no se darían cuenta. Vio que Nathan tenía su mano cerca de ella, así que movió la suya y la colocó sobre la de él.

Nathan la sintió y se volteó para mirarla. Intentó controlarse para no llorar.

—Aria.

Dave giró su cuerpo para mirarla y comenzó a llorar en cuanto la vio. Lisa también se acercó a los tres. Se unieron en un abrazo. Al fin estaban juntos, por un instante eran felices.

—Tranquilos, estoy bien —dijo Aria mientras se sentaba.

Dave y Nathan la volvieron a abrazar. No era como había prometido regresar, pero al menos se encontraban reunidos otra vez.

—¿Por qué estamos aquí? —preguntó un poco disgustada.

—Sé lo que estás pensando, pero era el lugar más cercano y seguro —comentó Marci.

En ese momento miró a Kyle, casi se le olvidaba que él también estaba allí.

—Sigue dormido.

—No te preocupes por eso. Él se tardará más tiempo en despertar, pues le encanta dormir —dijo Xander.

Volvió a mirar alrededor, fue cuando vio a todas las personas que estaban presentes. Miró a Érika y a Silon, era la primera vez que los veía en persona, pero pudo reconocerlos.

—Así no era como me imaginé que sería conocerlos —dijo un poco avergonzada. En realidad, pensó que nunca los conocería.

—Nosotros tampoco, pero es lo que es —dijo Silon.

—¿Y por qué están aquí?

—Estamos aquí para buscar el fragmento del ritual —dijo Érika.

—¿Está aquí? Pensé que estaba en el castillo.

—Al parecer lo movieron para su conveniencia —dijo Gisberto.

—La pregunta es ¿por qué aquí? De todos los lugares posibles, este orfanato —dijo Marci con desagrado al tener que volver a ese lugar.

—Tal vez porque mi padre quería adoptar a una niña que vivía aquí —dijo Jakxel.

Aria procesó lo que acababa de escuchar. Después de unos segundos logró conectar los puntos.

—¿Tú eres hijo del rey Renaldo? —otra cosa le llegó a la mente—. O sea, ¿que pudimos haber terminado siendo hermanos si mi padre no me hubiese encontrado?

—Espera, ¿tú eras la niña de la que él me habló? —preguntó Jakxel sorprendido.

Aria afirmó con la cabeza.

Jakxel la miró detenidamente, esos ojos y cabello blanco… Ya los había visto antes. Como un sueño borroso.

Dan sintió la necesidad de interrumpir el silencio.

—Este tema es un poco complicado para todos.

—Sí, volvamos al asunto del ritual. Tiene que haber una razón por la que la haya escondido aquí —dijo Silon.

Todos miraron a Aria y a Marci, las dos se quedaron confundidas.

—¿Qué? —preguntó Marci.

—Ustedes vivieron aquí, tal vez sepan algo que nos ayude, no sólo saber por qué lo escondió en este lugar, sino también dónde exactamente —dijo Xander.

Las dos comenzaron a pensar, pero no se les ocurría nada. Pudo haber escogido ese lugar por cientos de razones.

—Tal vez porque aquí no hay nadie, es la mejor idea que se me ocurre —expresó Marci.

Esa era una opción válida, pero no tenía mucho sentido. Siguieron pensando, tenía que haber una mejor razón.

Aria recordó algo.

—Marci, ¿recuerdas la pintura que había en el salón comedor?

—¿Hablas de la pintura del escudo de Terson? —hizo una pausa para poder recordarla mejor—. Sí, la recuerdo, uno de nuestros compañeros se la robó. Nadie nunca la volvió a encontrar.

—Sí, esa fui yo.

Marci la miró seriamente.

—No pensé que tu historia criminal comenzara a tan temprana edad.

—Ese no es mi punto. Recuerdo que cuando la tomé, tenía algo escrito en la parte trasera.

—¿Crees que era el idioma de las serpientes? —preguntó Keira.

—No podía leerlo, así que creo que sí.

—Espera, eres una bendecida. ¿Cómo es que no podías leerlo? —preguntó Silon.

—A diferencia de ustedes, yo tuve que aprender todo sola, nadie me dijo que podía hablar telepáticamente con Celeste o que pudiera leer el idioma de las serpientes.

—Entonces, volviendo al tema, si tú la robaste, sabes dónde está, ¿verdad? —preguntó Xander.

—Sí, recuerdo dónde la escondí —Aria bajó la cabeza.

Marci y Dave supieron de inmediato en dónde estaba.

—No tienes que ir, yo la puedo buscar —dijo Dave.

—No vas a poder sacarla, está escondida en un agujero en la pared y sellada de tal manera que sólo lo puedo abrir con mi magia.

—¿Qué edad tenías cuando hiciste eso? —preguntó John.

—Cinco.

—Sé que dices que la peor etapa de tu vida la pasaste aquí, pero aprendiste muchas cosas gracias a eso —expresó Dan.

—Supongo que tienes razón.

Le gustó escuchar esas palabras, hizo que fuera menos doloroso recordar el tiempo que pasó allí.

Se sentó en el borde de la cama y trató de pararse. Como no se había parado en mucho tiempo, perdió el balance, pero no se cayó.

Nathan se molestó.

—¿Qué haces?

—Voy a buscar la pintura para poder obtener el ritual.

—Pero acabas de despertarte.

—¿Y? —miró a Lisa—. ¿Verdad que no hay ningún problema con eso?

—Si no te sientes mal, supongo que está bien que te pares —dijo Lisa un poco dudosa.

—Lo ves, todo bien, ahora vamos a buscarla.

—Te acompaño —dijo Dave.

Aria comenzó a caminar hacia la salida, conocía ese lugar demasiado bien. Nathan y Marci también los acompañaron.

Capítulo 31

Los demás se quedaron con Kyle, querían que despertara. John ya estaba cansado de esperar.

—Lisa, ¿cuándo va a despertar? —preguntó John.

—No es algo que pueda saber o controlar. Despertará cuando su cuerpo haya descansado lo suficiente.

—¿Y no puedes al menos tener una idea de cuándo será?

—John, tranquilo. Lo menos que podemos hacer es dejarlo descansar. Ya sabemos que está bien —dijo Gisberto.

Xander comenzó a reírse, Keira lo miró.

—¿Qué pasó?

—Nada, sólo recordé cuando una vez nos dijo que le encantaría dormir tres días seguidos. Creo que ya lo logró —expuso Xander.

—Después de esto, no creo que le deje dormir más de doce horas —dijo Gisberto irónicamente.

—Conociéndolo lo seguirá haciendo —expresó John.

Comenzaron a reírse, Jakxel se quedó mirándolos melancólicamente. Le hubiese gustado sentir el amor de una familia.

Siempre supo que tener el apellido de la realeza de Terson sería un problema y estaba en lo correcto, hasta ahora. Tenía lo opción de arreglar todo lo que su reino había causado. Se preguntaba si tal hazaña sería posible, pues arreglar cien mil años de historia y rivalidad con las otras monarquías sería difícil.

Creía que la diosa y las serpientes odiaban su reino, pero esperaba que lo ayudaran a reparar todo.

Vieron que Kyle comenzó a moverse, pensaron que iba a despertar, pero sólo volvió a acomodarse de lado. Todos se miraron por un momento, no estaban seguros de qué hacer.

—Entonces… ¿Lo despertamos? —dijo Keira un poco confundida.

—Si no lo hacemos, se quedará así por al menos otros dos días —expresó Gisberto.

Una sonrisa apareció en la cara de John. Tuvo una idea.

—Yo lo hago.

—Por la diosa. Sé delicado, por favor —le indicó Xander.

John se acercó a su hermano, podía ver perfectamente su cuello. Sin pensarlo dos veces, le presionó las venas de poder.

Kyle se levantó de inmediato por el dolor y colocó su mano en el cuello.

—John, ¿por qué hiciste eso? —Kyle preguntó molesto.

—Era eso o que te quedaras dormido más tiempo.

—Llevas diez días dormido —le aclaró Xander.

—¿Diez días? —preguntó Kyle atónito.

—Sí, pero pudieron haber sido más si no te levantábamos —dijo John.

—Diez días y la verdad es que sigo un poco cansado.

—Eso no es nada nuevo —aseguró Keira.

Se sentó en la cama, John lo abrazó. Se contuvo para no volver a llorar.

—No vuelvas a entregarte al enemigo.

Kyle le devolvió el abrazo.

—No planeo hacerlo otra vez.

—Ni siquiera lo pienses. Si lo vuelves hacer, mi padre no tendrá misericordia —dijo Jakxel.

Kyle lo miró extrañado. Para comenzar, no lo conocía y le acababa de decir que era el hijo del rey Renaldo. No quiso preguntar nada porque sabía que Renaldo no era una buena persona y tal vez él había sufrido por eso.

Comenzó a mirar alrededor, se preocupó al no verla

—¿Y Aria? ¿Dónde está?

—Está bien. Se encuentra aquí, en el orfanato. Fue a buscar algo, ya regresará —dijo Gisberto.

Kyle se alivió al saber que Aria estaba bien y se encontraba allí… con él.

Fue cuando vio a Érika y a Silon, no los veía desde un largo periodo.

—Ha pasado mucho tiempo.

—Sí, al menos esta vez podremos ayudarte con tu magia, si deseas —dijo Silon.

—Sobre eso, creo que ya tengo la estrategia.

—¿Desde cuándo tienes esa confianza con tu magia? No es que no me alegre por eso, pero no me lo esperaba —dijo Érika sorprendida.

—Fue gracias a Carmesí, ella me ayudó mucho —expresó con una sonrisa en la cara.

—Te dijimos que, cuando lograras hablar con ella, conseguirías muchas cosas. Claro, ella te dio su apoyo, aunque tú hiciste todo el trabajo —dijo Silon.

—Tienes razón —hizo una pausa—. Y ¿me van a contar qué pasó mientras no estábamos?

Aria se encontraba parada justo al frente de su antiguo cuarto de castigo. Nunca pensó que regresaría allí, pero allí estaba, parada frente a un pasado que quería olvidar.

Había robado castillos, escapado de las peores prisiones e incluso luchado en guerras y nunca se asustaba en esos momentos. Pero lo que estaba a punto de hacer no se comparaba con nada de eso. Trató de alejar los pensamientos que tenía en su cabeza.

Marci le puso la mano en el hombro.

—¿Segura que quieres hacerlo, Aria?

—No tenemos opción.

Tomó la manija de la puerta, comenzó a abrirla lentamente. Sintió que la mano temblaba. Cuando la abrió, tuvo que contenerse para no cerrar los ojos. Su padre y hermano vieron su antiguo cuarto de castigo, era la primera vez que Nathan estaba allí.

Quería pasar el menor tiempo posible en ese lugar, fue directamente a lo que iba. Caminó hasta el final del cuarto, se arrodilló frente a la pared. Buscó los dos agujeros que había hecho, eran del tamaño de un clavo. Tapó uno de los dos con el dedo y comenzó a introducir aire por el otro para crear presión. Cuando ya no podía aguantar más aire, la placa de madera se salió. En su interior estaba la pintura enrollada y una caja pequeña. Tomó el rollo y se paró, Nathan se quedó mirando la caja. Notó que tenía unas manchas, pero no pudo ver exactamente de qué era.

—¿Qué hay adentro?

—Algo que no quiero volver a ver —manifestó Aria mientras salía.

Dave y Nathan miraron a Marci.

—No me mires a mí, yo no sé qué hay adentro. Recuerden que en aquel entonces éramos enemigas.

—Es mejor que no la molestemos con el tema, es bastante difícil para ella —aclaró Dave.

—Puedo confirmarlo mejor que nadie —hizo una pausa—. Y lo peor es que yo formé parte de eso —reveló Marci arrepentida.

—Pero cambiaste, y eso es lo importante.

—¿Cómo puedes estar tan seguro de eso?

—Fácil, Aria me contó todo —expuso el hermano de Aria mientras salía.

Miró a Nathan un poco avergonzada

—¿A qué te refieres con todo? ¿De verdad te dijo todo?

Pensó por un segundo.

—Pues como no he escuchado tu parte de la historia, no puedo estar cien por ciento seguro, pero creo que sí.

—Gracias por tranquilizarme —le dijo irónicamente Marci.

—De nada —expresó Nathan mientras le sonreía y se alejaba.

Comenzó a reírse.

—Ya sé de dónde sacó Aria su humor.

Luego Marci se quedó sola en el cuarto y la invadieron los recuerdos del pasado.

Regresaron adonde se encontraban las camas. Cuando entraron, vieron que Kyle ya estaba despierto. Aria lo miró, Kyle le sonrió, pero ella no se veía contenta.

Le dio la pintura a Silon.

—Está en la parte de atrás.

Silon le iba agradecer, pero antes de que pudiera decir algo, ella volvió a salir.

Se quedaron un poco sorprendidos por su actitud, pero sólo unos cuantos sabían por qué había vuelto a salir. Dave miró a Nathan, le hizo una señal con la cabeza. No tuvo que preguntar para saber a qué se refería, se fue detrás de su hermana.

Silon abrió la pintura y la miró por la parte posterior. Aria tenía razón, era el lenguaje de las serpientes. Érika y Silon cerraron los ojos y los volvieron a abrir. Ahora sus ojos eran negros. Leían el ritual y se notaba que estaban sorprendidos por lo que decía.

Kyle trató de ver qué decía la pintura, pero no podía verlo.

—Oigan, déjenme ver, por favor.

—Oh... Claro —dijo Keira mientras se acercaba a él.

Cerró los ojos y los volvió a abrir, comenzó a leer. Esa parte del ritual era más difícil de entender que la anterior. Se preguntó si las otras tres partes serían de mayor dificultad.

—Creo que ya podemos saber por qué el cuerpo mortal de Shiori murió después de ejecutar ese ritual —aseguró Silon.

—¿A qué te refieres? —preguntó Kyle.

—Esta es sólo una parte, pero mira toda la cantidad de magia que se tiene que usar.

—Pero pensé que el medallón de Krizys hacía todo el trabajo —dijo Keira.

—Sí, pero según lo que dice aquí, para ejecutar el ritual se necesita ayuda del portador —informó Érika.

—¿Y eso cómo funciona? —preguntó John.

—No lo podemos saber, esta es sólo una parte —expuso Silon.

—Primero debemos tener todas las partes juntas para poder saber de qué se trata —expresó Kyle.

—Entonces tenemos que ir a Sileria y a Sheztra, las otras dos partes deben estar en los castillos —supuso Xander.

—Y yo puedo buscar la tercera parte en el castillo de Hexno —Lisa se ofreció.

—Claro, si tu padre no los mata primero —dijo Dan en voz baja.

—No lo hará… Creo —opinó Dave, quien comenzó a arrepentirse de muchas cosas

—Entonces, ¿cuándo nos vamos? —preguntó Kyle.

—Mañana, primero nos aseguraremos de que tú y Aria estén bien. Es un largo viaje —dijo Gisberto.

—Pero Lisa le dijo a Aria que podía caminar, siempre y cuando no se sintiera mal.

—Un momento, ¿escuchaste todo lo que dijimos? —preguntó John.

—No todo, pero un poco, sí.

—O sea, ¿que nos estás diciendo que ya estabas despierto? —cuestionó Gisberto.

—Sí, pero no me quería levantar.

John se llevó las manos a la cara, Xander lo miró a los ojos.

—Nunca vas a cambiar, ¿verdad?

—La probabilidad de que eso pase es bastante baja —se rio Kyle.

—Sí, me imaginé que dirías algo así.

Comenzaron a reírse y, de nuevo, Jakxel se quedó mirándolos. Le gustó ver que era una familia feliz. Supo que debía ayudarlos.

Capítulo 32

Ya la había buscado por todo el orfanato, pero no la encontró. No creía que se hubiera ido. Sabía que no conocía nada más de ese territorio, a excepción del orfanato. Comenzó a pensar que había sido un error llevarla allí, pero no tuvo otra opción. Además, resultó ser un lugar de importancia, a veces no entendía si era el destino o sólo una pura casualidad.

Salió hacia los jardines, el único lugar en el que le faltaba buscar. Caminó alrededor del edificio, comenzó a pensar que no la encontraría. Hasta que escuchó un llanto. Ya había escuchado ese sonido antes, así que lo persiguió hasta llegar a un árbol seco. Se sentó a su lado, automáticamente puso los brazos alrededor de ella y la abrazó. Aria se calmó un poco y él permaneció callado. Sólo se abrazaron por un rato.

Cuanto más pensaba que se encontraba en ese lugar, más miserable se sentía. Aria trató de recordar lo que Celeste le dijo: "Esa etapa de su vida ya había pasado". Quería olvidarlo, pero la verdad era que hasta en sus sueños la perseguían. Hizo un esfuerzo por no volver a llorar, pero Nathan se dio cuenta de eso.

—Yo también tuve pesadillas después de que mamá muriera.

Aria se sentó para poder verlo a los ojos.

—Nunca dijiste nada.

—No, porque lo enfrenté —hizo una pausa—. Dime, ¿necesitas enfrentar esto?

Bajó la cabeza.

—No sé si pueda hacerlo sola.

—Nunca dije que tuvieras que hacerlo sola. En mi caso, yo estaba acompañado de papá.

—¿Crees que pueda?

Miró a su hermana seriamente.

—¿En serio me preguntas si creo que eres capaz de hacerlo?

—En ese caso, sígueme —dijo mientras se paraba.

Nathan se paró y la siguió de vuelta al interior. Mientras regresaban, Aria trató de no alzar la mirada del suelo. Era todo lo que necesitaba ver. Caminaba por los pasillos y podía escuchar nuevamente a los niños hablar, reírse y decir su apodo de forma burlona. Si tan sólo hubiera podido usar su magia. Pero no pudo usarla. No sólo porque estaba prohibido, sino también porque Celeste le había dicho que su magia debía ser usada con sabiduría y no para cosas que no fueran necesarias.

Aria llegó otra vez a su antiguo cuarto de castigo. Tomó la cajita del agujero en la pared donde había recuperado la pintura. Se quedó mirándola por un momento, Nathan se paró junto a ella. Pudo ver la caja de cerca y se percató de las manchas rojas que tenía. Se la quitó de las manos a Aria, la volteó en todas las direcciones posibles y vio que tenía sangre en todos los lados.

—¿Por qué está llena de sangre? —no recibió una respuesta—. ¿Es tu sangre?

—Sí, lo es.

Volvió a tomar la cajita y se sentó contra la pared. Tomó aire y la abrió, pero no tuvo el valor de ver lo que había dentro. Nathan vio lo que era y lo tomó en su mano. Era la hebilla de un cinturón, pero estaba un poco doblado. Ella miró la cerradura de la puerta y volvió a mirar la hebilla.

—Ese fue el primer instrumento que usé para poder escapar —aclaró Aria.

Trató de mirar a su hermana a los ojos, pero los tenía cerrados.

—¿Cómo la conseguiste?

El simple hecho de recordarlo hizo que le volviera a doler el cuerpo.

—Ese día intenté escaparme de este lugar. Los cuidadores lograron atraparme y me trajeron aquí de vuelta —hizo una pausa, pensó que no podía seguir contando la historia—. Uno de ellos se quitó el cinturón y, antes de poder zafarme de él, comenzó a pegarme en los brazos y en la espalda con la parte que tenía la hebilla. Lo hizo tan fuerte que se rompió. La hebilla terminó enterada en mi espalda. Aun así, no se detuvo y continuó pegándome. Después de unos diez minutos se fue. Yo me quité la hebilla y mi magia me curó. Pensé que me serviría para poder escapar, por eso la guardé —Aria no pudo seguir hablando.

Es por eso que la caja estaba manchada de su sangre. La había guardado el mismo día.

—Supongo que después la usaste para abrir la puerta.

Aria afirmó con la cabeza, todavía tenía los ojos cerrados.

—¿Y por qué no te fuiste si podías salir?

—Porque tenía miedo, no conocía a nadie, además de Celeste. Sabía que no podía viajar sola hasta la montaña Picos Escamas y no quería quedarme en Terson. Hubiese terminado viviendo en el bosque o muerta. No tenía opción en aquel entonces.

—Sí, pero ahora tienes opción —tomó su mano y le puso la hebilla.

Aria sintió el metal en su mano, quería tirarlo al suelo y desaparecerlo.

—Si de verdad quieres enfrentarlo, abre los ojos, pero si quieres seguir viviendo con esa herida, devuélvemelo y lo guardaré para siempre —le dijo Nathan con un tono serio.

Entendía lo que debía hacer, pero no sabía si tenía la fuerza. Volvió a ser esa niña de cinco años que no tenía escapatoria. Quería irse de allí, no deseaba enfrentarse a nada de eso. Comenzó a llorar nuevamente, le devolvería la hebilla.

Sintió la mano de Nathan en su hombro.

—Aria, eres invencible —dijo suavemente.

Su corazón se detuvo por un segundo. En su mente se dibujó un recuerdo que tenía de su madre, la primera vez que la vio. Desde el primer día fue muy amable y paciente con ella. Ese mismo día le dijo esa frase. Recordó por qué asistió a las clases de magia, porque en algún momento había querido cumplir con su deber. Pero todo eso desapareció con la muerte de su madre. Su presente era bien distinto, ahora era la más buscada de Nesshia.

No podía dejarlo todo, le prometió a su madre que lo cumpliría. A su padre no se lo había prometido, pero sabía que él esperaba lo mismo. Como su hermano le acababa de decir, podía hacerlo. Era tan fácil y difícil al mismo tiempo… Pero tenía que lograrlo.

Tomó aire, abrió los ojos y bajó la mirada. Miró la hebilla. A diferencia de la cajita que tenía su sangre, la hebilla estaba totalmente limpia, pero ella todavía la veía ensangrentada. Más lágrimas salieron de sus ojos, no sabía por qué no podía detenerlas. Sintió que todo se derrumbaba sobre sus hombros.

—Es bueno que dejes salir todo. Tienes la idea de que, como eres una mercenaria y bendecida, debes contener las emociones. Déjame decirte que, por experiencia propia, eso sólo te lastima más, pero creo que ya lo notaste. Llora unos minutos, unas horas, e incluso unos cuantos días si es necesario. Te sentirás mejor después. Lo más importante es que cuando termines, te levantes —le dijo su hermano.

Se calmó después de haberlo escuchado.

—Todos estos años y no sabía que dabas este tipo de consejos —dijo Aria tratando de sonreír.

—Lo hago solamente cuando es necesario —le contestó Nathan

mientras le secaba las lágrimas.

Aria miró la hebilla que tenía en la mano. Por fin vio lo que era, un trozo de metal que utilizó para abrir el seguro de la puerta.

—Gracias.

Capítulo 33

Ya era de mañana y se estaban preparando para irse del orfanato. Dave le había pedido a Aria y a Marci que buscaran algunas cajas para guardar las provisiones para el viaje de regreso. Aria registraba el comedor mientras que Marci buscaba en la cocina. No lograron encontrar ninguna caja que estuviera en buen estado.

Aria recordó que todavía no habían buscado en el almacén, el cual se encontraba justo al lado de la cocina. Así que caminó para abrir la puerta del almacén. Marci se dio cuenta de lo que iba hacer y gritó.

—¡No!

Pero lo dijo demasiado tarde. Aria ya había visto quién se encontraba adentro y comenzó a gritar de enojo.

Dave y Nathan estaban ayudando a empacar, cuando escucharon el grito y de inmediato corrieron por el orfanato buscando de dónde provenía. Dan, Xander y Gisberto llegaron directamente al almacén. Los cinco quedaron atónitos con lo que vieron. Aria estaba atacando a Brian. Marci trataba de sostenerla para evitar que lo matara. Marci no lo hacía porque quería conservarle la vida a Brian, sino porque el rey había dado la orden de hacerle un juicio. Debían obedecer. Brian se encontraba encadenado a la pared. Tres soldados lo vigilaban, pero ahora estaban inconscientes en el suelo. Todos asumieron que Aria lo había hecho.

Marci se estaba desesperando. Aria era fuerte y no parecía que se detendría. Tuvo que hacer una pared de hielo entre Aria y Brian.

—¡Aria, cálmate! —dijo Marci con tono fuerte.

—¡¿Por qué está aquí?! ¡Deberían matarlo! —vociferó Aria enfurecida.

A través de la muralla de hielo Aria miraba fijamente a Brian. Él tenía una sonrisa en su cara y eso la enojaba más.

—¡Aria, ya basta! —exclamó Nathan mientras ayudaba a Marci a sujetarla.

—Tienes que calmarte —expuso Dave uniéndose al esfuerzo de Nathan por tranquilizarla.

—Brian sufrirá consecuencias por sus actos —aseguró Xander.

—Será juzgado y condenado por nuestras leyes. Lo necesitamos con vida por ahora —añadió el rey Gisberto.

—Espera a que lleguemos, podrás tener tu venganza —dijo Dan mirándola fijamente a los ojos.

Nada de lo que dijeron logró calmarla y eso les inquietó. Dan sólo pensaba en que sí Celeste hubiese estado allí habría podido calmar a su bendecida.

Aria estaba a punto de zafarse de quienes la sostenían, cuando escuchó en su mente la voz de Kyle. Se comunicó por telepatía.

—Aria, cálmate. Tendrás tu venganza. Lo prometo. Pero tienes que esperar.

Sorprendentemente su voz fue suficiente para aquietar su deseo de aniquilar. Después de asegurarse de que Aria no volvería atacar, la soltaron.

Aria miró detrás de ella y logró ver a Kyle parado en la puerta.

—Está bien, pero más vale que le den la pena de muerte.

Fue lo último que dijo Aria antes de salir del almacén.

Continuaron preparándose para partir. El rey Gisberto no deseaba que Kyle se sobrecargara después de todo lo que había pasado. Pero su hijo menor no se iba a quedar sin hacer nada, quería ayudarlos. Kyle escuchó que alguien estaba detrás de él. Miró y vio a Jakxel. Dialogó con él el día anterior y se dio cuenta de que él quería lo mejor para su reino.

—¿Puedo hacerte una pregunta? —dijo Jakxel tímidamente.

—Claro.

—¿Cómo son? Siempre me dijeron que eran criaturas malvadas y poderosas, pero la verdad es que nunca pensé lo mismo.

Kyle supo de inmediato que estaba hablando sobre las serpientes.

—Bueno, no son malvadas, pero sí son poderosas —comenzó a pensar en una manera de poder explicárselo—. Sólo he conocido a dos de ellas, pero estoy seguro de que las cuatro son muy parecidas. Por la experiencia que tengo con Carmesí, son muy protectoras con sus bendecidos. Obedecen a Shiori en todo momento. También tienen mucha sabiduría. La mejor parte es que poseen sentido del humor. Uno pensaría que serían serias, pero tienen su lado gracioso.

—Suena a que son lo contrario a lo que todos en Terson piensan.

—Eso es porque tienes una idea errónea de ellas. Cuando terminemos con esto, tal vez podamos remediar el malentendido de tu reino con la diosa.

Bajó la cabeza.

—De eso no estoy tan seguro.

Ahora se encontraba confundido. Pensó que él estaba de su lado. Si de verdad quería detener a su padre, tendría que cambiar su visión de las serpientes.

—Pero pensé que nos querías ayudar a derrotar a tu padre —dijo Kyle.

—Claro que quiero detenerlo, pero eso no significa que crea lo mismo que tú.

—Perdón, estoy confundido —respiró profundamente—. Acabas de decir que estaban equivocados sobre las serpientes y la diosa.

—Sólo me refería a las serpientes, la diosa es otro tema —expresó Jakxel un poco molesto.

—Oh… ya veo.

Se dio cuenta que ese tema era más delicado de lo que pensaba. La verdad era que nunca había entendido muy bien este asunto, aunque lo pretendía, pero no estaba seguro si debería preguntar más. Lo pensó por unos segundos y decidió proseguir.

—¿Por qué odian tanto a la diosa? —Jakxel lo miró serio—. Sólo quiero saber, nunca lo entendí, al igual que tú.

Jakxel dejó salir un suspiro.

—Supongo que no lo enseñan en los otros reinos —se dijo a sí mismo—. Dime, ¿nunca te has preguntado por qué la diosa sólo creó cuatro serpientes cuando existen cinco reinos?

Comenzó a pensar.

—Bueno, en aquel entonces no existían los reinos, solamente los líderes de las cinco regiones.

—Las cinco regiones se convirtieron después en los cinco reinos. Ella ya sabía que las cinco existían, pero sólo creó cuatro.

—No podía crear la quinta, puesto que hubiese tenido que usar la gema del anillo de Samus. Todos saben que esa gema representa la magia malvada.

—Ahí está, piensa igual que los otros reinos —pensó Jakxel para sí—. Ella nunca dijo que el anillo fuera magia malvada, dijo que era magia extraña.

—Bueno… eso es cierto.

—Antes Osamu y Shiori solían ser compañeros. Ella fue la primera portadora del anillo de Samus, pero después se lo cedió a Osamu. Por un tiempo lograron trabajar en armonía, aunque él no usaba las técnicas que ella llevaba a cabo. Se complementaban. Cuando Osamu se rebeló, en vez de tratar de ayudarlo, se fue por lo más fácil, desterrándolo y olvidándose de él. Él difería de ella y Shiori lo tomó como una rebelión. Cuando la diosa bajó a este mundo para combatirlo, el líder de Terson de aquel entonces trató de razonar con ella y convencerla de que hablara con él, pero Shiori lo interpretó como que el líder no estaba de su lado. Por eso sólo creó cuatro serpientes. Tenía miedo de que la quinta serpiente tratara de sacar a Osamu de su exilio del inframundo y traicionarla, ya que la gema era parte del anillo de Samus. Y debería añadir que ese mismo anillo actúa bajo las emociones del portador y también las amplifica. Por esa misma razón, la gema corrompió a Osamu. A consecuencia de esto, Shiori no quiso usar algo que puede corromper a su portador tan fácilmente para crear una serpiente. Por eso, dejó de confiar en su antiguo compañero y más leal amigo —hizo una pausa—. Si deseas saber mi opinión, yo creo que ella nunca dejó que Osamu se explicara. Nunca escuchó las razones del desacuerdo entre ellos. Sólo lo atacó.

—Se dice que la traicionó en una misión. Seguramente quería usar un plan que involucraba maldad y Shiori no lo permitió. Yo… no sabía que ustedes pensaban que ella debió haberlo ayudado a entrar en razón. —dijo Kyle sin poder creerlo.

—Nosotros olvidamos todo lo que tenía que ver con la diosa, menos eso. Los otros reinos recuerdan todo lo que hizo Shiori, pero no enseñan esa parte de la historia porque temen que su gente comience a opinar como el pueblo de Terson —hizo una pausa—. Ya sabes el relato completo, ahora pregúntate quién era el villano.

Cuando terminó de hablar, Jakxel se fue. Kyle se quedó solo pensando en todo lo que le dijo. Nunca se había preguntado nada sobre Osamu. No se lo enseñaban en los servicios religiosos. Entendía por qué él pensaba así. ¿Había Shiori cometido un error? Por experiencia, Kyle conocía que uno podía pensar algo de una persona y equivocarse. Les había sucedido con Aria.

Necesitaba escuchar la historia de la fuente principal, necesitaba hablar con la diosa.

Aria estaba en el exterior ayudando a los soldados a guardar las cosas para el viaje. Mientras lo hacía, logró ver a Dan a lo lejos. Se había dado cuenta de que él y su padre se llevaban bien o se estaban soportando, por ahora. Aun así, necesitaba hablar con Dan. Entonces se acercó a él.

—Dan, ¿podemos hablar en privado?

—Claro.

Los dos caminaron a la parte trasera del orfanato para poder hablar sin nadie que pudiera escucharlos.

Aria habló primero.

—¿Mi padre sabe que fuiste tú?

Dan supo de inmediato a qué se refería.

—No, no le he dicho que fui yo el responsable de enviar a la persona que causó el incendio que mató a tu madre —bajó la cabeza e hizo una pausa mientras pensaba —. Yo me hago cargo y se lo diré si…

Aria lo detuvo.

—No. No le vas a decir nada.

Dan la miró confundido.

—¿Quieres ocultárselo?

—Él ya está en paz con lo que pasó, piensa que fue un accidente. No quiero quitarle esa paz al decirle que en realidad fue un asesinato.

—¿Estás segura de que es la mejor opción?

—Sé que es cruel, pero por ahora no le digas nada.

—Como quieras —dijo Dan un poco inseguro de esa decisión.

—Se lo diré algún día, pero ahora no. Considerando todo lo que está pasando en Terson, no creo que sea una buena idea decirle.

—Escucha, Aria, no me voy a involucrar en asuntos de tu familia, ya no más. Si no quieres que le diga por ahora, lo respetaré, pero no te lleves ese secreto a la tumba —dejó salir un suspiro—. Tú y tu familia no fueron los únicos afectados.

Aria lo observó por un momento. Sabía que Dan se sentía culpable por lo que había hecho y todavía cargaba con el peso de sus acciones.

—Te prometo que los dos le diremos lo que pasó, pero cuando todo esto termine. Si alguno de nosotros muere en el proceso, el otro se ocupará de decirlo.

Dan se sorprendió al escuchar eso. Sabía que lo había dicho para asegurarle que se lo diría a su padre, pero no le gustó que pensara que alguno de los dos podría morir. Aunque era verdad y había una gran posibilidad, no le agradó pensarlo.

—Estoy de acuerdo, pero cuídate. Necesitamos que los cuatro bendecidos vivan.

—Haré lo que pueda.

Estaban de camino a la frontera. Si aceleraban, conseguirían llegar antes de la siguiente luna. Y eso era lo que trataban de lograr. Gisberto y Xander iban al frente guiando a todos. Dan, Marci y Jakxel se encontraban en el medio de la caravana, su trabajo era vigilar que Brian no se escapara. Después de lo que había hecho, decidieron no matarlo, al menos no por ahora. Le sacarían un poco de información, tal vez podrían encontrar una manera de vencer a Renaldo.

Xander, Keira, John, Lisa, Dave y Nathan estaban detrás de ellos. En realidad, no hablaban mucho, excepto Lisa y John. Xander y Keira intercambiaban miradas, era demasiado obvio. John no se daba cuenta de sus propias emociones. No se meterían en eso, pues no les incumbía, pero al mismo tiempo querían ayudarlo. John no era el mejor cuando se trataba de expresar sus sentimientos.

Los cuatro bendecidos se encontraban al final de esta caravana y los seguía lo que quedaba de sus tropas. Érika ya estaba aburrida, no sabía por qué nadie conversaba. Miró a Silon con la intención de dialogar, pero se percató que él estaba observando a Aria. La escapista de Nesshia podía sentir su mirada y eso la ponía incómoda. Entonces decidió confrontarlo.

—¿Te gustaría explicar por qué me estás mirando?

—¿Eres mercenaria? —preguntó Silon.

—Sí —contestó Aria confundida con la pregunta.

—¿Llegaste a ir a una escuela de magia?

—¿Por qué tantas preguntas?

—Contesta —dijo Silon con mucha fuerza.

Aria se estaba irritando

—Fui a una escuela de magia, pero nunca terminé y no me gradué.

—Se nota —Silon le contestó, dudando de sus habilidades.

Capítulo 34

Estaban sentados en círculo para comer. De repente, el rey Gisberto rompe el silencio.

—Kyle, Aria.

Sabía que alguien no se tardaría en hablar, pero no pensó que fuera el rey. Los dos lo miraron. Intuyeron de inmediato el motivo de su llamada.

—Hay una cosa que no logro entender. ¿Por qué se entregaron? —preguntó Gisberto.

Kyle y Aria se miraron, no sabían cómo explicarlo de manera que los entendieran.

—Es un poco complicado —dijo Kyle.

Comenzó a contar lo que había pasado. Sus recuerdos se transportaban a ese momento.

Estaba sentado frente a su escritorio, no sabía cuánto más podría soportar que Carmesí lo mirara. Sentía que lo estaba juzgando. Después de lo que había hecho… ¿Por qué fue tan estúpido como para pensar que iba a poder vencer al rey Renaldo? Según lo que le dijo Carmesí, ellas tuvieron que cambiar a su tamaño real para proteger a Jenia. Si solamente hubiese obedecido la orden de retirarse, ahora muchas cosas serían diferentes.

—Sabes que seguir arrepintiéndote no te va a ayudar.

—No lo puedo evitar, por mi culpa casi terminamos en las manos de Terson. No sé cómo se lo voy a explicar a Aria.

—Pues piensa rápido, porque no vas a poder evitarla para siempre. Ya pasaron dos días y no has salido de aquí. Mejor encuentra una respuesta ahora.

—Haré algo mejor —se levantó de la silla—. Voy a ir a hablar con ella ahora mismo.

—Eso suena mejor.

Se subió al brazo de Kyle, después salieron a buscar a Aria.

No estaba seguro de por dónde comenzar a buscarla. Conociéndola, seguramente salió de su habitación desde el momento en el que se despertó.

—Miren quien apareció.

Xander estaba parado detrás de él. Entonces, lo vigilaba…

—¿Qué? ¿Cometo un error en batalla y ahora nadie me va a sacar los ojos de encima?

—No, sólo quería saber cuándo ibas a salir de allí. Tienes que verte en tu mejor actitud cuando el rey Vikram llegue.

—¿Qué?

—Van a venir para arreglar el malentendido de las tierras. Llegarán dentro de cinco días. Era eso o entregar a los soldados que lucharon en la batalla del Día 87.

Inmediatamente recordaron esa guerra. La que lucharon los jenianos contra el reino de Hexno por los terrenos sagradas. La vil pelea en donde murió el padre de Dan. Esas palabras le dieron una idea, era una idea loca, pero podía funcionar. Primero tenía que encontrar a Aria.

—Gracias por decírmelo. ¿Sabes dónde está Aria?

—Terminó de entrenar hace media hora, debería estar en su habitación.

—Gracias, te veo después.

Siguió caminando hacia la habitación de Aria. Cuando llegó, se detuvo frente a la puerta. Le tomó unos segundos encontrar el valor suficiente para tocar, pero lo hizo.

Aria abrió la puerta y se quedó parada frente a él con los brazos cruzados. Se miraron por unos segundos antes de romper el silencio.

—Tenías razón —le dijo Kyle.

—¿En serio? No me había dado cuenta de eso —argumentó Aria sarcásticamente.

—Escucha, lo siento. Nunca quise que nada de esto pasara. Te dije que tomaría la responsabilidad y lo haré. Sólo pido tu perdón, por favor.

Le sonrió.

—Eso era lo que quería escuchar —lo dejó pasar, cerró la puerta—. A mí me pasó algo parecido cuando recién comencé a luchar con mi padre, no te culpo.

—Debí haberte escuchado.

—Sí, pero no podemos cambiar el pasado.

—Vamos a entregarnos a Terson.

Aria se quedó mirándolo, incluso las dos serpientes lo observaban. Ese comentario había salido de la nada.

—Disculpa, creo que no te escuché bien.

—Oh no, escuchaste bien.

—¡En nombre de la diosa! Kyle, ¿te golpeaste la cabeza?

—Escúchame. Si estamos en Terson podríamos atacar desde adentro.

—Pero el rey Renaldo tiene el anillo y el medallón —miró a Celeste—. ¿Cierto?

—Es cierto que los tiene, pero eso es todo lo que recordamos.

—¿Como que es lo único que recuerdan? —preguntó Aria a la serpiente.

—¿Qué te dice? —preguntó Kyle.

—Según Celeste, no recuerdan nada de lo que pasó ese día, ni como el rey Renaldo usó el anillo y el medallón.

Aria miró a Carmesí confundida. Esperaba que le explicara a Kyle lo que sucedió ese día.

—El rey utilizó la magia del anillo sobre nosotras cuando intentamos protegerlos, no nos lastimó, pero sí logró borrar nuestra memoria de lo que pasó en ese momento —confirmó Carmesí.

—¿Qué dijo? —preguntó Aria a Kyle.

—Dijo que el rey Renaldo usó la magia del anillo en ella y les borró la memoria de ese momento —hizo una pausa, estaba asustado por lo que iba a decir—. Pudo haberlas matado en ese mismo instante. ¿Por qué no lo hizo?

Entendió que tenían que actuar pronto, no le gustaba la idea de tener que regresar a Terson, pero tenía que hacerlo.

—¿Cuál es tu plan?

Se quedaron sorprendidos al escuchar el relato de Kyle. De verdad ellos dos habían planeado todo cuando se entregaron a Terson. Antes de que pudieran preguntar algo, Kyle continuó explicando.

—Después de eso aproveché que teníamos que ir a Hexno a buscar información sobre Osamu para llegar a Terson —dijo Kyle.

—Claro que el rey se nos adelantó y nos encontró antes, sin mencionar que tenía las dos joyas combinadas —dijo Aria.

—Y eso fue lo que pasó —concluyó Kyle.

—O sea que, aunque no hubiésemos ido por ustedes, ¿iban a ir a Terson y no regresarían a Jenia? —preguntó Gisberto.

—Correcto.

—Renaldo utilizó el medallón y el anillo el día del ataque, las dos serpientes lo vieron —dijo John.

—Sí, pero les borró los recuerdos de manera que no recordaran que las había combinado —les aclaró Xander.

—Si lo hubiésemos sabido, nunca habríamos ido —expresó Aria

lamentándose.

Gisberto bajó la cabeza.

—Nosotros sí lo sabíamos. Vimos cuando las usó, pero nunca se lo dijimos a ustedes —dijo arrepentido.

Kyle y Aria cruzaron miradas, no sabían si debían estar molestos con él.

—Hay otro asunto que deben saber —interrumpió Jakxel.

Todos lo miraron asustados, ya sabían que su padre les contaba sus planes. Tenían miedo de lo que pudiera decir.

—¿No se preguntaron cómo logró controlar esas sombras en la capital? —nunca se cuestionaron eso—. Es porque él las creó.

—Pero las sombras se creaban con las almas de las personas o espíritus muertos —trató de aclarar Kyle.

—Sí, lo sé —estaban sin habla—. Mató a varios soldados para poder crear más. Uno de sus objetivos es volver a controlar las sombras que viven en las Cuevas del Pesar.

—¿Qué te dije? —Aria le susurró a Dan.

—¿Usó el anillo y el medallón para crear más sombras? —preguntó Gisberto.

—Eso fue lo que me dijo.

—Es imposible que sea la única que piense que sus planes son bastante raros —expresó Aria.

—Dices que son raros, más bien macabros. Deberías leer esto —dijo Silon mientras le pasaba los papeles que había encontrado en el castillo.

Los tomó y comenzó a leerlos.

—Los encontramos en el castillo de Terson, estaban en un cuarto escondido —les informó Érika.

Mientras leía, sentía que se llenaba de odio. ¿Cómo era capaz de hacerle eso a Jakxel? ¿Y a ella también? No estaba segura de sí debería decirle, pero tenía que saber la verdad de por qué su padre lo había escondido.

—Ah… Jakxel. ¿De casualidad tu padre te dijo por qué te estaba escondiendo?

—Sí, no quería que yo tomara el trono. ¿Por qué?

—Bueno… Digamos que estos papeles dicen otra cosa.

Jakxel se mostró preocupado. No quería conocer otra dolorosa verdad

—¿Qué es lo que dice?

—Es cierto que te escondió para que no tomaras el trono, pero eso no es todo. Aquí dice que te iba a usar como sacrificio para que Osamu no lo matara y le diera parte de su poder.

Eso sí que no se lo imaginaba, nadie allí presente se lo esperaba. Se seguían preguntando cómo, a estas alturas, todavía se sorprendían de lo que hacía el rey Renaldo.

Aunque le acababa de decir que su padre planeaba sacrificarlo, estaba tranquilo. No sabía muy bien por qué, pero no lo alteraba. Tal vez porque, dentro de él, siempre supo que lo quería matar.

—Eso no es todo —dijo Aria.

—¿Hay más? —preguntó Érika.

— Sí, hay más. Marci, ¿recuerdas lo que el rey Renaldo me susurró al oído cuando estaba dormida?

—¿Que quería hacerte reina de Terson? Sí, lo recuerdo.

—Pues también dice eso, pero tenía todo un plan detrás. Primero, sacrificar a Jakxel para obtener el poder de Osamu. Segundo, convertirme en la —con sólo pensarlo se molestaba—siguiente reina de Terson. Tercero, quería que yo vigilara a Terson mientras él se apoderaba de los otros cuatro reinos — hizo una pausa, se dio cuenta de que le faltó una parte—. Y, por último, desterraba a Osamu y se quedaba con todo el control de Nesshia. Al mismo tiempo, mataba a las serpientes.

Se quedaron callados, estaban analizando todo lo que acababa de decir. Debían detener al rey Renaldo y sus tropas. No podían permitir que Nesshia cayera bajo el dominio de la maldad de Osamu.

Capítulo 35

Les tomó unos cuantos días llegar a la frontera. Pronto todos estarían en la capital de Jenia, salvo algunos. Dave ya les había dicho que no regresaría a Jenia con ellos. Tenían que volver a Hexno. Se preparaban mentalmente para lo que el rey Vikram les diría o haría. Dave, Nathan y Lisa se estaban despidiendo, todavía les faltaba bastante camino hasta llegar a la capital de Hexno.

Lisa se despidió de Aria, abrazándola.

—Lamento no haber podido curar todas tus cicatrices.

—No te preocupes por eso. Ya me estoy acostumbrando a ellas.

—Ya somos dos —dijo Kyle.

—Mírenlo desde este punto de vista, ahora son un poco como las personas normales. Ya saben lo que es tener cicatrices —dijo Keira.

—Lo que no es normal es tener tantas —dijo John.

—Eso depende de qué tipo de persona seas —dijo Brian.

No fue hasta ese momento que recordaron que Brian se encontraba con ellos. Él había estado callado casi todo el camino.

Marci lo miró molesta.

—¡Nadie te preguntó! —le gritó.

Aria le puso la mano en el hombro.

—Tranquila, recuerda que, una vez todo termine, lo voy a matar.

—¿Puedo decidir cómo lo harás? —preguntó emocionada.

—Es lo justo.

—A ustedes dos no se les puede dejar solas —dijo Gisberto.

Las dos se miraron con una sonrisa en sus caras, eso era más que cierto. Siempre había sido así, pero no porque hicieran travesuras. Más bien, porque las dos terminaban peleando, pero eso era en el pasado.

—Es mejor que nos vayamos, así ustedes también llegarán antes a Jenia —dijo Dave.

—Cierto —miró a Lisa—. Recuerda contar lo que hiciste por mí —dijo Xander.

John lo miró con asombro. Sintió curiosidad en lo que había hecho Lisa por él. Una sensación de celos lo inundó. Después le preguntaría a qué se refería.

—No lo he olvidado —contestó Lisa.

Nathan se acercó a Aria.

—Ten cuidado.

—Estamos peleando contra Terson, eso es demasiado pedir.

—No me refería a eso —dijo en voz baja.

Lo miró con una sonrisa.

—Tranquilo, lo tengo vigilado —le contestó susurrando.

—Espero que lleguen bien a Hexno —expresó Gisberto con sinceridad.

—Sé que llegaremos bien, pero no sé qué pasará después —dijo Dave.

Comenzaron a reírse, los iban a extrañar.

Capítulo 36

Después de dos semanas se encontraban en las afueras de la capital de Jenia. Se podía ver toda la ciudad y el castillo. Jakxel se quedó mirándolo como si fuera la primera vez que veía un castillo, pero no lo culpaban. Estaban aliviados de que llegaron sin ningún problema.

Durante el viaje de regreso lograron acordar algunas cosas. El rey le prometió a Marci que le permitiría unirse a la guardia real. De hecho, quería que fuera compañera de Dan. Básicamente iba a ser la segunda en mando y Dan sería su superior. A Brian lo iban a encerrar en la prisión del castillo, tratarían de convencerlo de hablar para tener más información. Aria y Kyle ahora tenían prohibido salir de ahí si no estaban acompañados. No era que no confiaran en ellos, pero querían estar seguros de que no iban a hacer alguna locura. Esperaban que no lo volvieran a hacer. En realidad, era para protegerlos, y no solo a ellos, también iban a ser vigilados por la seguridad del palacio Silon y Érika.

Mientras entraban a la ciudad, pudieron ver las caras de alivio de los soldados. Todos estaban alegres de que habían regresado bien. Las personas de Jenia se asomaban a verlos. Algunos se veían tristes y otros aliviados, pero para los cuatro bendecidos lo más impactante era ver la esperanza y alegría de algunos jenianos al verlos llegar. Tenían expectativas muy altas. Pensaban que ellos podían vencer al rey Renaldo. Era demasiada responsabilidad. Sólo eran personas con magia poderosa, no dioses.

Ahora Kyle entendía por qué Aria usaba camisas de manga larga. ¿Cómo le iban a explicar a todos por qué dos de los bendecidos tenían cicatrices cuando se suponía que no deberían tenerlas? Eran unos tontos. No, no lo eran. El tonto era él. Si no hubiese pensado en ese plan, nunca los habrían capturado. Ya era la segunda vez que le pasaba lo mismo, mejor dicho, que hacía lo mismo. Debería dejar de crear planes que fueran arriesgados. Ese era el trabajo de Aria.

Ya estaban llegando al castillo, los cuatro pudieron sentir la presencia de sus serpientes. Le resultó un poco extraña esa sensación. Antes de haber visto a Carmesí personalmente, no había sido capaz de sentirlo, pero ahora sí podía. Su presencia se sentía bastante fuerte, no sabían muy bien por qué.

Las cuatro serpientes los esperaban justo al frente del castillo y estaban en su gran tamaño. Jakxel y Marci se asustaron al verlas así, sabían que se encontraban en el castillo, pero no pensaron que las verían y mucho menos en su tamaño real. Las cuatro se apresuraron hacia sus respectivos elegidos, se enrollaron alrededor de ellos tratando de abrazarlos. Sintieron que los estaban estrangulando, se excedieron con la fuerza, seguramente por la emoción.

—Hola, Celeste —dijo Aria sin aire.

—Nunca vuelvas a hacer eso.

—Lo prometo.

—Y tú, aléjate de los planes por un tiempo —dijo Carmesí.

—Eso mismo estaba pensando de regreso aquí —dijo Kyle.

Silon miró a Érika, después a Dorada.

—No tenían que abrazarnos a nosotros.

—Por favor, Silon, que no fueras capturado no significa que no te extrañé —dijo Dorada.

—Si tú lo dices.

—Silon, déjala. Te abraza porque se preocupa por ti —dijo Érika.

—Yo creo que no sabe lo que es eso —dijo Rosa.

Las serpientes las soltaron, miraron a todos los demás. Vieron caras que no conocían, pero Celeste sí reconoció a Marci. Aria la había descrito y contado sobre ella.

Jakxel sintió que le temblaban las manos. No estaba seguro de si debía presentarse, sabía que a las serpientes no les agradaba Terson, sobre todo la realeza.

Kyle se acercó a Jakxel y lo tomó por el brazo.

—Oye, ¿qué haces?

—Es tu oportunidad de conocerlas —dijo Kyle.

—Pero...

Antes de que pudiera terminar, Kyle ya lo había llevado frente a las serpientes. Ahora se sentía vulnerable.

—Les presentó a Jakxel. Él es el heredero al trono de Terson.

Las cuatro lo miraron, Carmesí se acercó a él. Jakxel trató de mantener la calma, confiaba en que no le harían nada.

Miró a Kyle.

—¿Seguro que es buena idea confiar en él? —preguntó Carmesí.

—Claro, él no es como Renaldo.

—No me convence, es imposible que alguien de Terson piense así.

En ese momento recordó lo que le había dicho sobre Shiori. Estaban haciendo lo mismo, lo juzgaban sin saber toda la verdad. Se decepcionó de ellas, nunca pensó…

Jakxel sabía que, si hablaba, lo entenderían. Por eso no se quedaría callado.

—Sé lo que deben pensar de mí, pero les aseguro que no soy como mi padre. Yo no quiero ver a Nesshia caer ante Osamu, vine hasta aquí para ayudarlos.

—Kyle, por favor, traduce —la miró asustado, no sabía qué le iba a decir—. **Dile de parte de las cuatro que tendrá que darnos más pruebas. Si no logra probarlo, tenemos autorización para matarlo.**

—¿Qué? No pueden…

—Es una orden de la diosa.

Por primera vez sintió miedo de su serpiente, nunca la había visto actuar de esa manera.

—Jakxel, las cuatro dicen que si no logras probarlo…

—Me matarán, me lo esperaba —hizo una pausa—, pero no tendrán que llegar a ese extremo porque no planifico traicionarlos.

Las cuatro se acercaron a Jakxel, no estaban del todo convencidas.

—Hablo en serio, no las quiero lastimar. Sólo deseo salvar este continente. Espero que me entiendan.

—¿Creen que lo hubiésemos traído si fuese una amenaza? Celeste, tú me conoces mejor que nadie. Si confié en él es por una razón —dijo Aria tratando de calmarlas.

—Es cierto —miró a sus hermanas—. **Confiemos en él por ahora, pero no dejen de vigilarlo.**

Estuvieron de acuerdo.

—¡Kyle!

Miró para atrás, vio a su madre. Corrió hacia ella, se abrazaron como nunca lo habían hecho antes. Los dos comenzaron a llorar, Orit lo miró a los ojos.

Estaba molesta y feliz al mismo tiempo en ese momento.

—¡Tonto, inmaduro! ¿Por qué siempre vienes a mí llorando luego de hacer cosas que te perjudican?

—No estoy seguro, pero no volveré a hacerlo.

—Es que no te lo voy a permitir.

—Me agrada esa idea —Kyle le sonrió.

Al fin, después de cuatro lunas, estaba en su cama. Había olvidado lo cómoda que era. Su madre se recostó con él, se había bañado y quería dormir por el resto del día. Su padre se lo permitió esta vez por el largo viaje que hicieron, pero después de haber estado diez días inconsciente, sabía que no le permitirían dormir tanto tiempo. La verdad era que todos los que estuvieron en el viaje deseaban descansar.

Las serpientes estaban reunidas en el jardín, en su tamaño reducido. Nunca hubiera esperado la reacción que tuvieron cuando les contó sobre Jakxel. Sabía que no confiarían en él desde el principio, pero estar dispuestas a matarlo era impensable. Cada vez pensaba más en lo que le había dicho sobre la diosa. No sabía cómo lo haría, pero tenía que hablar con Shiori.

Su madre le pasaba la mano por la cabeza. De repente, dejó de hacerlo. Normalmente se detenía cuando ya estaba dormido.

—¿Por qué te detuviste?

—¿Todavía estás despierto? Es la primera vez que no te duermes después de los primeros quince minutos —lo miró angustiada—. ¿Estás bien?

—Sí, sólo que tengo muchas cosas pasando en mi cabeza.

Orit miró sus brazos, estaban llenos de cicatrices. Las tocó con la mano. Algunas eran un poco profundas, otras no tanto.

—¿Tan malo fue?

—Sí, él no parece un ser humano.

—No todas las personas son buenas. Así es este mundo.

—No me refería a eso, me refiero a que de verdad no parece que sea humano. Desde la primera vez que lo vi, sentí algo diferente en él. No sé cómo describirlo.

—Tal vez sentiste algo relacionado con el espíritu maligno, así funciona la magia de la diosa y de las serpientes.

—Lo que no puedo creer es lo que le quería hacer a Jakxel.

—Yo tampoco, sacrificar a su propio hijo —hizo una pausa—. No podría imaginarlo.

Kyle se sentó en la cama mientras Orit se acomodó detrás de él.

—¿Qué piensas de Jakxel? ¿Crees que nos ayudará o lo ves como un enemigo? —le preguntó a su madre.

—Creo que nos quiere ayudar, pero si las serpientes desean vigilarlo, mejor no bajes la guardia.

Nada de eso lo ayudaba, ya no podía más con las dudas. Necesitaba saber la verdad.

—Ya no puedo más, no sé quién dice la verdad. Ni siquiera sé quién es el verdadero enemigo. Las serpientes me dicen una cosa y Jakxel me dice otra. ¿Quién tiene la razón?

—Entonces te contó sobre el malentendido.

—¿Tú lo sabías? —preguntó sorprendido.

—Sí, lo descubrí un día por accidente. Un prisionero de Terson estaba hablando de ese asunto.

—¿Por qué nunca me dijiste nada de eso?

—Por la misma razón que las serpientes.

—Pero eso es un error que no puede ser ignorado.

—Lo sé, pero no podemos juzgar a la diosa.

—No, tú no puedes, toda Nesshia no puede, pero los bendecidos sí podemos. Mañana iré a hablar con la sacerdotisa, necesito discutir algunos temas con ella.

—Haz lo que quieras, pero toma una decisión cuando tengas toda la información, no sólo algunas partes.

Afirmó con la cabeza.

—Te tengo una pregunta. ¿Por qué las serpientes estaban en su tamaño real?

—Después de que tu padre se fuera a Terson, hubo ataques en la ciudad. Las serpientes decidieron cambiar de tamaño para proteger mejor el castillo.

—Por algo son las protectoras de Nesshia —se dijo a sí mismo.

Capítulo 37

Ese día se levantó temprano. Kyle les había dicho a sus compañeros y a Jakxel lo que quería hacer y decidieron ir con él. Su madre los ayudó a salir sin que nadie los viera, era mejor si ninguna persona se enteraba. Mientras caminaban hasta la iglesia Jakxel estaba mirando la ciudad. Le gustó mucho más que la ciudad de Terson. Lo estaría disfrutando si no fuera por lo que iban a hacer cuando llegaran al templo.

Una vez arribaron, tuvo que obligarse a pasar. Nunca había entrado a una iglesia. Cuando entró, sintió que la diosa lo estaba mirando, ofendida desde el cosmos.

Siguieron caminando hasta lo más profundo, vieron a la sacerdotisa, que estaba leyendo un libro.

—Hola —dijo Kyle, la sacerdotisa alzó la mirada—. Perdón por molestar.

—¿Molestar, dices? Los cuatro bendecidos me sorprenden con una visita así de grata, es un milagro de la diosa. No me molesta para nada.

Jakxel se dio cuenta en ese momento de lo extraña que era ella. Se preguntó si todas las personas que trabajaban en las demás iglesias de Nesshia eran igual a ella. Era de Terson y por eso no entendía nada.

—Me alegra ver que ustedes dos estén bien. Cuando desaparecieron, el rey me vino a visitar pensando que estaban aquí.

—Sí, estamos bien, aunque hubo consecuencias —expresó Aria mientras se subía parte de la manga de la camisa.

La sacerdotisa observó sus brazos.

—Sus serpientes podrían ayudarlos con eso.

—Sólo si logran la fusión. Pero déjeme decirle, realizarla no es fácil, la estuvimos estudiando —le informaba Érika.

—La diosa nunca dijo que su trabajo fuera fácil.

—En eso estoy de acuerdo —dijo Silon.

La sacerdotisa miró al chico que estaba detrás de los cuatro, nunca lo había visto.

—Me presentan a su amigo.

Jakxel sintió que se le iba a salir el corazón del pecho, esperaba que ella lo entendiera, a diferencia de las serpientes.

—Él es Jakxel Rymersett, es de Terson —le indicó Kyle.

Se quedó sin habla. De todo lo que le podían decir nunca se esperó eso.

—Espera, tu apellido… ¿Eres el…?

—Sí, el rey Renaldo es mi padre —afirmó Jakxel.

—Ya veo —se puso seria—. ¿Por qué estás aquí?

—Porque quiero detenerlo, no quiero ver a Osamu en el poder. Tal vez pienso diferente a ustedes cuando se trata de la diosa, pero tengo que ponerme de su lado en esta ocasión.

Sintió verdad y sufrimiento en sus palabras.

—Dime, príncipe de Terson, ¿qué te hizo ese hombre como para que estés buscando la ayuda de la diosa?

—Me escondió en una habitación desde que nací, en la que estuve ocho años encerrado hasta que Érika y Silon me encontraron. Luego me enteré de que me mantuvo con vida para poder sacrificarme ante Osamu —hizo una pausa—. Él nunca debió ser rey —dijo lleno de ira.

En ese momento entendió que decía la verdad. Realmente, Jakxel quería detenerlo con todas sus fuerzas.

—Lo que haces es admirable. Te fuiste en contra de todo lo que te enseñaron desde que naciste.

—Sólo vine a ayudar, no significa que estaré de acuerdo con la diosa.

—Ya veo —comenzó a pensar, miró a los cuatro bendecidos—. ¿Alguno de ustedes ya lo sabe?

Kyle supo de lo que estaba hablando.

—Yo sí, ellos no.

Silon y Érica no tenían la menor idea de lo que hablaban, pero según lo que escucharon, seguramente tenía que ver con alguna creencia de Terson.

—En ese caso, síganme —dijo la sacerdotisa mientras caminaba hacia uno de los salones.

—¿Es buena idea? —preguntó Kyle.

—Ya lo sabes tú, es mejor si los cuatro lo saben. Sé que no cambiarán de parecer si se enteran.

A Kyle le molestaron sus palabras, sobre todo con la gran seguridad con que lo decía. ¿Cómo no iban a cambiar de parecer? Esa parte de la historia era crucial.

Los cinco se pararon junto a una mesa, la sacerdotisa se paró al frente de un librero que estaba al lado de ellos.

—Jakxel, tu reino dice la verdad —dijo mientras buscaba un libro.

—Lo sabía, por algo odiaban tanto a la diosa —expresó Jakxel sin remordimiento.

—Dicen parte de la verdad —añadió la sacerdotisa.

—Entonces, ¿cuál es la historia? —preguntó Silon.

Abrió el libro que había puesto en la mesa.

—Léanlo ustedes mismos.

Los cinco miraron el libro y comenzaron a leerlo.

Shiori estaba vigilando a Nesshia. El medallón de Krizys proyectaba las imágenes gracias a la magia de sus preciosas gemas. Sólo la diosa tenía que tomar el medallón en la palma de su mano y pronunciar el territorio o persona que quería vigilar y, al instante, aparecía ante sus ojos la escena de lo que en ese instante ocurría. Claramente observaba que en Nesshia había un problema. Los espíritus y demás seguidores de Osamu querían quitarle el anillo, pues deseaban tomar el control del cosmos. Se estaban rebelando contra la diosa. Anhelaban robarlo para unirlo con el medallón y así tener el absoluto poder. Lo que no entendía era cómo lograrían robarlo. La duda sobre su fiel compañero de trabajo vino a sus pensamientos. Ya le había advertido a Osamu que controlara a sus seguidores. Y él aseguraba que no aprobaba el plan de su gente, que él era fiel.

Estaba tratando de pensar en una manera de detener todo esto cuando vio que alguien entró. Era el líder de los espíritus, Osamu. Tenía cabello castaño y ojos oscuros, su imagen no reflejaba lo que era capaz de hacer.

—Shiori, no sabes cuánto lo siento.

Dejó de usar el medallón y lo observó fijamente, estaba molesta.

—Osamu, pensé que dijiste que podías controlar a tus seguidores. Si ese es el caso, ¿por qué se están rebelando?

Miró su mano derecha, Osamu tenía el anillo puesto.

—Ellos quieren unir al medallón y el anillo que me diste para destronarte. No están razonando. Lo hacen porque difieren algunas cosas de ti.

Shiori se puso ansiosa, sabía que la magia del anillo era extraña. Aunque se encontraban del mismo lado y él la ayudaba a vigilar la tierra, tuvo dudas sobre Osamu. Le había dado el anillo porque creía que él lograría entenderlo. ¿Y si el anillo lo estaba corrompiendo? ¿Y si su fidelidad se había acabado?

—¿Y tú piensas igual?

—Claro que no, tú te encargas del cosmos. Yo sólo te ayudo a vigilar desde abajo.

—Espero que no se te olvide eso.

—Sabes que no.

Miró un mapa que tenía en la mesa, mostraba todo el continente de Nesshia. Pero no era un mapa cualquiera. Era un modelo a escala del continente y estaba hecho de lárix. El lárix era la fuente de toda la magia, una energía de las más fuertes. Ese mapa se hizo de pura magia. Por eso podía mostrar todo lo que pasaba en ese mismo momento en Nesshia, incluso el clima.

El mapa de lárix le mostró donde estaba la revuelta, pudo ver a un pequeño ejército caminando hacia el norte. No le gustó lo que vio, para nada.

—Ve allá y convéncelos de que se detengan —dijo Shiori.

Osamu la miró confundido.

—Eso no va a funcionar, una conversación no arreglará este problema.

—Ve. Es la única opción.

—Claro que no, esa no es la única opción.

—Sí, sí la es —le contestó un poco molesta.

—Sería la opción que tú considerarías y ejecutarías, pero hay una mejor —se acercó al mapa—. Voy a bajar y mataré a todos.

Shiori se asustó al escuchar esas palabras, sobre todo con el tono con él que lo dijo. No quería matar a nadie.

—Eso no es necesario, recuerda que hay personas inocentes allí.

—Ya no son personas, están siendo controlados por los espíritus. La única opción es matarlos, tu única salvación será el derramamiento de sangre.

—¡No hables así! —le gritó asustada en respuesta—. Las personas no son tus espíritus, no son cosas que puedes desechar como lo haces con tus seguidores.

—Para aclarar todo, los desecho porque tú me lo pediste. Si quieres paz, tendrás que eliminar a mis seguidores.

—Claro que no.

—Si deseas deshacerte de toda la maldad, tendrás que matar a las personas malas. De esa manera desaparecen, pero tú te niegas. Entonces vive con eso —se dio media vuelta para irse—. Mataré a todos en esa región, inocentes o no. Así se acabará el problema.

Shiori tomó a Osamu por el brazo, miró el anillo que tenía en el dedo. Desde que se lo había dado, él se comportaba de manera extraña, igual que el poder de la gema.

—Nunca debí dártelo —trató de quitárselo.

Osamu utilizó la magia del anillo para quitarse a Shiori de encima. Lo hizo con más fuerza de lo que tenía planeado, ella terminó en el suelo y ahora sí que estaba furiosa.

Él no entendía por qué se lo quería quitar.

—¿Tanto desconfías de mí? Pensé que era tu mano derecha.

Se levantó del suelo.

—Estaba equivocada, tú sólo te acercaste para poder tener el anillo. Debí verlo venir. ¿Cómo confié en alguien como tú?

Esas palabras le rompieron el corazón. Pensó que de verdad confiaba en él. Pensó que al fin alguien lo había visto por cómo era en realidad y no por cómo se mostraba. Sabía que no importaba lo que le dijera, Shiori no cambiaría de parecer. No quería luchar contra ella, no sólo porque tenía el medallón en su poder, sino porque eran compañeros.

Shiori activó el medallón, creó un escudo alrededor de él para que no lograra irse. Después creó una brisa que le haló el brazo hacia fuera del escudo. Comenzó a acercarse, le iba a quitar el anillo. Estaba lista con rayos que salían de su otra mano, por si acaso. Osamu se sintió traicionado en ese momento, no podía creer lo que ocurría. No dejaría que se lo quitara, todavía podía probar que decía la verdad.

Antes de que Shiori pudiera quitarle el anillo, este comenzó a brillar. Ni siquiera Osamu sabía qué estaba pasando. Él no lo quería usar contra ella, pero de alguna manera se había activado solo y liberaba parte de su magia. Shiori tuvo que desactivar el escudo. Esa magia era fuerte. El brillo envolvió a Osamu.

Cuando se atenuó, Shiori se sorprendió con lo que vio. Ahora él tenía manchas negras por todo el cuerpo. Su cabello, ojos y el anillo cambiaron de color, se habían tornado negro.

Osamu la miró a los ojos, tenía una sonrisa malévola en la cara.

—Ahora seré tu enemigo, el anillo me dio esta oportunidad y no la pienso desperdiciar —su voz sonaba diferente.

—Sabía que no estabas de mi lado.

—Sí lo estaba —se acercó a ella, le mostró el anillo—. Si logras recuperar el anillo, este cambio en su color te recordará el error que acabas de cometer.

Los cinco miraron a la sacerdotisa sorprendidos, pensaban que Osamu siempre había sido malo.

—Entonces, ¿fue culpa de la diosa? —preguntó Kyle.

—Sí y no.

—¿Entonces…? No entiendo —dijo Érika.

—Sí, porque es cierto que ella lo juzgó antes de saber la verdad o por lo menos permitir que se explicara. Y no, porque ella no cambió a Osamu, él decidió desobedecer y el anillo lo terminó corrompiendo.

—¿Entonces fue la culpa de Osamu? —preguntó Silon.

—La verdad es que los dos aportaron para que eso pasara. Nadie sabe exactamente cómo funciona el anillo, pero se sabe que reacciona a las emociones. Como Osamu tenía ira, el anillo se apoderó de él y, aunque no quería hacerle daño a Shiori, terminó causándolo.

—Básicamente ella alimentó su sentimiento de ira y esto ayudó para que pudiera atacarla —dijo Jakxel.

—Según esto, él nunca quería hacerle daño, pero cuando el anillo le dio el poder necesario, cambió de opinión. El anillo lo corrompió. Pero fue él quien decidió que la maldad y la ira se apoderara de él. Todo comenzó por desobedecer y querer matar a las personas.

—¿Igual que a Renaldo? —dijo Kyle.

Jakxel lo miró. Le encajaban las palabras que dijo la sacerdotisa.

—Por supuesto, el anillo corrompió a mi padre, la diferencia es que él siempre ha sido malo y ha querido hacer daño.

—Sí, pero ni siquiera quitárselo solucionará algo, ya fue corrompido. La única manera de salvarlo es purificándolo, y tendrían que rearmar el medallón de Krizys.

—Pero para eso necesitaríamos poner las gemas de vuelta al medallón. Y si estas joyas son la fuente vital de las serpientes, entonces ellas tendrían que dejar de existir —se preocupó Aria.

—Sin mencionar que quién sabe lo que nos pasaría a nosotros si desaparecen las serpientes. Estamos conectados a ellas —dijo Silon.

—Para ser honesta, no debería rearmarlo. Creo que la mejor opción es matar el rey Renaldo—aseguró Érika.

—Estoy de acuerdo. Pero yo todavía tengo una duda —dijo Jakxel. Todos lo miraron.

—¿Por qué aun así siguen adorando a la diosa? Claro, el anillo corrompió a Osamu, pero ella no le dio la oportunidad de explicarse.

La sacerdotisa lo miró por unos segundos antes de contestar.

—Te daré una lección, príncipe. La diosa tiene misericordia de quien quiera. Tal vez no parezca justo para nosotros, pero ella sabe lo que hace y decide al final. Por si no te habías dado cuenta, ella quería misericordia para los seguidores de Osamu, sus enemigos. Fue él quien quería matarlos, incluyendo a inocentes. Respóndeme, ¿pides misericordia para Osamu, pero no para las personas que él quería matar?

Jakxel no contestó nada y se quedó pensando.

Por otro lado, Kyle creyó que todavía tanto Renaldo como Osamu podían ser salvados. Se lo dijo a Aria, ella lo miró seria, pero no se veía molesta.

—*Yo pienso igual que tú* —contestó telepáticamente.

No se esperaba esa respuesta, ahora quería saber por qué ella pensaba lo mismo que él.

Capítulo 38

Dan se encontraba afuera de la habitación de Marci, estaba esperando a que se probara el uniforme de la guardia para ver si le quedaba. Nunca había tenido una aprendiz y eso lo ponía un poco nervioso. Además, no sabía qué le podía enseñar, pues ella estuvo en entrenamiento de soldados en Terson. Sin mencionar que poseía magia, tal vez ella le podía enseñar cosas a él.

Ella se tardaba más de lo que debería, comenzó a preguntarse qué estaba haciendo. Iba a tocar la puerta cuando ella, por fin, salió de la habitación. Se sorprendió cuando la vio.

—Y ¿qué piensas? —le preguntó Marci.

Tuvo que volver a mirarla para poder contestarle. Tenía el uniforme puesto y se alivió al ver que le quedaba, pero eso no fue lo que le llamó la atención. Se había cortado el cabello. Estaba por encima del cuello y un poco pegado al cráneo.

—Te ves… diferente.

—¿Diferente bueno o diferente malo?

—Diferente bueno, personalmente me gusta.

—Gracias. Como voy a comenzar un nuevo trabajo, quería deshacerme de todo lo que me recordaba a Terson.

La miró otra vez, pero todavía no podía creer lo que observaba. Era cierto que se veía linda, pero lo que más le gustó era que, después de lo que había soportado en Terson, se veía feliz.

—Bueno, ahora ven conmigo, te mostraré el castillo.

—Muéstrame el camino.

Dan comenzó a enseñarle todos los lugares del castillo. Si iba a ser un soldado, tenía que conocer el lugar.

Le mostró dónde estaban las habitaciones de la realeza, los salones de baile, el pasillo en el que se encontraba el cuarto de juegos. También le mostró la sección del castillo donde se guardaban las cosas de valor y los documentos importantes.

Cuando terminaron con el interior fueron al exterior. Allí le mostró los establos, los jardines, los campos de entrenamiento y todas las entradas a la muralla del castillo.

Estaban al lado de la muralla y desde allí pudo observar lo grande y complicado que era ese lugar. Mucho más de lo que pensaba.

—Dime una cosa, ¿cómo logran aprenderse este lugar tan rápido? —preguntó Marci.

—En mi caso fue que viví aquí desde que nací. A los soldados nuevos se les muestra más de una vez cómo es el lugar.

—¿Y cuánto tiempo les tomó aprendérselo?

—Varias lunas.

—No creo que tenga ese tiempo.

—No te preocupes por eso. El rey te dejó a mi mando, lo que significa que tendrás que estar a mi lado en todo momento. No tardarás en aprenderte el lugar.

—Eso espero.

Dan miró la posición del sol, faltaba poco para el atardecer y quería mostrarle una cosa más antes de eso.

—Ven, vamos a la muralla.

Subieron a la muralla por una de las torres de vigilancia. Cuando llegaron miraron la ciudad, se podía ver completa.

Marci se quedó contemplándola por un momento, nunca había visto la ciudad desde esa perspectiva.

—Se ve hermosa.

—Sí, pero estoy seguro de que no se compara a las vistas de Terson, ¿cierto?

—No lo sé.

La miró confundido.

—¿Nunca habías visto una vista así desde la muralla del castillo de Terson?

—No, yo sólo era un soldado, no un soldado real. Cuando las personas son nombradas soldados oficialmente, sólo unos cuantos son elegidos para proteger el castillo. Son los únicos que tienen permitido entrar a él.

—Entonces, ¿tú nunca entraste al castillo de Terson?

—No, sólo era un soldado de vigilancia de la ciudad, no del castillo —hizo una pausa—. Nos entrenaban en las afueras de la ciudad y en ese mismo lugar nos hacían oficiales. Solamente los mejores se unían a la guardia real. Los que fueran inferiores se unían a la guardia de la ciudad o de prisiones.

—Eso lo entiendo, usamos casi el mismo sistema de división, pero es extraño que no los entrenen en el castillo.

—Supongo que era porque no querían que viéramos algo o a alguien, como a Jakxel.

—No lo dudes.

Realmente pensaba que había más secretos en ese castillo. Lograrían descubrirlos todos con el tiempo.

El sol se comenzó a poner, el color amarillo y naranja adornaba la ciudad como si fueran velas. Las nubes también estaban teñidas de un leve color morado. Había olvidado cuánto extrañaba ver un atardecer.

—Kyle me dijo que querías ser sanadora. ¿Por qué decidiste seguir siendo un soldado cuando podías regresar a eso ahora que eres libre? —dijo Dan.

Bajó la cabeza.

—Después de todo lo que pasó, no sé si sería buena en eso. Además, soy mejor en lo que hago actualmente.

—Lo sé, pero ¿por qué ya no quieres?

—Cuando me encontraba entrenando, no quería ser soldado, pero me obligaron a continuar. Comencé a tomar las clases para ser sanadora en secreto, porque tenía planeado irme de allí en cuanto termináramos el entrenamiento. Pensé que nadie se había dado cuenta de eso, pero un día el rey Renaldo me mandó a llamar. Me dijo que sabía todo lo que estaba haciendo y planeando hacer. Como castigo me rompió los huesos de los dos brazos y las dos piernas. Logré curarme en poco tiempo gracias a mi magia, pero ahí supe que nunca podría salir de la guardia —hizo una pausa—. Por eso me dije a mí misma que lograría ser soldado.

—Está en ti decidir —le respondió Dan.

—Lo sé, pero ya salí de Terson, prefiero dejar las cosas como están.

Volvieron a mirar al cielo, el sol ya se había puesto.

Vieron que, en ese momento, los cuatro bendecidos estaban regresando junto con Jakxel. Decidieron bajar de la muralla para recibirlos.

Mientras se acercaban, los cinco se veían sorprendidos, obviamente era por el nuevo recorte de Marci.

Aria trató de no reírse, pero se notaba su esfuerzo.

—Pensé que habías dicho que nunca te ibas a cortar el cabello.

—Las personas son capaces de cambiar de opinión.

—Cierto, pero, dejando los chistes a un lado, te queda bien.

—Gracias —dijo con una sonrisa.

Dan miró a los otros, que no se veían muy contentos.

—¿Qué pasa? Se ven desanimados.

—Sólo voy a decir que ahora sabemos la verdad sobre la diosa y

Osa…

Silon interrumpió a Kyle.

—El espíritu maligno.

Dan los miró confundido.

—¿Qué verdad?

Todos se miraron entre sí, todavía lo estaban procesando.

Los cuatro se encontraban con sus serpientes. Para ser la primera reunión de los ocho juntos no era lo que tenían planeado. Se habían conectado mentalmente para poder hablar mejor. Las serpientes sabían por qué estaban allí, nunca pensaron que se enterarían de eso.

Kyle fue el primero en hablar, estaba furioso con la diosa.

—¿Por qué nunca nos dijeron la verdad?

No le contestaron.

—No se queden calladas, sabemos la verdad. ¿Qué más nos tienes que esconder?

—Kyle, cálmate —dijo Silon mientras le tomaba el brazo—. Deja que se expliquen.

—**Sólo seguíamos órdenes de la diosa** —dijo Carmesí.

—¿Así de miedosa es la diosa? —preguntó Kyle con tono irrespetuoso.

—**No pienses así de ella, sólo intentaba impedir otra guerra** —dijo Dorada.

—¿La guerra contra Osamu? —preguntó Érika.

—**Sí, esa fue la peor de todas, pero gracias al sacrificio de Shiori se ganó** —informó Rosa.

—¿Se puede considerar acabada si Osamu sigue vivo esperando la oportunidad para poder salir y terminar lo que comenzó? —preguntó Aria.

Se quedaron calladas, sabían que Aria tenía un buen punto.

—No les creo —dijo Kyle, no podía creer lo que las serpientes decían después de todo lo que habían escondido.

Todos miraron a Kyle, Carmesí fue la más impresionada por su comentario.

—**Después de todo lo que he hecho por ti, lo que hemos hecho por todos, ¿no nos crees?** —preguntó Carmesí.

—No, no les creo. La diosa les dijo lo que podían decir, lo que no y cómo lo dirían. Sus palabras están moldeadas para que no revelen nada —hizo una pausa.

Kyle lo diría sin remordimiento, aunque le costara la vida.

—Sólo lo creeré si Shiori me lo dice. Si ella no es una cobarde como ustedes dicen, entonces me lo dirá personalmente.

Aria y Kyle se estaban desahogando con Marci y Dan sobre lo que sentían luego de saber la verdad. Todo iba bien hasta que…

—¿Desafiaste a la diosa, estás loco? —interrumpió Dan.

—Dan, cálmate, no es la gran cosa —dijo Kyle.

—¿No es la gran cosa?, ella personalmente vigila a los bendecidos y es probable que te haya escuchado.

—Pues espero que sí, porque lo que dije es verdad. Necesito hablar con ella.

—Creo que todo el líxiro que te di tuvo algunos efectos secundarios —dijo Marci un poco preocupada.

—Si me hubiese causado algo, Lisa me lo habría dicho.

—Kyle, por favor, discúlpate con la diosa. No es buena idea que…

Kyle le refutó a Dan.

—No, no me arrepiento de nada de lo que dije.

Dan dejó salir un suspiro y miró a Aria.

—Es demasiado tenaz —señaló Aria mientras subía los hombros.

—Antes no eras así —dijo Dan pasmado.

—Cierto, pero me alegra serlo ahora.

—Será porque lograste hablar con Carmesí. ¿Y eso te volvió arrogante? —Dan lo confrontó.

Bajó la cabeza.

—Tal vez —no sonaba tan contento como antes.

—¿Sigues molesto con Carmesí? —le preguntó Aria.

—No, no es con ella, es con Shiori. Cada vez que escucho sobre las serpientes, me recuerda a la diosa.

—¿Y por eso te pones así?

—Si quieres hablar con la diosa, bien, pero no la desafíes. Ella hace su mejor trabajo para protegernos —dijo Dan.

No tenía ninguna duda de eso, pero deseaba saber el porqué de sus acciones.

De repente, su marca comenzó a brillar. Miró a Aria y su marca también brillaba. Se miraron confundidos.

En ese momento Érika y Silon entraron corriendo, tenían las mangas de sus camisas enrolladas y sus marcas estaban brillando.

—Oh, entonces no somos solamente nosotros —dijo Érika.

—Pensé que eso ocurría sólo con la fusión —dijo Kyle.

—La verdad es que se siente diferente —expresó Silon extrañado.

—¿Diferente cómo? —preguntó Dan.

—Es difícil de describir, pero no viene de nosotros, proviene de las serpientes —dijo Aria.

—Seguramente están planificando algo —expuso Marci.

—Y no están en el castillo. No sé ustedes, pero yo no siento a Rosa cerca —dijo Érika.

Trataron de sentir a sus serpientes, pero Érika tenía razón, no estaban presentes en el castillo.

—Entonces, ¿dónde están? —preguntó Kyle.

Capítulo 39

—Tratamos de convencerlo, pero él no nos escuchó. Te fallamos, lo sentimos —dijo Carmesí en nombre de las cuatro.

—Esto no es culpa de ninguna, si acaso es mía.

—No digas eso, hiciste lo correcto —afirmó Dorada.

—Debimos borrar todo rastro de esa historia, ahora sólo nos trajo problemas —comentó Rosa con preocupación.

—No, tarde o temprano los bendecidos tenían que enterarse.

—Pero ahora no confían en ti —dijo Dorada.

—¿Y ustedes qué piensan sobre eso?

Hubo un silencio breve, sabían que las estaba probando a todas.

—Hiciste lo que tenías que hacer para poder mantenerlos a salvo —dijo Carmesí.

—Eso es cierto.

—Después de lo que hizo Osamu, no se le puede perdonar —solicitó Rosa.

—¿Igual que Aria? Ella cometió muchos crímenes y la perdonaron.

—Lo hicieron porque descubrieron que era una bendecida —trató de explicar Rosa.

—¿Segura? Debería recordarte lo que hizo Dan e igual lo perdonaron.

—Kyle y Aria piensan que Osamu puede ser purificado —manifestó Celeste sin pensarlo dos veces.

—Tal vez, la verdad es que debí intentarlo.

Se quedaron calladas.

Las cuatro se quedaron mirando a Shiori, en realidad no podían verla. Sólo escuchaban su voz a través de una luz brillante.

Habían salido de la capital para hablar con Shiori. Para poder contactarla unieron el poder de las cuatro gemas dentro de ellas. Por tal razón las gemas estaban brillando, sabían que sus bendecidos lo notarían, pero les explicarían todo después.

Lo que estaban haciendo era arriesgado, se encontraban en su tamaño real y su poder también podía ser reflejado en el anillo de Samus. Si el rey Renaldo se percataba, podía unirse a ellas usando el anillo. Pero la reunión de las serpientes con Shiori no tomaría mucho tiempo.

—**Kyle quiere hablar contigo, pero eso no es posible** —dijo Carmesí.

—¿Y por qué no es posible?

—Bueno... Una vez nos dijiste que no era necesario que te vieran —argumentó Rosa.

—Pero ahora es diferente, él tiene dudas. Además, saben que siempre he querido hablar con los bendecidos.

—Tú nos autorizaste para escogerlos, si tanto deseabas hablar con ellos, ¿por qué nunca lo hiciste? —dijo Dorada.

—Todo tiene su tiempo.

Shiori miró a Celeste, apenas había hablado. Sabía por qué estaba así, pero le diría lo que no quería escuchar.

—Te apegaste demasiado a ella.

—¿Cómo no iba a hacerlo? Era una niña.

Las miró a las cuatro.

—Lo sé, pero recuerden lo que ha pasado con otros bendecidos. Saben que puede pasar otra vez.

Bajaron sus cabezas, recordar a ciertos de sus bendecidos les dolía. No todos habían muerto de manera pacífica.

—Ellos hicieron lo que pensaron que era mejor —dijo Rosa.

—**Cierto** —Carmesí hizo una pausa—**. Creo que debería decirle a Kyle sobre su magia...**

—**Hablando de eso, Aria me dijo que descubrió que tiene la magia de su familia** —dijo Celeste.

Carmesí miró a la luz de Shiori.

—**¿Deberíamos decirles?**

—Claro. Y aunque no se lo digan, ellos les preguntarán. También le debes la verdad sobre por qué tu elegido casi muere al nacer, al igual que Aria.

—**Se molestará más cuándo se entere de eso** —dijo Rosa.

—Sí, es muy probable.

—**Shiori, no quiero ser irrespetuosa, pero creo que es mejor si tú misma se lo dices** —dijo Celeste.

Todas miraron a Celeste, ahora estaba pensando igual que los bendecidos.

Shiori se quedó callada por un momento, ella tenía razón.

—Se lo diré, pero no sólo a él.

Capítulo 40

Iban de camino a ver a Brian, a quien le tenían algunas preguntas. El rey Gisberto nunca le perdonaría lo que hizo. Ahora que lo pensaba bien, ya sabía cómo Aria se había sentido. Por esa misma razón no la llevó con él. Solamente Dan y Marci lo acompañaban.

Según Dan, Marci se veía diferente ahora que estaba con ellos, no sólo por su peinado. Aria lo notó y se alegraba de que estuviera mejor. Ahora que ella se encontraba de su lado, tendrían una ventaja. Tal vez no había entrado al castillo ni sabía información importante, pero conocía algunas cosas útiles. Además, estaba a punto de hablar con Brian. Ya habían decidido que, si no lograban hacer que hablara, buscarían a la única persona que podría conseguirlo. Y ella lo que quería era matarlo.

Irónicamente, Brian se encontraba encerrado en la misma celda en la que él había puesto a Aria cuando la atraparon el año anterior. Marci estaba exageradamente feliz cuando escuchó eso, no la culpaban.

Mientras iban de camino, a Dan le llegó una pregunta a su mente.

—Marci, ¿cómo te enamoraste de él?

Ella miró hacia todas direcciones.

—No le digas nada a Aria sobre esto porque le dije que no recordaba, pero la verdad es que me enamoré de él porque teníamos la misma meta.

—Y esa era… —dijo Dan.

Ahora que eran amigas no le gustaba decirlo ni pensarlo.

—En que los dos queríamos hacerle la vida imposible a Aria —hizo una pausa—. Lo conocí cuando vino a Jenia para comenzar su trabajo como espía. Después no lo volví a ver durante tres años. Luego nos reencontramos. Al cabo de un tiempo, me contó sobre algunos trabajos y misiones para la realeza, pero la que más le gustó fue incendiar una posada para asesinar al padre de Aria, pero finalmente mató a su madre por accidente.

Gisberto y Dan se miraron.

—¿Eso fue lo único que te dijo? —preguntó Dan.

—No, lo sé todo.

—Entonces, ¿por qué no lo dijiste?

—Porque esa parte de la historia ya la saben. Además, los dos se llevan bien ahora.

Eso último no era tan cierto.

—¿Y por qué no se lo dijiste a Aria? —preguntó Gisberto.

—Porque no sabía que ya habían hablado sobre ese asunto y que estaban arregladas las cosas entre ustedes. Creía que, si le decía, iba a ir corriendo a matarte —dijo mientras miraba a Dan.

Ni te lo imaginas —dijo Dan mientras recordaba ese día.

Sin darse cuenta, ya se encontraban frente a la celda de Brian. Él estaba sentado en la cama, no se veía molesto ni preocupado. Sabían que él era bueno actuando, así que tendrían que poner mucha presión en él para que confesara algo.

Brian los miró por un momento y comenzó a sonreír.

—Pensé que ella iba a venir.

—Tenía otras cosas más importantes que hacer —dijo Marci.

—Es una lástima, estaba preparando un buen argumento —dijo burlonamente.

—Tranquilo, la verás pronto.

—Ahora vamos a lo que vinimos, ¿Por qué…?

Brian no le permitió al rey Gisberto terminar su pregunta, ya sabía por qué estaban allí. Era bastante obvio en ese momento.

—Ya ustedes saben el por qué…no pregunten lo que Aria leyó en el papel que encontraron.

—¿De verdad Renaldo piensa que Osamu lo dejará con vida? No pensé que fuera tan estúpido.

Brian se sorprendió al escuchar al rey de Jenia mencionar su nombre. Habían sucedido muchas cosas en su ausencia.

—Muchas personas han intentado decírselo, pero el rey Renaldo está obsesionado. Además, es sólo una posibilidad. Después de todo, el rey Renaldo no posee lárix activo, o sea, magia.

A Marci le sorprendió que usara ese nombre, pues normalmente no era su costumbre. Aunque era información vital para las personas que poseían magia, no se usaba mucho esa palabra.

Las personas poseían lárix. Todos tenían esa energía, esa fuente de la magia. Pero quienes no podían controlar esa energía no poseían magia, pues su lárix está apagado. Por otro lado, los que sí tenían magia era porque su lárix estaba activado y la podían controlar.

—Lo entiendo, pero ¿qué tiene que ver con el plan del rey Renaldo? —preguntó Gisberto.

—Ese es el poder del anillo. Con el anillo de Samus es posible controlar el lárix, sea activo o apagado.

—¿Significa que el rey podría controlar esa energía? —preguntó Gisberto.

—Sí. Dicen que el medallón de Krizys tiene la magia más poderosa, pero el anillo está hecho de lárix puro. Debería ser el más poderoso, en mi opinión —dijo Brian.

—Entonces el que tenga el anillo en su poder es capaz de controlar la magia más pura —analizó Dan en voz alta.

—Si eso es verdad, ¿por qué el rey no usó esa magia para atacarnos y sólo utilizó las sombras? —añadió Gisberto.

—Porque las sombras son almas mezcladas con lárix corrompido, muy poderosas —hizo una pausa.

Brian continuó.

—La verdad es que existe un poder que no se puede usar con el anillo.

—¿Cuál es? —preguntó Dan.

—El poder de predicción, porque no está conectado al lárix. Ese poder fue creado por la misma diosa.

—Entonces por eso se le dice poder, está conectado a la diosa y no al lárix —añadió Marci.

—Así es.

—¿Qué más se puede hacer con el anillo? —preguntó Dan.

Brian subió los hombros.

—No lo sé, sólo el rey sabe todo lo que puede hacer. Le gusta tener secretos, como el de su hijo —lo dijo con una sonrisa burlona, como todas sus respuestas.

Gisberto, Dan y Marci se reunieron en el salón del trono, luego del interrogatorio de Brian. También se encontraba Orit.

—Ya confesó muchas cosas, yo creo que ya lo podemos ejecutar —dijo Marci.

—No sin un juicio antes. Escucha, no sé cómo se dan las cosas en Terson, pero aquí él pasará por todas las partes del sistema —expresó Dan.

Marci no entendía por qué Brian necesitaba un juicio, era obvio que era más que culpable, pero como ahora trabajaba para Jenia, tenía que seguir las costumbres y su ley.

—No harán el juicio ahora —interrumpió Orit. Los tres miraron a la reina extrañados—. Acaban de volver de un viaje largo, sin mencionar que dos de los bendecidos fueron torturados durante meses. Todos necesitan unos días de descanso antes de continuar.

—Tienes razón. Además, nuestro siguiente paso es conseguir el resto de las partes del ritual, lo que conlleva más viajes largos —dijo Gisberto.

—¿Qué haremos con Terson, entonces? —preguntó Dan.

—Por ahora nos enfocaremos en encontrar las partes del ritual, luego Terson.

Capítulo 41

No sabían por qué, pero todavía no podían sentir a sus serpientes. Normalmente no se irían sin decirles antes, eso los preocupaba un poco. Las habían buscado por todo el castillo sólo para estar seguros, pero fue en vano.

Pasaron varias horas desde que sus marcas brillaron y las serpientes no habían regresado. Era bastante tarde en la noche y Jakxel los estaba ayudando con su magia para poder ver mejor, quien tenía una pequeña llama en la mano. Se preguntaban por qué no la hacía más grande.

—Creo que no las vamos a encontrar hoy —dijo Silon.

—Nunca habían hecho algo así —se expresó Érika preocupada.

—No sé mucho sobre ellas, pero si se fueron sin decir nada, debe haber una buena razón —dijo Jakxel.

—No lo ponemos en duda, pero es extraño.

Kyle comenzó a asustarse, no podía dejar de pensar en que era su culpa. Tal vez nunca debió hablarles tan fuerte.

—Las buscaremos mañana.

—Sí… No hay ningún problema —dijo Érika con un tono sospechoso.

—Sí, tranquilo, mañana es otro día —dijo Aria, quien sonaba con una extraña actitud.

Silon se llevó las manos a la cara, no podía creer que lo estaban haciendo ver demasiado obvio. Tomó a Aria y a Érika por los brazos y se las llevó. En ese momento, las dos estaban a punto de reírse.

Jakxel y Kyle se quedaron solos y muy confundidos por lo que habían presenciado.

—¿Sabes a que se debió eso? —preguntó Jakxel.

—Yo te iba a preguntar lo mismo.

Jakxel subió los hombros, ninguno de los dos sabía por qué se comportaron así de la nada. O tal vez uno de ellos sabía porque…

—Creo que deberíamos entrar, ya es bastante tarde —dijo Kyle.

—La verdad es que, para mí, es temprano. Cuando estaba en Terson normalmente me iba a dormir desde la media noche en adelante —le contestó Jakxel.

—Yo también me quedaba despierto hasta tarde leyendo o haciendo cualquier cosa.

—En mi caso era porque era el único momento que tenía para mí —Kyle lo miró extrañado—. Claro, mi padre me tenía encerrado, pero no me dejaba allí sin hacer nada. Varios maestros venían a educarme, me enseñaban las tradiciones y algunos incluso jugaban conmigo.

—Al menos no te dejó allí sin nada que hacer o analfabeto.

—Creo que es lo único que le agradezco.

Volvió a mirar la llama que tenía en su mano.

—¿Te enseñaron control?

Bajó la cabeza.

—No, no sé casi nada sobre mi magia, siempre estaba apagada por el líxiro. Es la primera vez, desde los diez años, que la tengo activa tanto tiempo.

—Pues yo te puedo ayudar con eso, sígueme.

Lo llevó al campo de entrenamiento de magia. Era tarde, pero no le tomaría mucho tiempo. Habían pasado toda la mañana en la iglesia y seguramente Jakxel estaba cansado después de escuchar muchas cosas que no entendía.

No se veía casi nada, pero tenía una idea.

—¿Ves las antorchas?

Jakxel miró a su alrededor, había un total de diez en torno a su ubicación.

—Sí, las veo.

—Enciéndelas para que podamos ver mejor.

—Espera, ¿desde aquí?

—Por supuesto. Inténtalo.

—Creo que voy a necesitar una escalera.

Kyle se rio.

—Comienza cuando quieras.

Jakxel se quedó mirando la pequeña llama que tenía en su mano, nunca había hecho una más grande. En ese momento tenía miedo de lo que su magia podría causar.

Intentó crear una llama más grande, pero cuando lo intentó sólo creó una pequeña explosión. Kyle logró crear un escudo a su alrededor justo antes de que las llamas lo tocaran y quemaran. Se dio cuenta de que necesitaba ayuda.

Jakxel se asustó por lo que había hecho.

—Lo siento, no te quemé, ¿verdad?

—Tranquilo, me lo esperaba —dijo mientras bajaba el escudo.

—Tal vez no estoy hecho para controlar magia, la verdad es que me asusta lo que pueda crear.

Kyle sintió que se estaba viendo en un espejo, él se había sentido de esa misma manera.

Fue cuando las palabras de su hermano le llegaron a la mente.

—La magia no es algo para tomar a la ligera. Puede ser tu mejor aliado o tu peor desventaja. Si posees un buen control, podrás vencer a cualquier oponente. En cambio, si no la sabes controlar, ella te controlará a ti.

—Eso es exactamente lo que me pasa.

Pensó en alguna manera de poder enseñarle sin que se sintiera presionado.

Tomó una espada de madera y la puso en el suelo. Después creó un escudo plano que estaba a unos cinco pies del suelo.

—Ahora préndele fuego a la espada y haz que la llama llegue hasta el escudo.

Jakxel trató de no ponerse más nervioso. Le prendió fuego a la espada y controló la pequeña llama. Se concentró lo más que pudo, vio como la llama subía. Hizo que ascendiera un poco más cuando una leve brisa le movió la llama. Trató de estabilizarla y volvió a tomar control de ella. La brisa regresó, ahora estaba nervioso, tanto que no se dio cuenta de que la llama se había salido de control.

Kyle le gritó tratando de alertarlo, pero eso sólo empeoró las cosas. El fuego voló por todas las direcciones de la estancia. Afortunadamente Kyle logró crear un escudo para poder protegerse. A Jakxel no le afectó el fuego, pero cayó al suelo. Se podía notar el miedo en sus ojos.

—Kyle, ¿ahora qué hago? No creo que pueda apagarlo —le preguntó desesperado.

Tenía que pensar en algo rápido, no sabía crear más de dos escudos para poder apagarlo todo. Vio las vasijas con agua que su padre y hermano usaban para entrenar, podían usarlas para apagar el fuego. En ese momento deseó tener la magia de su padre y hermano.

Iba a decirle a Jakxel que lo ayudara cuando sintió su magia apagándose. Se tiró al suelo del dolor.

—Kyle, ¿no te quemé?

—No es eso —dijo entre dientes.

Sintió su magia activándose otra vez, pero no era la que conocía.

Recordó qué había pasado en la prisión. Aria había experimentado lo mismo, pero después ella…

Miró el agua y pudo sentir una conexión. Casi instintivamente alzó su mano y controló el agua que estaba en la vasija. La levantó y la dividió en pedazos para poder apagar el fuego. Las dejó caer sobre el fuego y se apagó.

Nuevamente sintió la magia apagándose y, cuando se volvió a encender, creó un escudo en su mano para estar seguro de su teoría.

—Creo que ya entendí —Kyle se dijo a sí mismo.

—¿Cómo? Pensé que no se podía tener más de un tipo de magia a la vez —Jakxel le preguntó.

—Hay cosas que ni siquiera un bendecido entiende.

Jakxel lo ayudó a pararse, estaban confundidos. Comenzaron a pensar sobre lo que acababa de pasar.

—Me pudiste haber dicho antes que tenías dos tipos de magia —se quejó Jakxel.

—No tenía la menor idea. Como dijiste, pensé que sólo se podía tener un tipo de magia a la vez.

—Los bendecidos son más complicados de lo que se dice —pensó Jakxel.

—No se lo digas a mi padre, al menos no por ahora —dijo Kyle.

—Sólo prométeme que, cuando tengas la respuesta, me la dirás. No me puedes dejar con la duda después de lo que acabo de ver.

Kyle se rio levemente.

—Suena justo.

Capítulo 42

No podía quedarse con la duda, así que fue a la biblioteca. Jakxel también insistió en ir con él. Era entendible que también quisiera saber a qué se había debido eso.

Kyle caminó casi toda la sección de magia, pero no encontró nada que lo ayudara. No tomó el libro que era ilegal, pues ya lo había leído y conocía que sus páginas no eran útiles para este tema. Jakxel no estaba "ayudando", porque en realidad andaba bastante distraído mirando y leyendo los títulos de los libros. Él no visitaba una biblioteca hacía ocho años, así que no le dijo nada. Después de casi una hora y media, se sentó en una de las mesas. Jakxel aún miraba los libros.

Kyle rio en voz baja.

—Hace tiempo que no sales.

Jakxel lo miró preocupado.

—¿Se nota mucho?

—Más o menos.

Se sentó en la silla frente a Kyle.

—No puedo evitarlo, ahora puedo leer lo que quiera y cuando quiera. Antes debía esperar a que mi padre lo permitiera.

Todavía Kyle quería hacerle una pregunta.

—¿En serio te dialogaba de sus planes?

—Sí, él contaba con que nunca saldría y no se lo diría a nadie.

—¿Sólo te contaba cosas que tenían que ver con sus planes de gobierno sobre Nesshia?

—No, también me contaba sobre ustedes, los bendecidos.

—Supongo que no cosas buenas.

—Sí, por supuesto. Pero siempre supe que no era como él los describía.

Ahora quería conocer cómo Terson los veía.

—¿Qué te contaba de nosotros?

—No creo que quieras saber.

—La verdad es que sí, quiero saber cómo tu reino nos ve.

Jakxel se quedó callado. Estaba pensativo y de inmediato le vino a su mente un recuerdo de su niñez. Entonces decidió contarle a Kyle lo que su padre le había dicho cuando tenía diez años.

—Los bendecidos son parte de las serpientes, que fueron creadas por la diosa para condenarnos. Sabiendo eso, los bendecidos son igual que las serpientes, así que ellos también nos condenarán. Y, por eso, los bendecidos no son algo que debas admirar, son algo que debes odiar —le decía el rey Renaldo.

Jakxel se quedó mirando a su padre, no le hacía mucho sentido lo que le acababa de decir. Si fuera verdad, los antiguos bendecidos ya los habrían condenado.

—¿Estás seguro? —preguntó Jakxel dudosamente.

—Claro que sí y tú también lo estás.

—La verdad es que no.

Renaldo miró a su hijo molesto, Jakxel se dio cuenta de que había cometido un error al haberle refutado a su padre.

—Desde la fundación de Terson, siempre se ha creído esto. Es lo que se enseña, los bendecidos son tus enemigos, al igual que las serpientes y la diosa.

—De la diosa lo entiendo, considerando lo que pasó con Osamu... Pero de las serpientes y los bendecidos... no del todo.

Renaldo dejó salir un suspiro.

—Tienes diez años, muchos otros niños de tu edad ya entienden esto a la perfección. Pierdo bastante tiempo al venir aquí para poder explicarte estas cosas. ¿Por qué tienes que ser tan estúpido?

No era la primera vez que lo llamaba así.

—Ellos sí pueden salir.

—Eso no tiene nada que ver. ¿Has leído los libros que te traje?

Claro que los había leído, era lo único que tenía que hacer en ese lugar.

—Sí, los he leído.

—Pues no lo parece —hizo una pausa—. No vas a ser rey, pero quiero que estés educado.

Esa era otra cosa que Jakxel no entendía.

—No tienes que entender nada de las serpientes y los bendecidos. Solo memorízalo tal y como está en los libros.

Tendría que pedirles a algunos tutores que lo educaran mejor, eso no se podía quedar así. Se estaba marchando cuando sintió que Jakxel lo haló por el brazo. Lo miró enfadado, no podía creer que se había atrevido a tocarlo.

—¿Puedes traerme más libros? Me aburro rápido aquí —se quedó mirándolo por un segundo—. Puede ser de los que hablan de la diosa —dijo tratando de convencerlo.

—Lo pensaré —dijo Renaldo entre dientes.

Jakxel le sonrió y lo abrazó. Renaldo se enfureció más de lo que ya estaba. Empujó a su hijo para que lo dejara y se fue.

Siempre pasaba lo mismo, pero aun así lo intentaba. Trataba de convencerse a sí mismo de que su padre lo amaba, pero ya le había demostrado lo contrario más de una vez. El creía que si lo abrazaba y le mostraba amor su padre podría cambiar, no entendía que eso era imposible.

También intentó que le permitiera ver a su madre. Hacía cinco lunas que los había separado, cinco lunas que no la veía. Claro está que él se negó a esa petición. Sólo quería que todo esto terminara pronto.

Kyle se quedó pensando en lo que Jakxel le acababa de contar.

—Te dije que no era algo bueno —dijo Jakxel.

—Sí, lo sé… de él no se puede esperar nada bueno. Ya sabes todo lo que le hizo a los niños del orfanato.

—Aria lo pasó peor que yo, a mí no me lastimaba físicamente.

—Al menos ahora hay esperanza. Cuando seas el rey podrás arreglar la relación de Terson con los otros reinos.

—Sí, eso espero.

Capítulo 43

La noche anterior, Kyle apenas durmió después de lo que pasó con su magia. Además, se acostó tarde por haber estado hablando con Jakxel. Al igual que Aria, poseía dos tipos de magia. Siempre estuvo dentro de él, sólo que estaba dormida. Si tenía dos tipos de magia significaba que Carmesí lo sabía. Le tenía algunas preguntas otra vez. Había tantas cosas que ni siquiera ellos conocían. Comenzó a asustarse por eso. Desconocía aspectos de sí mismo. ¿Y si las cosas que ignoraban eran de importancia?

Comenzó a preguntarse si todas las relaciones con los antiguos bendecidos habían sido de esa manera, porque, la verdad, no creía que pudiera funcionar con el sistema de comunicación que tenían las serpientes. Sabía que existían aspectos que era mejor que ellos mismos los descubrieran, pero otros eran demasiado importantes como para que no las supieran.

No quería dudar de las serpientes, pero con todo lo que había pasado... De quien más dudaba era de la diosa, con quien deseaba hablar, pero no se había mostrado y no sabía cómo llamarla.

Miró alrededor de su habitación. Vio a Ona, pero su serpiente no se encontraba. Ahora sí estaba preocupado, se levantó y salió a buscarla.

En primer lugar, fue el cuarto de juegos, pero no se encontraba allí. Se dirigió a la habitación de Aria. Tal vez ella sabía dónde estaba. Mientras iba de camino notó algo extraño. Todo se sentía demasiado silencioso y tranquilo. Cuando llegó, tocó la puerta, pero no recibió respuesta. La llamó, pero nada. Entró y vio que no había nadie. Casi corrió a la habitación de costura de su hermana y ella tampoco estaba.

En ese momento entró en pánico, ya que no podía encontrar a nadie. Accedió a la oficina de Dan, a los cuartos de sus hermanos, a los campos de entrenamiento, a los jardines, al salón del trono, al de baile, e incluso fue a la biblioteca, pero no pudo encontrar a nadie, ni siquiera al bibliotecario.

Después de pasar una hora buscándolos, comenzó a pensar en lo peor, pero no era posible. Si hubiesen atacado, lo habrían capturado a él también. Esperaba que todo fuera un mal sueño. Trató de pensar en algún sitio en el que no hubiera ido a buscar. En ese momento vino un lugar a la mente. No había entrado allí en años.

Comenzó a caminar hacia al salón del reloj, al menos así era como él le decía. Tenía un reloj justo al final de la habitación. Cuando era pequeño, ese salón lo asustaba. De ahí su aprehensión a entrar allí. En realidad, ese salón contenía algunas pinturas de generales de guerra y héroes del reino. Era bastante amplio, cuando tenían reuniones familiares se reunían allí, pero él se quedaba afuera.

Estaba un poco molesto. Después de todo lo que había tenido que soportar en Terson sólo quería pasar un buen tiempo con su familia y sin preocupaciones. Pero no, tenía que pasar una cosa detrás de otra. Sólo esperaba que de verdad estuvieran allí. Quería poder relajarse sin hacer nada ni pensar en las serpientes, la diosa o Terson.

Llegó al salón, la puerta estaba media abierta. Eso no le gustó. Si había alguien dentro, no debería haber tanto silencio. Comenzó a sospechar, algo no muy bueno ocurría.

Se acercó a la puerta, estaba preparado para lo peor. Tomó aire y la abrió completamente. Cuando entró…

—¡Sorpresa!

Del susto que se llevó, dejó salir un grito. Eso sí que no se lo esperaba. Vio a toda su familia, a los otros tres bendecidos, a Dan y Jakxel presentes. Todavía estaba un poco asustado.

John se rio.

—¿De verdad gritaste?

—No me culpes, no los encontraba por ningún lugar del castillo. Pensé que les había pasado algo.

—Un momento, ¿no sospechaste nada? Normalmente siempre sospechas —dijo Gisberto.

Seguía confundido.

—¿De qué hablan?

—¿En serio se te olvidó? —dijo Orit un poco decepcionada.

—Kyle, mira la habitación. ¿Qué ves? —dijo Aria.

Miró alrededor. El salón estaba decorado con listones y algunas flores. También había una mesa con meriendas y otra con juegos de mesa.

—¿Me perdí alguna celebración de algo? —preguntó confundido.

Ya no podía más, tendrían que decirle.

—Hijo, hoy es tu cumpleaños —dijo Orit—. Queríamos honrarte, aun con la situación que tenemos, deseábamos celebrar tu vida y que estás aquí.

—¿Qué? —comenzó a contar en su mente—. ¿Hoy es el día treinta de la primera luna de Fisno?

—Esa es la fecha de tu nacimiento. —dijo Xander burlándose.

—¿De verdad no sabías que día es hoy? —preguntó Silon.

—No, perdí la cuenta cuando estaba en Terson.

—¿No se te ocurrió contar los días? —dijo Keira.

—Claro que lo hice, pero perdí la cuenta.

Ahora que sabía que todos estaban bien, se tranquilizó. Fue cuando cayó en cuenta. Si hoy era su cumpleaños significaba que tenía dieciocho.

—Entonces, ¿por eso estaban actuando así ayer? —preguntó mientras miraba a Aria y a Érika.

—Sí —le contestó Érika.

—Y casi lo echan a perder —dijo Silon.

—Por favor, no fue tan obvio —expuso Aria.

—La verdad es que sí se notaba —afirmó Jakxel.

Kyle lo miró extrañado.

—¿Tú también sabías?

—Sí, soy bueno con los secretos… Tal vez es porque yo solía ser uno.

—Nunca me lo mencionaste anoche.

—Ahora que traes ese tema, Jakxel nos contó sobre lo que le enseñaste ayer —dijo Xander.

—En serio, ¿qué les contó? —preguntó Kyle preocupado.

—Pues nos habló del pequeño entrenamiento que le diste.

—Ah… eso.

—Ahora que ya estás aquí, ¿podemos por fin jugar Krista? —pidió John.

—Yo juego contra ti —dijo Érika.

Se acercaron a la mesa para poder jugar, Kyle se acercó a Jakxel.

—Gracias por no decirles —le comentó en voz baja.

—Te lo prometí. ¿Ya sabes la razón?

—No, y no he visto a mi serpiente para poder preguntarle.

—Nadie sabe dónde están —dijo Aria susurrándoles.

Los dos miraron para atrás, pues les había asustado la voz de Aria.

—¿Cómo nos escuchaste? —preguntó Jakxel.

—Es un truco que hago con mi magia.

—¿Cómo que nadie sabe dónde están? —le preguntó Kyle.

—La última vez que las vieron fue el día que llegamos, hace dos días —informó Aria.

—Me pregunto dónde están.

—Tal vez Carmesí no sabe cómo explicarte lo de tu otra magia.

Kyle miró a Aria extrañado. Ella acababa de confesar que sabía lo que había pasado.

—¿Cómo…?

—Yo no dije nada —aseguró Jakxel por si acaso.

—Los estaba vigilando anoche —admitió Aria.

—¿Con que espiándonos?

—No me culpes, escuché la explosión de fuego y, cuando llegué, estabas en el suelo controlando agua, pero tranquilo, no le dije a nadie —hizo una pausa—. Tal vez tú y yo muramos antes de lo que pensamos, si lo que dicen es verdad.

—¿Cómo que van a morir antes de lo previsto? —preguntó Keira casi gritando.

Todos los miraron confundidos, era lo que les faltaba.

—Muchas gracias, Keira—dijo Kyle entre dientes.

John se levantó molesto de la silla.

—Kyle, explícate, pues no pasamos estas últimas lunas tratando de sacarlos de Terson para que mueras ahora.

Pudo notar que todos estaban de acuerdo con él.

—Creo que es un buen momento para decirles —dijo Jakxel.

—¿Decirnos qué? —preguntó su padre.

—Bueno… Digamos que… va a sonar un poco extraño, pero…

—Kyle tiene magia de agua —dijo Aria interrumpiéndolo.

Casi la mata con la mirada. No le dio tiempo ni de explicar lo que pasó.

—Aria, yo quería decirlo —le dijo Kyle molesto.

—Te tardaste mucho.

—Espera —Xander se acercó a él—, todo este tiempo tuviste magia de agua y no me lo dijiste. Pudo haber sido mucho más fácil entrenarte.

—Yo no lo sabía, lo descubrí anoche.

—Lo gracioso es que yo también tengo un poder, adicional a mi magia de viento —dijo Aria.

—Entonces, ¿lo heredaste? —preguntó Dan.

—Sí, pero al igual que Kyle, sólo se activó en situaciones en las que de verdad necesitábamos —dijo Aria mientras pensaba en el momento que la sintió por primera vez.

—Es una lástima que ciertos reptiles no estén presentes para que nos expliquen —dijo Silon.

—Entonces, ¿todavía no saben dónde están? —preguntó Orit.

—No, espero que tengan una buena excusa para esto —dijo Kyle.

Capítulo 44

Ni siquiera el día de su cumpleaños se salvó del entrenamiento. Ahora que su hermano y su padre sabían que tenía magia de agua, querían ponerlo a prueba. La verdad es que Aria tampoco se había salvado. Dan la atacaba sorpresivamente para ver si su poder predecía bien el ataque y no fallaba en defenderse.

Kyle estaba tratando de descifrar cómo Xander y su padre podían controlar el agua. La noche anterior lo había hecho por instinto y por la presión del momento, pero ahora que intentaba descifrar cómo usarla, se le hacía difícil.

Se encontraba cansado. Pensaba que sus escudos eran difíciles de controlar, pero estaba equivocado. La magia de agua le estaba dando mayor dificultad.

Xander le lanzó un poco de agua, esta vez pudo crear un escudo para protegerse de él.

—Tus reflejos mejoraron, pero te dije que tomaras control del agua. No que crearas un escudo.

—Nunca cambias, ¿verdad? —preguntó Kyle mientras trataba de tomar aire.

—Tienes nuestra misma magia, tienes que aprender a controlarla. Es un poco diferente, como puedes ver.

—Sí, se siente diferente y no lo digo sólo porque sea otro tipo de magia.

Kyle trataba de recuperar el aliento. Miró a Aria y vio que estaba mirando en todas direcciones. Eso le dio gracia.

—¿Buscas a Dan?

—Desde que les dije a todos que heredé el poder, no ha dejado de asustarme o atacarme y, de paso, Marci se le unió también —contestó un poco molesta.

—Sólo intentan ayudarte a entrenar.

—Todavía no se activa automáticamente, así que me han estado asustando todo el día.

—Y supongo que todavía no sabes activarla tú misma —dijo Silon.

—Pues no, eso tampoco.

De repente sintió algo en su hombro, lo agarró y dio media vuelta. Dan estaba detrás de ella, volvió a molestarse.

—Y así de fácil, estás muerta —dijo Dan.

—No sé si agradecerte que me estés ayudando u odiarte por todos los sustos que me has dado hoy.

—Tú nos asustaste más a nosotros, al igual que Kyle.

—Eso no es una excusa válida —dijo mientras lo seguía.

Sabía que ahora Dan no la dejaría tranquila hasta que lograra controlar la magia o, al menos, activarla una vez.

—Kyle —miró a su hermano—, no bajes la guardia —le dijo mientras señalaba a su padre.

Cuando se volteó para mirarlo, el rey Gisberto le lanzó un chorro bastante grande de agua. No quería mojarse y del susto cerró los ojos. También levantó los brazos para poder protegerse del agua.

—Nada mal —dijo Gisberto.

No sabía por qué su padre había dicho eso. Abrió los ojos y fue cuando se dio cuenta de que logró detener el agua.

—No tengo la menor idea de cómo lo hice.

—Fue por la presión del momento —dijo Xander mientras se acercaba a él—. Tu estado de ánimo también importa cuando vas a usar la magia.

—Es más común que funcione mejor cuando estás en paz o bajo presión —añadió Silon.

—Creo que bajo presión funciona mejor —dijo mientras trataba de bajar el agua.

—Pero es más fácil que pierdas el control, por eso es preferible que se utilice la paz para poder entrenar.

—Creo que tú no aplicas eso en tus entrenamientos —dijo Kyle mientras guardaba el agua en las vasijas.

Xander comenzó a reírse.

—Como nunca habías estado en batalla, pensé que la presión te ayudaría, pero resultó que la paz te ayudó más.

—Pudiste haber intentado eso desde el principio.

—De todos modos, tenía que presionarte —hizo una pausa, Kyle lo escuchó con atención—. A veces te escapabas de los entrenamientos.

—Eso no lo puedo negar.

—Bueno, basta de charlas y practiquen más —dijo Gisberto.

—¿Cuánto más? —preguntó Kyle ya cansado.

—Al menos una hora más.

Dejó salir un suspiro.

—Genial.

Ahora sí que no podía más. Si Dan y Marci la seguían asustando, terminaría con un ataque al corazón. Sabía que los dos lo estaban disfrutando. Tal vez demasiado.

Trató de escaparse de ellos yendo a la casa que tenía en la ciudad. Era buena huyendo y esperaba que no la hubiesen visto. Mientras iba de camino, comenzó a preguntarse por qué las serpientes todavía no habían regresado.

Ya estaba llegando a la casa, pensaba en quedarse unos cuantos días. Ahora que había visto a su familia, ya no le molestaba tanto estar allí. Se encontraba cerca de la puerta cuando vio una silueta, pero esta vez era de color azul. Desconocía a qué se debía el cambio de color, pero... sabía que tenía que atacar.

Tomó una daga que guardaba en el cinturón y se dio media vuelta. Agarró a Marci por el cuello con el brazo y ella terminó de rodillas en el suelo, la daga estaba apuntando a su garganta.

—Nada mal.

Le iba a contestar cuando vio otra silueta azul. Sin dejar de mirar a Marci, lanzó la daga a la derecha. Pudo escuchar cuando se clavó en la pared.

—Tienen suerte de que reconocí la silueta de los dos, estaba lista para matarlos.

Soltó a Marci y miró a Dan. La daga había perforado la manga de su camisa y no podía mover el brazo.

—Ya era hora de que lo activaras —Dan le comentó mientras sacaba la daga.

—Yo no lo hice, fue automático.

—Eso era lo que estábamos tratando que pasara —dijo Marci mientras se levantaba.

—Me pueden dejar tranquila por hoy, ya lo logré —les rogó.

—No más... por hoy —aseguró Dan.

Al menos así podría tener un descanso.

Marci miró dónde estaban.

—Oye ¿qué haces aquí?

—Vine a mi casa. Bueno, en realidad es de mi papá.

—Pensé que vivían en Hexno.

—Es más bien una casa de vacaciones, la usábamos cuando veníamos a Jenia —miró a Dan y después volvió a mirar a Marci—. Obviamente para escondernos de cierta persona.

—Muy graciosa —dijo Dan irónicamente.

—Pues entremos, claro, si es que ibas a entrar.

—Entonces, ¿te invitas a ti misma a las casas de otras personas? —preguntó Aria con un tono burlón.

—Sólo cuando tengo confianza.

—Pues adelante.

Cuando entraron, se alegró de que todo se viera muy bien. Notó que estaba bastante limpio. Normalmente había un poco de polvo, pero ahora no se observaba ni una mota. Se asustó cuando vio una planta en la mesa, ella no la colocó allí. Nunca tenían plantas en esa casa.

—Me gusta la casa —dijo Marci.

—Si quieres puedes ir a ver el resto. Yo voy a verificar algo —dijo mientras caminaba al estudio.

Se acercó al escritorio y abrió una de las gavetas. Comenzó a buscar entre los papeles, esperaba que estuviera allí. No la encontró. Abrió la segunda gaveta y comenzó a arrepentirse en no haberla cambiado de lugar. Ahora sí que temió lo peor. Si su madre estuviera viva, la mataría por eso.

—¿Buscas esto?

Mira a la puerta, Dan estaba sosteniendo una llave en la mano. Se alivió al ver que nadie la robó.

—¿Cómo supiste sobre mi casa? —le preguntó Aria con curiosidad.

—Ya la habías mencionado.

—Me refiero a que cómo supiste donde… —recordó a quien le había encargado su serpiente—. Celeste te mostró que estaba aquí.

—Sí, también me mostró dónde estaba la llave para que la guardara —le dio la llave a Aria—. ¿Qué abre?

—Un cuarto en el castillo de Hexno. Cuando mi madre se fue de allí, se la llevó con ella. Nos dijo que se la diéramos a Lisa cuando la coronaran reina para que viera lo que hay adentro.

—Y supongo que no sabes qué hay adentro.

—No, nunca nos compartió lo que había. Sólo nos dijo que debía ser visto por el futuro gobernante de Hexno porque mi tío nunca lo permitiría.

—Eso da más curiosidad —dijo Marci mientras entraba.

—Créeme, intenté sacarle información, pero mi madre era una persona que cuando decidía no decir algo, no había manera de convencerla.

—Si quería que solamente Lisa lo supiera debe ser por una razón —

expresó Dan.

—Puede que sea por el accidente —opinó Aria.

Marci había escuchado sobre eso, pero no sabía mucho al respecto.

—¿Qué fue lo que pasó?

—Resumido, el hermano del rey Vikram y segundo en la línea de herederos murió en una misión —dijo Dan.

—Se dice que su muerte fue planeada, otros dicen que fue un accidente, pero nunca se sabrá la verdad. Todas las personas que estaban en esa misión murieron —informó Aria.

—Eso suena a que fue arreglado —Marci comentó su sospechosa.

—Sólo la diosa lo sabe — expresó Dan.

—¿Y cómo era él? —le preguntó a Aria.

—No lo sé, él murió una vez me adoptaron, nunca lo conocí. Lo único que conozco es lo que me contaban mi madre y mi tío sobre él.

—Ya veo —dijo Marci en voz baja.

—¿Y si fue el rey Renaldo el culpable de su muerte? —sugirió Dan.

Después de todo lo que había pasado no le sorprendería que fuera él, aunque una cosa no encajaba.

—Pero ¿qué podría haber deseado de mi tío?

—Su silencio. Piénsalo. ¿Y si él vio a Jakxel? —Marci compartía sus teorías.

—Podría ser una buena hipótesis —aseguró Aria.

—Bueno, como dijiste, sólo la diosa lo sabe —dijo Marci.

Capítulo 45

Era tarde, pero seguía practicando con su nueva magia. Aunque ya había terminado con su hermano, quería familiarizarse un poco más con esa magia. Se encontraba en el jardín, justo al lado de la fuente. Tenía tres pequeñas bolas de agua flotando a su alrededor, quería llegar a cinco. Trató de tomar la cuarta y logró mantenerla. Estaba progresando bastante rápido. Se concentró para tomar la quinta cuando sintió algo, dejó caer el agua. Miró a la derecha y vio a Carmesí, ella lo miraba, pero no dijo nada. No sabía si debía estar feliz de verla o molesto por las mentiras.

Carmesí se acercó lentamente y se detuvo frente a él.

—¿Dónde estabas? Me hubiese gustado tu explicación sobre varios asuntos.

—Lo sé, perdón que no estábamos aquí.

Se quedó esperando una explicación, pero ella se quedó callada.

—¿Nada más? —le preguntó molesto.

—Espera a esta noche, todo se aclarará mientras duermes.

No la entendió del todo, pero estaba demasiado molesto como para seguir preguntando. Carmesí se enrolló a su lado, la verdad era que lo extrañaba. Esperaba que fuera verdad que todo se explicaría esa noche.

—Feliz cumpleaños.

La miró con una sonrisa en su cara.

—Gracias.

Al menos no se había olvidado de eso.

Estaba pensando en si debería causarle visiones a Aria o a Kyle, no para hacerles una broma, sino para que estuvieran más tranquilos con el asunto de su nueva magia. Al mismo tiempo sabía que si Dan o Silon se enteraban la regañarían por eso, sobre todo Silon.

Se dirigía a su habitación cuando sintió algo. De inmediato dio media vuelta. Vio que Rosa se estaba acercando a ella, se veía más sería de lo normal.

Rosa se detuvo frente a ella y la observó apenada.

—Érika, perdón que nos fuéramos de repente, pero…

No pudo terminar de hablar, Érika se lanzó al suelo, la tomó y la abrazó. No se esperaba esa reacción de ella, pensaba que eso sería lo que Aria haría con Celeste, pero no le molestó en lo absoluto.

La tomó en sus manos.

—¿Por qué se tardaron tanto, que acaso no sabes cuán aburrida estoy sin ti?

Debió imaginarse que la extrañaba tanto por una razón, comenzó a reírse.

—¿Silon te ignoró otra vez?

—No, pero estaba aburrida.

Érika subió los hombros. ¿Qué podía hacer al respecto?

—Una cosa más, presta atención a tus sueños esta noche.

La miró confundida.

—¿Por qué?

—Ya lo verás.

Silon había pedido prestado el libro ilegal para ver si podía descubrir cómo Kyle tenía dos tipos de magia y pudo sobrevivir. Seguramente el libro tendría alguna información del tema. Lamentablemente, luego de haberlo leído dos veces, no encontró nada. Pero algo le decía que la respuesta estaba allí, aunque no fuera a simple vista. Como se encontraba en la biblioteca le preguntó al bibliotecario si conocía algo sobre el asunto, pero él no sabía nada.

Fue cuando sintió algo, sabía lo que significaba a la perfección. Cerró los ojos y los volvió a abrir para poder verla bien. Miró detrás de él y Dorada ya se estaba subiendo a la silla donde se encontraba sentado. La tomó en su mano y la puso en la mesa. Después de estar mirándose por unos segundos no sabía quién de los dos estaba siendo más intimidante.

—¿Sabes que puedes decirme el motivo de tu desaparición cuando te dé la gana? —le preguntó Silon irónicamente.

Sabía que él no iba a escucharla, decidió ir al punto.

—Espera a esta noche, todo se explicará mientras duermes.

—¿Eso es todo, esperar a que me duerma?

—Querías una explicación, pues ya te la di.

Comenzó a acercarse a la orilla de la mesa para bajarse, pero Silon la detuvo.

Dejó salir un suspiro.

—No quería ser tan duro, pero no vuelvas a asustarme así.

Continuó leyendo el libro. Dorada lo miró, estaba feliz con lo que le acababa de decir.

—**Eso quería escuchar.**

—Te puedes quedar si quieres.

Era una indirecta, sabía que él deseaba que se quedara. Se quedó al lado de su brazo, aunque ya sabía lo que ese libro decía no le molestaba volver a leerlo junto a Silon.

Celeste se sentía nerviosa de volver con Aria, no sabía cómo reaccionaría. Seguramente estaba llena de ira hacia ella. Todo por los secretos y por no mencionarle el tema de su nuevo poder y su familia. Le hubiese encantado estar con ella cuando se enteró para explicarle todo, pero no podía controlar el futuro.

Celeste la había buscado, al no encontrarla, fue a preguntarle a Dan. De inmediato él comprendió que la serpiente buscaba a su bendecida y le dijo dónde se encontraba. Marci estaba con ella, a petición de Dan, porque no quería que ninguno de los bendecidos se quedara solo.

La podía sentir, se detuvo frente a la puerta de la casa de Aria. Estaba abierta. Celeste entró a la habitación, Aria no se movió para verla. Sabía que ella la había sentido, pero la estaba ignorando, no la culpaba.

Celeste se subió a la mesa, fue cuando pudo ver que Aria estaba escribiendo, una carta.

—**Aria, deja que me explique.**

—Pues hazlo rápido, estoy un poco ocupada.

—**Entenderás toda esta noche, recuerda tus sueños.**

Soltó la pluma y la miró.

—¿En la noche, en mis sueños? —hizo una pausa—. ¿Qué planearon hacer?

Bajó la cabeza.

—**No puedo decirte.**

—Como quieras.

—Por favor, hazme caso, lo entenderás todo después.

—Esperaré por ahora —tomó la pluma en su mano—. Quisiera estar más molesta contigo, pero no puedo… no después de todo lo que has hecho por mí.

Celeste le sonrió.

—Lo entiendo, entonces ¿estamos bien otra vez?

—Por ahora sí, veremos cómo estamos después de esta noche —dijo mientras le pasaba los dedos en su diminuta cabeza.

Habiendo ya resuelto ese problema, temporalmente, continuó escribiendo.

Celeste se acercó para poder ver que estaba escribiendo. Cuando la leyó se quedó sorprendida, miró a Aria casi con la boca abierta.

—¿Esto es en serio?

—Sí —contestó secamente.

Celeste bajó la cabeza.

—Como quieras.

Capítulo 46

Se despertó y estaba en la montaña. Kyle se imaginaba otra cosa cuando Carmesí le había dicho que estuviera atento a sus sueños. Miró alrededor, se veía diferente. También vio que no se encontraba solo. Aria, Érika y Silon estaban allí y se veían igual de confundidos e impresionados que él. Volvieron a mirar al paisaje, el cielo era color azul oscuro, igual que la noche y el árbol era blanco y estaba brillando. No tenía hojas, apenas diez ramas. Una era de color negra a diferencia de las otras. En su opinión, se veía más lindo que antes.

Se acercaron al árbol, esperaban ver a las serpientes, pero ellas no estaban allí.

—Entonces… ¿no hay nadie? —preguntó Érika.

—Eso parece —dijo Aria.

—Ellas dijeron que todo se explicaría esta noche —expresó Silon.

—Pero ¿cómo se va a explicar todo si estamos solos? —dijo Kyle molesto.

—Pero no están solos —contestó una voz.

Los cuatro se asustaron al escuchar esa voz y miraron al árbol, que brillaba más que antes. Las ramas comenzaron a contorsionarse. Ahora estaban más sobresaltados. El árbol continuó moviéndose y formó una silueta humana, la luz se hizo más brillante. Cuando el árbol dejó de brillar, se había transformado en una mujer de cabello dorado, vestida de blanco.

La reconocieron en cuanto la vieron y se inclinaron de inmediato. Era la primera vez que veían a la diosa Shiori en persona.

Shiori les sonrió.

—Tranquilos, ustedes no tienen que ser tan formales.

Se pararon. Ahora entendían a qué se referían las serpientes cuando dijeron que todo se explicaría. Lo que todavía no podían creer era que estaban hablando con ella.

Shiori miró a los cuatro detenidamente, que se veían sorprendidos y confundidos. Le hubiese gustado que ellos pudieran verse a sí mismos la cara que tenían en ese momento.

—Sé que tienen preguntas —dijo Shiori.

—Sí, ¿el árbol siempre fuiste tú? —dijo Érika.

—No, pero así es como puedo entrar aquí.

Kyle todavía no podía creer lo que estaba pasando. Shiori lo había escuchado. Ahora que se encontraba frente a ella se sentía un poco avergonzado por todo lo que dijo.

—¿Estás conectada al árbol? —preguntó Silon.

—Algo parecido.

—Entonces, cuando hablamos con nuestras serpientes, ¿nos puedes escuchar? —cuestionó Aria.

—Sí, por supuesto.

—Significa que me escuchaste, ¿cierto? —preguntó Kyle.

—Sí —la sonrisa que Kyle tenía desapareció—. Y quiero disculparme con los cuatro.

Era lo que quería escuchar de ella, pero ahora que lo había dicho sentía que todavía no estaba satisfecho con su respuesta.

—¿Nos vas a explicar? —preguntó Kyle.

Shiori les hizo una seña para que se sentaran, fue cuando supieron que les explicaría todo. Se sentaron y esperaron a que comenzara a hablar.

—La historia que oyeron sobre mí es más que cierta. No escuché a Osamu y por su ira y frustración se convirtió en lo que yo temía —hizo una pausa, comenzó a recordar los cinco años que pasó en la tierra como mortal—. Muchos me dijeron que lo matara, pero no podía, él nunca quiso lastimarme. Pero se tornó peligroso. Quería matar a inocentes. Desobedeció y el anillo lo corrompió. Sí, fue el anillo. Por eso lo desterré, para que viviera, pero no en esta tierra.

Todo eso lo entendían. Sabían que debió ser difícil para ella, no sólo batallar contra él durante cinco años, también el desterrarlo.

Tomó aire, ya lo había decidido.

—Quiero que recuperen al medallón de Krizys y el anillo de Samus y abran el portal hacia el inframundo con el mismo ritual con el que lo desterré —informó Shiori.

Los cuatro se quedaron boquiabiertos, estaban sorprendidos y confundidos con lo que les acababa de pedir.

—Con todo el respeto del mundo, Shiori… ¿Estás loca? —dijo Érika.

Todos querían matar a Érika con la mirada. Pero la diosa le sonrió.

—Ya sé cómo suena, Érika, pero tengo un plan.

—Pues me gustaría escucharlo —expuso Silon.

Los demás estuvieron de acuerdo con él.

—Quiero que lo purifiquen de la maldad que lo controla.

—Lo entiendo, yo también pienso que él puede ser salvado, pero ¿y si rearmamos el medallón que les va a pasar a las serpientes? —dijo Aria preocupada.

—No les va a pasar nada. Mientras las gemas existan, ellas también. No es cien por ciento necesario que las tengan con ellas.

—Entonces, ¿por qué las tienen? —preguntó Érika.

—Porque así las pueden proteger mejor.

Kyle comenzó a pensar, pues sabía cómo había terminado el cuerpo mortal de Shiori cuando estuvo en Nesshia después de haber realizado el ritual.

—Para que podamos hacer las dos cosas el mismo día necesitaríamos estar fusionados con nuestras serpientes en ese momento —dijo Kyle.

—Sí, si no quieren morir tienes que hacer eso.

—Sería más fácil si supiéramos como hacerlo —expresó Silon.

—Bueno, yo ya lo hice una vez —Kyle les aseguraba a todos.

—No, nunca te has fusionado con tu serpiente —Shiori le aclaraba.

La miró confundido.

—Pero Carmesí me dijo…

—Ya sé lo que te comentó y no era cierto. Te contó eso para que no supieras de tu segunda magia.

Más secretos estaban siendo revelados.

—Kyle y Aria, ustedes dos pasaron por lo mismo apenas nacieron. Se enfermaron al punto de que estaban al borde de la muerte.

—Espera, ¿estuve a punto de morir? —Aria se asombró de esta noticia.

Afirmó con la cabeza.

—Nadie lo sabe porque tus padres nunca se lo dijeron a nadie, además de a Celeste.

—Entonces, ¿qué fue lo que nos pasó? —preguntó Kyle.

—Cuando nacieron tenían las dos magias dentro de sus cuerpos luchando, tratando de convivir la una con la otra. Por eso se enfermaron. Sus serpientes interfirieron e hicieron lugar para que la segunda magia que tenían pudiera estar presente sin causar más daños. Básicamente, lo que hicieron fue crear dos venas de poder más para que pudieran soportar la segunda magia.

—Entonces, ¿tenemos cuatro venas de poder? —cuestionó Aria un poco aturdida.

—Sí, dos para la magia de las serpientes y las otras dos para su otra magia. No pueden usar sus dos magias al mismo tiempo.

Eso tenía sentido. Se estaban alternando antes de poder usarla.

Érika continuaba pensando en la misión que les había dado la diosa.

—Yo tengo una duda —dijo Érika —. ¿No es mejor si destruimos el anillo?

—No, si lo hicieran, el lárix que contiene se dispersaría y podría causar muchos problemas. El que posea el anillo puede controlar esa energía pura.

Eso era perjudicial. Si el rey Renaldo podía controlar la magia más pura, tenían un problema.

—Entonces, cuando terminemos con todo, ¿le damos el anillo a las serpientes para que lo cuiden? —preguntó Kyle.

—No, lo van a llevar a la entrada de la montaña Picos Escamas y se lo van a dar a Otguer Violet.

—¿Te refieres a mi abuelo? —Aria se aseguraba de haber entendido bien.

—Tu familia no sólo vigilaba la entrada a la montaña, también cuidaban el anillo y el medallón.

—Entonces, ¿cómo es que Renaldo las tiene ahora en su poder si siempre estuvieron vigiladas? —cuestionó Kyle.

—Al igual que Otguer, tu padre Everett tenía el poder de predicción, pero no fue suficiente para vencer. No pudieron hacer mucho cuando Renaldo los atacó. Él tenía un gran batallón, mientras que Everett en ese momento apenas tenía suficientes personas para contraatacar.

Ahora los cuatro estaban confundidos.

—¿Como que no tenían suficientes personas para atacar? —inquirió Silon.

—Nadie lo sabe, pero la familia Violet tiene un pequeño ejército para que los ayuden a proteger la montaña. Estos soldados se llaman las Serpientes Plateadas, su nombre proviene de las serpientes que viven allí. En ese momento ese ejército era muy pequeño.

Eso era información valiosa.

—¿Todavía están allí? —interrogó Kyle.

—El ejército, sí. No todos murieron, Otguer es quien los guía ahora.

Kyle miró a Aria.

—Deben estar esperando a un futuro general.

Aria ignoró el comentario.

—Si lo que el rey Renaldo quiere es matar a las serpientes, ¿por qué no lo hizo cuando tuvo la oportunidad? —preguntó Aria.

—La entrada estaba cerrada y el escudo protegía el pico de la montaña Picos Escamas, por eso no las pudieron matar. Hay una única entrada al pico de la montaña, que es donde viven las serpientes. Esa entrada es la que la familia Violet vigila y la que las Serpientes Plateadas iban a ayudar a proteger. La casa de la familia Violet y la cueva donde estaban el anillo y el medallón están en la meseta de la montaña y afuera del escudo invisible, que protege el pico de la montaña. Al estar fuera del escudo quedaron sin su protección al ataque del rey Renaldo. Ese día, cuando las serpientes salieron del pico de la montaña para unirse a la batalla, se dieron cuenta que Renaldo logró su cometido, ya tenía en su poder las dos joyas. Tuvieron que retroceder al pico de la montaña y cerraron de inmediato la entrada con el escudo para protegerse del ataque del rey. El escudo salvó a las serpientes en ese momento.

Comenzaron a preguntarse cómo era que desconocían eso. La verdad es que no se sabía mucho sobre ese lugar. Los Violet eran los que conocían todo sobre la montaña Picos Escamas, por eso estaban allí.

—Creo que ya tenemos todo —expresó Silon.

—Primero tenemos que ir a Sileria y a Sheztra para poder conseguir las otras dos partes que nos faltan —dijo Aria.

—Es mejor que nos vayamos lo antes posible, ese viaje va a tomar varias lunas —aconsejó Keira.

—No necesariamente. Les recomiendo que vayan a la entrada de la montaña primero. Allí Otguer les explicará algo importante.

—¿No es mejor si nos lo dices tú? —preguntó Silon.

—Me gustaría que él tuviera la oportunidad de explicárselo, después de todo ese es su trabajo.

Esta vez no estaban molestos con la diosa por no explicarle todos los datos. Era cierto que él se encontraba en la montaña por una razón.

—Le diré a mi padre sobre el plan y partiremos lo antes posible —informó Kyle.

Shiori estaba contenta con lo que veía. Le gustó ver que los cuatro trabajaban bien juntos y que sus dudas fueron aclaradas.

—Ahora es mejor que despierten para que puedan comenzar.

—¡Pero si solamente llevamos unos diez minutos aquí! —dijo Érika.

—Eso parece, pero, la verdad, esto tomó toda la noche. Ya amaneció.

—No lo parece —expresó Aria.

—El tiempo pasó rápido y de manera diferente porque yo lo controlé.

Los cuatro se levantaron.

—Gracias por aclararnos todo —le agradecía Kyle.

—Por supuesto, si tienen más preguntas pueden hacerlas. Decidí que es mejor comenzar a comunicarme más con ustedes personalmente.

—Eso sí nos ayudaría mucho —dijo Silon.

Shiori les sonrió.

—Tengan cuidado.

Capítulo 47

Cuando Kyle se despertó, vio la luz del día. Shiori tenía razón, ya había amanecido. Comenzó a recordar toda la conversación. No sólo estaba feliz de haber tenido las respuestas que buscaba, también le gustó hablar con ella. Era más amigable de lo que creía. Pensó que, al ser una diosa, sería más reservada o seria, pero estaba equivocado.

Después de unos segundos sintió algo en su pecho. Miró y era Carmesí que lo miraba. La tomó en su mano y se sentó.

—**¿Ahora entendiste?**

—Sí, perdón por haberme comportado de esa manera, pero necesitaba saber la verdad.

—**Entiendo por qué te molestaste. Lo importante es que ya saben la verdad.**

Afirmó con la cabeza. Comenzó a pensar en lo que había pasado.

—¿Por eso no estaban aquí? ¿Estaban hablando con ella también?

—**Después de lo que pasó, tenían que saber la verdad, pero necesitábamos permiso. Hablamos con ella y nos dijo que prefería decírselo en persona.**

—Me alegra que así fuera —le dijo sonriendo.

—**Sí, a mí también.**

Ya era casi mediodía y seguían esperando a que Aria llegara. No la habían visto en el desayuno. Dan les dijo que ella no estaba en el castillo. No querían comenzar sin ella, pero si no llegaba pronto los bendecidos proseguirían con la reunión.

Los bendecidos se encontraban fuera del salón del trono esperándola, Silon ya no podía más.

—Saben que… Ella ya conoce de qué vamos a hablar, no se va a perder de nada.

—Espero que no estés pensando en empezar la reunión sin ella —expresó Érika con enojo.

—No puedo creer que Aria sea así —dijo Silon.

—¿A qué te refieres con que ella es así? —preguntó Kyle.

—Para comenzar, ni siquiera sabe lo básico sobre la magia y, segundo, no se toma su trabajo en serio. ¿Acaso no quiere ayudarnos?

En ese momento, Kyle recordó el acuerdo que ella había hecho con su padre. Aria no los estaba ayudando porque lo deseaba. No le quería decir sobre el trato porque era un poco personal. Esperaría a que ella les dijera.

Dan salió del salón en ese momento, miró alrededor y vio a los tres bendecidos.

—Tendremos que comenzar sin ella —anunció Dan un poco decepcionado.

—Ya era hora —replicó Silon mientras entraba.

Érika lo siguió sin decir nada.

Dan y Kyle se miraron.

—¿No sabes por qué se quedó allí? —preguntó Kyle disgustado.

—No, sólo dijo que se quedaría a pasar la noche. Seguramente Marci sabe. Después de todo, ella está con Aria.

—Sólo espero que nos explique cuando regrese.

Marci estaba leyendo la carta que Aria escribió. Celeste quería volver a leerla, todavía no lo podía creer. Aria estaba esperando a que terminaran para saber qué pensaban.

Marci terminó de leer la carta y le preguntó sobre su decisión.

—¿Estás segura?

—Creo que debo hacerlo. Sobre todo, porque tendremos que ir a verlo de todos modos.

—Entonces, quieres informarle de que tú sabes quién es él y que eres una Violet.

—Sí. También quiero que me enseñe a usar mejor mi poder de predicción. Él es la única persona que lo tiene y sabe usarlo. Será una gran ventaja cuando nos enfrentemos a Renaldo.

—Yo creo que es una buena idea, dentro de todo —dijo dudosamente Carmesí.

Aria volvió a mirar la carta. No sabía por qué se le hacía tan difícil decidir qué hacer. Planeaba entregársela a Kyle y decirle que se encontraba bien y que se dirigía a la montaña Picos Escamas a ver a su abuelo. Deseaba contarle a Otguer todo lo que había pasado con las serpientes. Sabía que era su familia, pero no lo conocía, así que era algo incómodo y extraño tener que ir a verlo.

—¿Se la vas a entregar y luego te irás? —le preguntó Marci.

—Esa era la idea —dijo no muy convencida.

—En ese caso, envíala directamente al castillo para que puedas avanzar.

—Sí, es mejor así.

Celeste la miró confundida.

—¿No se supone que estés en una reunión ahora?

—¡Teníamos que contarle al rey lo que nos dijo la diosa! —gritó Aria interrumpiendo a Celeste—. ¿Cómo lo olvidé?

—Estabas muy concentrada en la carta.

—Si todavía están en la reunión es mejor que regresemos ahora —dijo Marci.

Aria se levantó de la silla, pero de inmediato se detuvo. Pensó por un momento qué era lo mejor que podía hacer.

—Es mejor que no vaya.

—¿Qué? —Marci la miró sorprendida.

—Diles lo que te conté.

—Espera un momento —dijo mientras la tomaba del brazo para detenerla—. Aria, estás libre, pero bajo un contrato. Si te vas, lo verán como una fuga. Te enviarán de regreso a Agua Caliza. Esto puede provocar un malentendido.

Ahora era Aria la que estaba sorprendida, no le había dicho del contrato.

—¿Cómo sabes eso? —preguntó Aria mientras se soltaba de su mano.

—Dan me lo dijo.

Tendría una conversación con Dan después.

—No me importa, no planeo huir, ya no más. Sólo voy a ir a la montaña y hablar con mi abuelo. Entrenaré mi poder y después regresaré.

—No creo que el rey lo tome bien.

Se quitó el medallón que tenía en el cuello y se lo dio a Marci.

—Ellos saben cuán importante es para mí, es una prueba de que volveré.

Marci miró el medallón, pensaba que no le iban a creer. Apenas había entrado a la guardia, para muchos todavía era un soldado de Terson.

—No, lo siento, pero no puedo permitírtelo —dijo Marci firmemente.

—Pero acabas de decir que…

—Sé lo que dije, pero lo pensé mejor.

Se quedó mirándola y le habló telepáticamente a Celeste. Le pidió un pequeño favor que, para su suerte, ella aceptó. Tomó a Marci por el brazo y la arrastró cerca del sofá.

—Escucha, esto es importante para mí.

Celeste se subió al sofá.

—Sí, lo sé, pero al menos asiste a la reunión, dile tus planes. Y espera a que todos se vayan a buscar las otras partes del ritual —le aconsejó Marci.

Celeste subió al espaldar, estaba cerca de donde Marci tenía su mano.

—¿Entonces crees que es mejor que espere? —le preguntó Aria.

—Sí, claro que es mejor.

En ese mismo momento, Celeste mordió a Marci en la mano. Ella soltó un pequeño grito de dolor y sorpresa.

—Tranquila, no es un veneno mortal —le dijo Aria tratando de calmarla.

—¿Entonces?

—Es un veneno que actúa como sedante.

Debió verlo venir.

Aria la sostuvo para que no se cayera.

—Te vas a meter en problemas.

—Sí, ya lo sé, pero tengo que hacerlo.

—Como quieras.

Miró otra vez a Marci.

—Lo siento, pero después de esto, el rey está muerto —dijo en voz baja mientras Marci la observaba.

Después la dejó suavemente en el suelo mientras el sedante actuaba.

Acababan de terminar de explicarle al rey Gisberto y al resto de la familia lo que la diosa les había dicho. Sólo necesitaban ver sus caras para poder saber que no esperaban esa petición de la diosa. También les explicaron por qué Aria y Kyle tenían dos tipos de magia.

—Entonces… Nos pidió hacer lo mismo que intenta hacer el rey Renaldo —dijo Gisberto.

—Sí —contestó Kyle.

—Claro que con motivos diferentes —añadió Silon.

—¿Y es seguro hacer eso? —preguntó Keira.

—No, pero tenemos que intentarlo —contestó Érika.

—Es arriesgado, si algo sale mal… —Dan no pudo terminar el pensamiento.

—Eso no pasará —afirmó Kyle.

—Debo recordarte que tenemos que estar fusionados para poder hacerlo y nunca lo hemos hecho —expresó Silon.

—Podemos hacerlo, tranquilo —dijo Érika.
—Pero ¿la fusión no era lo más difícil? —interrogó John.
—Sí, lo es —aseguró Kyle.
—Si la diosa lo pidió, tenemos que hacerlo —expuso Xander.
—Tienes razón. Haré los preparativos para ir lo antes posible —dijo Gisberto.

Jakxel se sentía un poco fuera de lugar, pues no era conocedor de lo que hablaban. Sólo esperaba poder ayudar en algo. Desde que entrenó con Kyle, se había dado cuenta de todo lo que necesitaba aprender. También escuchó a Silon y a Aria discutir sobre las lecciones de magia. Tal vez los dos podrían enseñarle. Era algo que siempre había deseado.

Fue cuando se acordó de Aria, que no estaba con ellos.
—¿Alguien sabe dónde está Aria? —preguntó Jakxel.
—Está en su casa con Marci —le contestó Dan.
—¿Y por qué no está presente?
—Esa es una muy buena pregunta —dijo Silon.

Capítulo 48

Cuando Marci se despertó, vio que se encontraba en el suelo y se sentía un poco mareada. Se levantó lentamente. Volvió a mirar la mordida que tenía en la mano, recordó lo que había pasado. Comenzó a revisar la casa con la esperanza de encontrar a Aria, pero estaba sola.

Había una nota en la mesa de la sala y, a su lado, estaba el medallón de Aria. Marci tomó la nota y la leyó.

Lo siento.

Aria White

Ahora estaba irritada con ella porque no le hizo caso a lo que le dijo. No quería decirle al rey lo que había hecho, pero si no lo decía, se morirían de preocupación una segunda vez. Tomó el medallón y salió corriendo hacia el castillo.

Cuando salió, vio el reloj de la ciudad. Había estado dos horas dormida. Siguió corriendo, al mismo tiempo estaba pensando en cómo se lo iba a decir.

Algunos continuaban esperando a Aria, mientras que Jakxel, John, y Keira se habían ido. Necesitaban saber por qué no llegó en la mañana.

Dan estaba a punto de sugerir que fueran a buscarla cuando vio que Marci entró. Se aliviaron al verla, pero sólo duró un segundo al observar que se encontraba sola.

—¿Dónde está Aria? —preguntó Kyle.

Marci no contestó, se iba a meter en problemas.

—¿Qué pasó? —cuestionó Gisberto.

—Ella se fue —le anunció incómodamente.

—¿Qué? —dijo Kyle sorprendido y preocupado.

—¿Dejaste que se fuera? —increpó Silon.

—Claro que no, intenté detenerla, pero… —dijo y alzó la mano donde tenía la mordida de la serpiente.

—Espera, ¿Celeste te mordió? —preguntó Érika asombrada.

—Sí, y a causa de eso terminé inconsciente.

Era lo que les faltaba.

—¿Sabes adónde se fue? —Gisberto interrogó a Marci.

—A Picos Escamas, quería hablar con su abuelo primero.

Se quedaron callados, no pensaban que se tomaba ese tema tan en serio.

Marci se acercó a Kyle y le dio el medallón. Kyle lo tomó y se quedó observándolo.

—¿Por qué lo dejó?

—Me dijo que era una prueba de que regresaría —explicó Marci.

Silon estaba enojado.

—Es como si quisiera morir. ¿Cómo va a ir sola?

—Oye, el tema de su familia es delicado —dijo Kyle.

—Pudo haber esperado a ir con nosotros, pero claro que no sabe nada del plan porque no estuvo presente en la reunión —se quejó Silon ya cansado de la actitud de Aria.

—Debió de tener sus razones.

—Ahora te pregunto Kyle, ¿por qué la defiendes?

—Porque eso es lo que hace un equipo, te guste o no.

Silon se quedó callado, la verdad es que todavía no veía a Aria como parte del equipo. Conocía bastante de su reputación para saber que sólo los estaba ayudando para su beneficio, sin mencionar el poco interés que mostraba a las cosas. Al menos esa era la impresión que él tenía de ella.

—Entonces, ¿qué hacemos ahora? —preguntó Silon.

—Ir a la montaña Picos Escamas —dijo Kyle.

—Sí, es mejor prepararnos para salir —hizo una pausa para poder pensar—. Y creo que no iremos todos —dijo Gisberto.

Lo miraron confundidos.

—Pero… ¿cómo lo vamos a lograr si no vamos todos? —le preguntó Kyle.

—Los bendecidos, las serpientes, Dan y yo iremos. Los demás se quedarán.

—En ese caso deberíamos comenzar ahora mismo —dijo Dan.

—Sí, vayan a prepararse —contestó Gisberto.

Comenzaron a salir del salón del trono, pero Gisberto detuvo a Xander. Su hijo lo miró extrañado, no se lo esperaba. Cuando los dos estuvieron solos, entonces comenzó a hablarle.

—Padre, ¿pasa algo? —preguntó Xander.

—Como ya dije, tú te vas a quedar aquí.

—Claro que sí.

—Quiero que te quedes a cargo.

—¿Qué? —preguntó nervioso—. Me estás pidiendo que sea el rey.

—Ya es hora, Xander.

—Todavía no tiene que serlo —dijo con un poco de miedo.

—Así es como debe ser.

—Pero…

Gisberto lo interrumpió.

—¿Acaso no quieres ser rey?

—No es eso, claro que sí, pero… no creo que esté listo.

—Has luchado en muchas batallas y ganado, fuiste a Terson a rescatar a tu hermano y todavía crees que no estás listo. ¿Con quién estoy hablando, con Xander o con Kyle?

Ahora Xander estaba desorientado.

—¿A qué te refieres?

—Suenas igual que tu hermano al principio del entrenamiento.

—Son dos temas diferentes.

—Debería recordarte que Kyle creía que no podía ser un bendecido, sin embargo, cuando se le necesitó, actuó como uno.

Tenía un buen punto, siempre supo que ese día llegaría, pero ahora que estaba pasando, se le hacía difícil de creer.

—Lo haré.

Capítulo 49

Aria ya estaba entrando al Bosque del Susurro. Celeste reposaba en su brazo enrollada. Ella no había dicho nada desde que salió de la ciudad. Jakxel también se encontraba con ella.

No quería ni pensar en lo que le harían cuando regresara. Le podría costar pasar el resto de su vida en prisión, pero no le importaba. Lograría sobrevivir en Agua Caliza una segunda vez.

Celeste la miró en ese momento.

—No puedo creer que después de todo este tiempo dejaras el medallón de tu familia.

La miró mientras se le dibujaba una sonrisa en el rostro.

—¿Quién dijo que lo hice? —dijo mientras sacaba el medallón de su bolsillo.

—Pero... ¿Qué le dejaste a Marci?

—Una réplica.

—¿Dónde conseguiste una réplica?

—Jakxel trabaja muy bien el metal.

—¿Y no crees que se darán cuenta de que es falso?

—No —Celeste la miró seria—. Bueno, tal vez sí. —miró a Jakxel preocupada.

—Dudo que se den cuenta, ya que moldeé el metal para que se viera idéntico —hizo una pausa—. Nunca pensé que trabajar el metal fuera tan fácil —dijo Jakxel.

—Eso se debe a tu tipo de magia.

Aria comenzó a reírse. Se notaba que su pequeña amiga estaba inquieta. Se puso el medallón alrededor del cuello.

—Tranquila, Celeste, todo va a estar bien.

—¿Estás segura? —dijo una voz.

Dejaron de caminar, alguien los estaba siguiendo. Por lo que pudieron escuchar parecía una mujer. Lo que puso a Aria nerviosa era que reconoció esa voz.

Escuchó unas ramas moviéndose detrás de ella y todo el odio que tenía guardado regresó. Recordó aquel día en el puerto.

Se dio media vuelta. Reconocería ese cabello castaño y ojos verdes donde fuera. De hecho, esperaba no volver a verla nunca más.

—Hola, antigua amiga.

—Hola, Zarina —dijo Aria, el tono de su voz reflejaba todo su enojo.

Capítulo 50

Dan, Kyle y Marci estaban en el campo de entrenamiento, estaban tratando de entender por qué Aria se había ido.

—¿Entonces no te dijo nada más? Sólo quería ver a su abuelo —preguntó Dan.

—No, eso fue todo —le contestó Marci.

Para Dan no tenía ningún sentido, pues sólo podía pensar en una cosa.

Bajó la cabeza.

—Creo que deberíamos considerarlo como un escape.

Eso mismo era lo que Marci temía que pensaran. Intentó advertírselo a Aria, pero no la escuchó.

Kyle lo miró disgustado.

—¿Cómo puedes pensar eso?

—Recuerda que ella actualmente es libre por el trato que hizo con tu padre. Tal vez esperó el momento justo para hacer lo que mejor sabe hacer —hizo una pausa—. Tengo motivos para creerlo, porque ya lo intentó.

Ahora estaba confundido.

—¿Aria ya había intentado escapar de esto?

—Sí, cuando le conté sobre su madre, corrió molesta hacia el bosque. Logré atraparla y convencerla de que se quedara, pero nunca olvidé que ese deseo de irse podía regresar —decidió no decir la parte en la que ella lo atacaba a él.

Marci los interrumpió.

—¿Por qué me diría adónde va si su motivo era huir?

—Esa es la parte que tampoco entiendo —expuso Dan.

—No estamos seguros de nada, no deberíamos saltar a conclusiones —dijo Kyle.

Dan lo miró a los ojos.

—Sé que, desde que ella llegó, has estado tratando de convencerla de que nos ayude, pero tal vez…

Kyle lo interrumpió.

—Pero ¿de qué estás hablando? Tú también intentaste que ella confiara. ¿Por qué le confesaste que tú enviaste a Brian a matar a su padre?

No le contestó porque en parte era verdad.

Marci estaba un poco incómoda con todo eso. Decidió intervenir.

—Por favor, no se peleen, no saben sus verdaderas intenciones. Además, la decisión final sobre Aria es del rey, no sabemos… —se detuvo.

Tan pronto dijo esas palabras recordó algo que Aria había dicho cuando estaban en la casa. Sintió un escalofrío en la espalda y sabía que no era una sensación buena.

A Dan no le gustó que se quedara callada.

—Marci, ¿sabes algo?

—Sí, es mejor si vamos con el rey Gisberto.

Kyle se alarmó por su sugerencia y por lo preocupada que sonaba.

—¿Por qué? —preguntó Kyle.

—Digamos que tengo un mal presentimiento —le contestó Marci.

—¿Te refieres a…?

Dan no pudo terminar su oración, ya que unas campanas lo interrumpieron. Dan y Kyle se miraron, sabía que significaba. Marci no entendió, Dan le tomó la mano y comenzaron a correr hacia adentro del castillo.

—¿Qué significan las campanas?

—Prisionero en fuga —le contestó Kyle.

—Y creo que sé quién es —añadió Dan.

Silon y Érika estaban corriendo por los pasillos. Sabían que esas campanadas no eran buenas, sin mencionar que todos los guardias del castillo corrían como locos, pero cuando se acercaron al salón del trono, el ambiente cambió. Había soldados muertos por el pasillo y comenzaron a temer lo peor.

El rey Gisberto y Xander aún seguían dentro de ese salón. Silon y Erika se encontraron con Dan, Kyle, y Marci, en la entrada del salón del trono. Keira y John también llegaron allí.

—¿No saben quién es el que se escapó? —preguntó Silon.

—Yo tengo una idea de quién fue —dijo Dan.

Abrieron la puerta del salón del trono y los siete se quedaron paralizados con lo que vieron. Brian tenía una espada en el cuello del rey Gisberto y Xander permanecía casi inconsciente en el suelo. Se encontraban bajo el efecto del líxiro. Ninguno de ellos estaba seguro de lo que debían hacer.

Brian comenzó a reírse.

—Aria no es la única que sabe escaparse, ¿saben?

—¿Cómo lograste salir? —le preguntó Marci molesta.

—Cuando ayudé a Aria a entrar al castillo para luego atraparla, vi uno de sus pequeños trucos. Como pueden ver, funciona —hizo una pausa—. Una cosa más, puede que la prisión esté manchada de sangre.

Dan comenzó a pensar en cuántos compañeros habían caído. Esta sí que no se la perdonaba.

—Deja ir al rey —le ordenó Dan.

—¿O qué? —le cuestionó Brian.

—O tendrás que lidiar con tres bendecidos —le contestó Kyle.

Los tres se prepararon para atacarlo, pero Gisberto los detuvo.

—No, si van a salvar a alguien, que sea a Xander —dijo el rey mientras miraba a su hijo.

—Padre... no —dijo Xander tratando de no desmayarse.

Kyle miró a su padre y supo qué hacer con sólo ver sus ojos. Iba a poner un escudo alrededor de su hermano, pero Brian se dio cuenta.

Brian sacó una bomba de líxiro de su bolsillo, de las que les había robado a los soldados caídos, y la lanzó hacia ellos. Tuvieron que retroceder y el humo no les permitió ver nada. Algunos comenzaron a toser, temían haber inhalado mucho humo.

En ese momento se dirigió al rey Gisberto.

—Es una lástima que no lo puedas ver en el trono.

—Con saber que se sentará en él es suficiente.

Y le atravesó el corazón con la espada. El rey de Jenia cayó al suelo, su sangre se derramaba a su alrededor.

Xander vio lo que pasó, sintió que el tiempo se detuvo. No sabía qué decir, qué hacer o cómo reaccionar. Lágrimas salían de sus ojos. Se sintió enfermo del estómago, sus manos comenzaron a temblar y su tristeza fue rápidamente reemplazada por furia. Si no fuera porque había respirado líxiro, ya se hubiese levantado para atacar a Brian. El ver el charco de sangre a su alrededor hacía que fuera difícil el aceptar que acababa de ver a su padre morir y que no pudo hacer nada para ayudarlo. Su padre, quien alguna vez fue el rey, un hombre lleno de fuerza, valor y sabiduría para él y para el reino, ahora yacía inmóvil en el suelo, despojado de vida por la cruel mano del enemigo. Vio cuando Brian comenzó a acercarse a él.

Cuando el humo comenzó a disiparse, recuperaron la visión. La imagen que vieron los perturbó a todos. Kyle sintió que había vuelto a fallar con su magia. Quería pasar, pero se desmayaría si lo intentaba. Dan entró en pánico al ver que Brian estaba parado frente a Xander. No podían perderlo a él también.

Xander trató de pararse, pero lo más que pudo hacer fue arrodillarse. Cuando miró arriba vio a Brian apuntándole con la espada. Tenía la sangre de su padre, quería matarlo.

—Creo que no llegarás a tu coronación.

—Tengo hermanos —le contestó Xander.

—Y me encargaré de ellos.

Brian subió su espada, Xander sabía lo que le esperaba y ya lo había aceptado. Cerró los ojos, sabía que Keira podía ser reina. Brian bajó la espada. Cuando escuchó un quejido de dolor, Xander abrió los ojos y vio a…

—John, ¡qué haces! —gritó Xander.

John tenía la espada clavada en el abdomen, había corrido hacia su hermano e interpuso su cuerpo entre él y Brian para que no lo lastimara. John miró a Brian a los ojos. Todavía tenía lágrimas de tristeza por la muerte de su padre, pero también se podía ver la rabia en su mirada.

—No voy a dejar que lo lastimes.

—Entonces, sufre en su lugar —dijo Brian y le sacó la espada.

John cayó al suelo, Xander lo sostuvo.

El líxiro ya se había disipado y pudieron pasar. Silon usó su magia y encerró a Brian alrededor de un aro de electricidad. Kyle y Keira fueron hacia Xander, mientras que Dan y Marci se dirigieron al rey.

John se estaba retorciendo de dolor, le pareció sorprendente lo dolorosa que era una herida de espada. Miró a sus hermanos, los tres estaban llorando, pero él comenzó a reírse.

—Me alegra que mamá no esté aquí para ver esto.

—Tú cállate y guarda tu fuerza —le contestó Keira entre lágrimas.

—Los cuatro sabemos que no se puede hacer nada.

—Tú no sabes eso —le dijo Xander.

—Claro que sí —miró a Dan—. Está muerto, ¿cierto?

—Sí, lamentablemente—contestó Dan.

—En ese caso lo veré pronto.

—¡Ya cállate! —le gritó Kyle—. Por favor, dejar de decir eso. Prefiero escucharte decir tus locuras—le rogó.

—Podría, pero no es el momento.

Los tres lo abrazaron, no querían dejarlo ir.

—Nos vemos después —dijo John.

Soltó su último suspiro. Keira y Xander comenzaron a llorar más fuerte, pero Kyle se paralizó. Sintió una ira dentro de él que nunca había sentido. Se paró y miró a Brian.

—Silon, baja los rayos.

Entendió de inmediato lo que quería hacer y no se lo iba a impedir.

—Adelante —dijo Silon listo para dejar su magia.

Ordenó a los soldados que lo inmovilizaran.

Brian sonrió, sabía perfectamente qué decir.

—Mátame ahora y no sabrás el papel que jugó Aria en esto.

Todos lo miraron paralizados, eso sí que no se lo esperaban. Pensaron que Aria odiaba a Terson.

Marci escuchaba las palabras de Aria en su mente una y otra vez. Tenía que decirles.

—Ella dijo algo sobre esto —confesó Marci.

Xander la miró confundido, se secó las lágrimas de los ojos.

—¿Qué te dijo?

—Dijo que después de mi conversación con ella, el rey estaría muerto.

Las sospechas de Dan se confirmaban. Pensó que ella había estado fingiendo todo este tiempo y, de paso, estaba aliada con Terson. Justo el plan que tenía Renaldo desde que la había llevado al orfanato. Todo lo que había hecho y dicho estaba actuado.

Érika comenzó a mirar alrededor.

—¿Por qué Jakxel no está aquí?

Estaban alarmados. Eso los llevó a pensar que el príncipe de Terson fingía tanto o más que su padre.

—Pero es imposible. Si estuviera aliada con Terson, su serpiente lo sabría. Las serpientes son leales a la diosa —dijo Érika.

Estaban pasando muchas cosas para procesarlas todas a la vez, pero al mismo tiempo les hacían sentido. No lograban entender el porqué.

Dan se dirigió a Brian para poder tener una respuesta final.

—Dinos la verdad. ¿Aria y Jakxel estuvieron involucrados en esto y por eso no están aquí?

Se tomó un momento antes de contestar. Esta era la oportunidad que había estado esperando.

Con una sonrisa en su cara los miró a todos.

—Tal vez.

Kyle no pudo aguantar más. Las lágrimas nublaban su visión mientras luchaba por conciliar la imagen que tenía ante sí. Su padre y hermano, quienes habían sido luz en una época consumido por la oscuridad, estaban sin vida. La luz había dejado de brillar, dejándolo a la deriva en un mar de pesar y odio, con el corazón destrozado. Los recuerdos de los últimos momentos de su padre y hermano resonaban en su mente. Tendría venganza y justicia por sus muertos. Y sin ningún aviso, tomó la espada que estaba en el suelo y la enterró en el pecho de Brian. Más sangre cubrió el suelo.

Glosario

Shiori: Significa "guía" en japonés, diosa de Nesshia. Creó el medallón de Krizys y a las Serpientes.

Osamu: Significa "el que dicta las reglas" en japonés, espíritu maligno que quiere apoderarse del cosmos. Creó a las sombras.
Serpiente Dorada: Una de las cuatro serpientes, posee la magia del rayo. Puede controlar la electricidad y los rayos de tormenta. También puede crear chispas para encender el fuego.

Serpiente Carmesí: Una de las cuatro serpientes, posee la magia de protección. Puede crear escudos para protegerse de lo que sea. También puede crear escudos planos que puede usar como navajas.

Serpiente Rosa: Una de las cuatro serpientes, posee la magia de alucinaciones. Crea un humo color rosa que al respirarlo te provoca alucinaciones por un determinado tiempo. El humo también puede tomar formas de lo que sea para engañar a la mente sin necesariamente respirarlo.

Serpiente Azul Celeste: Una de las cuatro serpientes, posee la magia de viento. Controla el viento y puede crear tornados. También puede controlar el sonido y puede mover las nubes.

Medallón de Krizys: El artefacto más poderoso de todo el continente. Contiene toda la energía buena de Nesshia. Es capaz de abrir un portal al cosmos y al inframundo. Si un humano no bendecido intenta usarlo sin la ayuda del anillo de Samus, es posible que muera en el intento.

Anillo de Samus: Segundo artefacto más poderoso del continente. Contiene toda la energía extraña de Nesshia. Es capaz de matar a las serpientes. Con el anillo se controlan las sombras y otras cosas…
Krista: Juego de mesa basado en las cuatro Serpientes Sagradas. Creado por las serpientes y los primeros bendecidos para que los futuros bendecidos supieran cómo trabajar y luchar con su serpiente.

Originalmente, sólo los bendecidos podían jugarlos, pero después el juego se hizo público.

Nesshia: Nombre del continente, consiste en cinco reinos.
Jenia: Uno de los cinco reinos. Sus colores son amarillo y plata. Su animal es el león. Creen que las serpientes son protectoras.

Hexno: Uno de los cinco reinos. Sus colores son morado y verde. Su animal es el halcón. Creen que las serpientes son protectoras.

Terson: Uno de los cinco reinos. Sus colores son blanco y negro. Su animal es el lobo. No creen que las serpientes sean protectoras, sino que fueron creadas para castigar a Nesshia.

Sileria: Uno de los cinco reinos. Sus colores son dorado y rubí. Su animal es el zorro polar. Creen que las serpientes son protectoras.

Sheztra: Uno de los cinco reinos. Sus colores son anaranjado y marrón. Su animal es el oso pardo. Creen que las serpientes son protectoras.

Líxiro: Bebida especial para las personas que poseen magia. Al ingerirla, después de ser procesado anula la magia. En estado gaseoso anula la magia. También hace que te desmayes, aunque no posea magia la persona. Si se bebe el líxiro directamente extraído de la flor color naranja sin ser procesado, puede ser letal. El líxiro se obtiene del tallo de la flor o de las espinas.

Láxiro: Bebida que contrarresta los efectos del líxiro. El láxiro se obtiene de la raíz de la flor del líxiro.

Lárix: Es la fuente de toda la magia. Todas las personas que viven en Nesshia la poseen, pero no todos son capaces de controlarla. Quienes no la pueden controlar, no poseen ningún tipo de magia, ya que su lárix está apagado. Las que sí poseen magia tienen su lárix activo.

NATANIA V. ALICEA QUILES es una joven puertorriqueña que nació en San Juan, Puerto Rico. Al ser estudiante "homeschooler" siempre vio el mundo de manera diferente. Desde niña fue educada en las ciencias y las artes. Su imaginación era superior y su sueño de ser escritora fue mayor que su amor por las ciencias. Comenzó a escribir su primera novela a los 17 años durante la pandemia. Actualmente tiene 20 años y estudia un bachillerato en Comunicaciones. En el 2022 publicó su primera novela de fantasía medieval titulada Reino de Serpientes como parte de una trilogía. La segunda parte de esta trilogía, Reino de Sombras y Mentiras ha sido publicada en esta edición. Su novela Reino de Serpientes ganó el Premio Nacional a la Literatura Juvenil por PEN de Puerto Rico 2023. Cuando no está escribiendo le gusta leer libros de fantasía, jugar videojuegos y escuchar música.